KB188731

너
의
색

너의 색

きみの色

〈너의 색〉 제작위원회 원저 | 부윤아 옮김

사노 아키라 지음

일러두기

• 이 책은 영화 〈너의 색〉(야마다 나오코 감독, 요시다 레이코 각본)을 바탕으로 저자가 소설로 쓴 작품입니다.

• 이 책의 지명을 비롯한 고유명사의 표기는 국립국어원 외래어 표기법을 기본으로 따랐으나 인명의 경우 원작 애니메이션의 입말에 가까운 발음을 살리기도 했습니다.

• 본문의 노래 가사는 영화 번역과 상이한 부분이 있습니다.

차례

프롤로그

언덕 위에 있는 고코여자고등학교의 성당 안으로 아침 햇살이 쏟아져 들었다.

정면 제단 위쪽 스테인드글라스가 그 빛을 받아 물들며 성당 바닥을 화려하게 수놓았다.

아직 여름만큼 강렬한 햇살은 아니었지만, 바닥을 또렷하게 비추는 다양한 색깔의 빛은 겨울보다는 강했다.

제단은 성당 안에서 동쪽에 자리했다. 제단 위에는 스테인드글라스가 배치되어 있었다. 동서남북 모든 방향에 스테인드글라스가 있지만, 제단 위 스테인드글라스가 아침 햇살에 가장 아름답게 빛나도록 설계된 구조였다.

아름다운 아침 성당의 신자석에는 여학생 한 명만이 앉아 있었다. 교복을 입은 여학생은 고개를 숙이고 있어 양

갈래로 땋아 내린 머리카락이 앞쪽으로 흘러내렸다. 가지
런히 모은 두 손을 무릎에 올리고 기도를 드리는 중이었다.

"하느님, 바꿀 수 없는 것을 받아들이는 마음의 평온을
주시옵소서……."

여학생은 성호를 긋고는 다시 손을 모아 "아멘" 하고 기
도를 끝냈다.

여학생의 이름은 히구라시 토츠코였다. '토츠코瞪津子'라
는 이름의 울림이 독특하기도 하고 재미있어서 어릴 때부
터 주위 사람들에게 성이 아닌 이름으로만 주로 불렸다. 하
지만 이름을 부를 때의 울림과 한자에서 오는 인상이 뭔가
좀 다르다고 느끼는지 사람들은 문자나 손 편지, SNS에서
도 늘 그 이름을 한자가 아닌 가타카나(주로 외래어를 표기할
때 사용하는 일본 문자 — 옮긴이 주) '토츠코ㅏッコ'로 표기했다.
고등학교 3학년이 된 지금도 가타카나로 쓴 '토츠코'다. 아
마도 이름에 어떤 한자를 쓰는지 아는 동급생은 적을 것이
다. 애초에 학교에서 눈에 띄는 학생이 아니었기 때문에 '토
츠코'의 이름을 아는 동급생 자체가 적었다. 그나마 고등학
교에 입학한 이후 쭉 학교 기숙사에서 생활해서 기숙사 친
구들은 집에서 통학하는 친구들보다 좀 더 '깊은' 관계였다.
다만 기숙사에서 생활하는 학생은 학년별로 50명 정도에
불과했다. 그래서 역시나 토츠코의 존재를 아는 사람은 적

었다.

토츠코의 본가는 학교 소재지와는 다른 현県에 있어서 토츠코는 입학하자마자 기숙사에 들어갔다. 고등학교를 선택할 때 기숙사 생활을 하게 될 것까지 고려해서 이 고코여자고등학교를 택했다.

가톨릭계 여학교이지만 실제로 천주교 신자는 전체 학생의 10퍼센트 정도밖에 되지 않았다. 그 10퍼센트도 대부분 가족이 대대로 천주교인인 학생이 많았다.

토츠코의 부모님은 특별히 종교가 있지는 않았다. 새해에는 신사에 신년 참배를 하러 가고, 백중에는 절에 있는 묘지에 성묘하러 갔다. 결혼식은 호텔 부속 교회에서 올렸고, 크리스마스에는 집에서 맛있는 음식을 차려 먹고, 섣달그믐날에는 근처에 있는 절에서 제야의 종소리를 들으며 지난 한 해를 되돌아봤다. 무교에 가깝다고 할 수 있었다.

그런 집에서 자랐지만 토츠코는 천주교에 마음이 끌렸다. 처음에는 거리에서 보는 수녀들의 단아하면서도 아름답고 금욕적인 모습에 호기심이 생겼으나 저도 모르는 사이에 점점 더 몰두해서 천주교를 공부하게 되었다. 중학교에 들어갔을 때 동네에 있는 성당 미사에 나가기 시작했고, 입문 강좌를 들은 후 중학교 2학년이 된 해 5월에 세례를 받아 천주교인이 되었다. 고등학교에 진학할 때 고코여자고등학교를 선택한 가장 큰 이유도 이 학교가 역사 있는 가톨릭 여학교였기 때문이다. 매일 자신이 원하는 때에 성당에서 기도를 드릴 수 있다는 점이 무척 좋았다. 고등학교에 입학하자마자 수녀가 되어 자신의 생애를 바칠 결심을 했지만 미처 몰랐던 것이 있었다.

"수도회에는 열여덟 살이 되어야 들어갈 수 있어요. 졸업할 때까지 신앙을 소중하게 지키며 그 후에 진로를 정하세요."

종교 수업을 담당하는 주리 수녀님이 알려주신 말에 따라 지금은 평범하게 고등학교 생활을 하고 있다.

토츠코는 매일 아침 기도했다. 라인홀드 니버(미국의 저명한 개신교 신학자이자 기독교 윤리학자 — 옮긴이 주)의 '평온을 위한 기도' 같은 내적인 기도가 좋았다. 질병, 빈곤, 전쟁 같은 절실한 고뇌에서의 구원을 바라는 것은 아니다. 그런 기도를 드리는 사람들을 생각하면 그저 '좋아해서' 수녀를 지망하는 자신이 경박하게 느껴졌다. 하지만 신앙을 위해 살겠다는 토츠코의 열정이 흔들리는 일은 없었다.

기숙사의 아침 식사 시간 전에 성당에서 혼자 조용히 기도를 드리는 시간이 토츠코에게는 하루 중 최고의 시간이었다. 마음속에서 가끔 모습을 드러내는 작은 술렁임이 기도문을 외우면 조금 가라앉는 듯했다.

그저 기분 탓일지도 모르지만 기도는 정말 대단하다고 토츠코는 늘 생각했다.

　　기도가 끝나고도 한참을 자리에 가만히 앉아서 스테인드 글라스가 바닥에 그리는 광채를 바라봤다. 화려한 색이 어우러져 한 송이 꽃과 같은 광채가 바닥에 선명하게 어렸다.

　　아름다웠다. 곧 그 빛은 토츠코의 어렸을 적 기억을 불러냈다. 늘 그랬다.

　　아름답고 즐겁고, 변함없이 잔혹한 기억.

　　토츠코는 유치원 때 발레 교실에 들어갔다.

　　세 살이 되었을 무렵부터 발레에 마음을 완전히 빼앗겼다. 매일 발레 교실 앞에서 춤추는 사람들을 질리지도 않고 바라봤다. 자택 지하에 토츠코의 이모가 운영하는 발레 교실이 있었다.

　　춤추는 사람들을 바라보는 토츠코의 눈은 황홀하게 빛났다.

　　두 살 반이 되면 발레 교실에 다닐 수 있었지만, 운동신경이 좋지 않은 토츠코는 네 살이 될 때까지 기다려야 했다.

　　기다리는 동안에도 토츠코는 발레 교실에 가서 다른 사람들이 춤추는 모습을 지켜봤다. 매일매일 질리지도 않고 춤추는 사람들을 관찰하고는 집에 돌아와서 그들을 흉내 냈다. 마치 하늘을 나는 듯한 우아한 동작을 떠올리며…….

발레 교실에서 제일 처음 배운 동작은 '레베랑스'였다.

발레 특유의 '인사 동작'으로 집에서도 몇 번이고 연습했다.

품위 있는 몸짓으로 다리를 천천히 뒤로 빼고 고개를 숙인다.

생각한 대로 몸을 움직이는 것에 토츠코는 어린 나이에도 도취되는 듯한 감각을 느꼈다.

즐거웠다.

하지만 얼마 지나지 않아 무언가를 깨달았다. 발레 바를 잡고 레슨을 받으면서 토츠코는 처음으로 주변의 움직임을 주의 깊게 바라봤다.

어째서인지 위화감이 들었다. 그 감정의 정체를 어린 토츠코는 구체적으로 알지 못했다. 하지만 그 위화감은 토츠코의 기쁨에 작은 그림자를 만들었다.

그 그림자가 차츰 짙어진 것은 초등학교에 들어갈 무렵이었다.

늘 안고 있던 위화감의 원인이 '자신만 다르다'는 것에 있음을 깨달았다.

토츠코의 동작은 다른 사람들과 조금씩 어긋났다. 열심히 옆 사람과 맞추려고 의식하면 어떻게든 동작을 맞출 수는 있었다. 하지만 몸을 움직이는 사이에 춤추는 즐거움에 푹 빠지면 선생님의 목소리도, 반주도 들리지 않았다. 그렇게 혼자만 다른 박자로 춤을 췄다.

선생님이 자신을 향해 박자를 맞추라고 주의를 주는 소리가 들리면 그 순간 토츠코는 춤의 도취에서 현실로 되돌아왔다.

차츰 토츠코는 춤에 취하지 않게 되었다. 자신만의 세계에 빠지지 않고 주위와의 조화를 의식했다.

한쪽 발끝으로 마루 위에 반원을 그리는 '롱 드 장브'. 늘 토츠코의 앞 열에서 춤을 추는 사토미는 부드럽게 발을 미끄러트리며 발끝으로 바닥에 아름다운 원을 그렸다. 하지만 토츠코는 축이 되는 한쪽 다리가 흔들려서 매끄럽게 원을 그리지 못했다. 한쪽 다리가 흔들리지 않게 하기 위해 노력하면 노력할수록 동작이 뻣뻣해졌다.

그런 사실을 의식하지 않을 수 없었다. 자신을 향한 시선이 무서워졌다.

그 무렵 토츠코는 또 다른 위화감을 느꼈다.

학교 미술 시간에 '친구를 그려보자'는 주제가 나왔다. 그날은 처음으로 크레파스를 사용해서 그림을 그리는 시간이었다.

토츠코는 발레 교실에 함께 다니는 친구를 그리기로 했다. 튀튀 스커트를 입고 똑같이 올림머리를 한 세 친구가 발레 바를 잡고 서 있는 모습을 그렸다. 그림을 그다지 잘 그리지는 못했지만, 정성을 다해 그려나갔다.

린은 옅은 주황색, 스즈는 오렌지색, 타카는 파란색. 크레 파스로 꼼꼼하게 덧칠하며 친구들의 색과 모습을 스케치북 에 열심히 담았다.

토츠코가 색칠하고 있는 모습을 보고 옆자리 친구 토모 가 신기하다는 얼굴로 물었다.

"그 사람들, 그런 색이야?"

토츠코는 토모를 보고 웃으며 대답했다.

"맞아, 이런 색이야."

며칠 후 그날 그린 그림이 교실 뒤에 붙었다.

그 당시 토츠코는 '소외감'이라는 말을 아직 몰랐지만, 발 레 교실에서 느꼈던 것과 비슷한 기분을 느꼈다.

벽에 붙은 반 친구들의 그림을 본 토츠코는 거의 모두가 사람 얼굴을 비슷한 색으로 칠한 것을 깨달았다. 색을 칠하 지 않고 스케치북의 흰색을 그대로 둔 친구도 있었지만, 얼 굴뿐 아니라 온몸을 덮듯이 붉은색이나 푸른색이나 오렌지 색으로 칠한 사람은 토츠코 말고는 한 명도 없었다.

그래도 보이는 건 보이는 것이다. 사람들은 제각각 다른 '색'을 두르고 있다. 어린 마음에도 토츠코는 그 '색'을 누군 가가 알아줬으면 했다. 그 '색'이 무엇인지 누군가 가르쳐줬으면 했다.

하지만 사진에는 '색'이 찍히지 않았다.

토츠코는 분명 엄마, 아빠라면 "아, 그거는 이런 거야"라고 웃으면서 가르쳐주실 거라고 생각했다.

"나, 분홍색이 되고 싶어."

갑작스러운 토츠코의 말에 엄마, 아빠는 식탁 건너편에서 순간 몸이 굳어버리기라도 한 듯 저녁을 먹던 손을 멈추었다.

그로부터 얼마 전 학교에서 집으로 전화가 와 엄마 손에 이끌려 안과에 다녀온 적이 있었다. 토츠코는 거기에서 눈 검사를 했던 것을 떠올렸다.

안과에서는 여러 가지 색으로 가득한 페이지 속에 숫자나 그림이 숨겨진 책을 보여줬다. 토츠코는 모든 숫자와 그림을 읽어낼 수 있었다.

"의사 선생님이 별 이상 없대."

안과에서 돌아오는 길에 엄마가 기쁜 듯이 웃었다.

토츠코가 독특한 색으로 칠한 그림을 본 학교 선생님이 색약 같은 색각이상을 걱정해서 부모님에게 연락을 해온 모양이었다.

"분홍색이 되고 싶어."

이 갑작스러운 말에 엄마, 아빠는 또다시 토츠코의 눈이 걱정되어 순간적으로 멈칫한 것이다.

걱정이 담긴 엄마, 아빠의 얼굴을 보자 토츠코는 갑자기 불안해졌다.

잠시 후 아빠가 웃었다. 조금 억지로 웃어 보이는 것이 토츠코에게도 느껴졌다. 옆에 앉은 엄마는 여전히 딱딱하게 굳은 듯 미동이 없었다.

"분홍색 옷을 입고 싶다거나 그런 거야?"

토츠코는 대답할 수 없었다.

"눈이나 머리가 아프지는 않아?"

엄마가 긴장한 얼굴로 토츠코에게 물었다.

토츠코는 점점 더 무서워져서 "아니"라고 대답할 수밖에 없었다.

그 후 엄마, 아빠는 시력과 관련한 이런저런 질문을 했지만 토츠코는 "괜찮아"라는 말 말고는 할 말이 없었다.

그날 이후 토츠코는 집에서 '색'에 대해 이야기하지 않게 되었다. 그러자 엄마와 아빠도 평소와 같은 모습으로 돌아왔다.

또 비슷한 시기에 일어났던 일이다.

급식을 다 먹고 남은 점심시간에 토츠코는 운동장에 나가지 않고 낫짱과 정신없이 이야기를 나눴다.

낫짱은 만화를 무척 좋아해서 토츠코에게도 좋아하는 만

화를 빌려주곤 했다. 조금 무섭긴 해도 매우 재미있는 만화라 토츠코는 열심히 감상을 이야기했다. 낫짱도 "맞아, 맞아"라고 맞장구치며 토츠코의 감상을 즐겁게 들었다.

교실에는 토츠코와 낫짱 두 사람밖에 없었다. 운동장에서 시끌벅적하게 노는 소리가 어렴풋이 들려왔다. 운동장에서 노는 건 시간이 아깝다는 생각이 들어 토츠코는 낫짱과 교실에서 만화 이야기를 계속 나누었다.

이야기가 잠깐 끊겼을 때 토츠코는 문득 자신이 느끼는 것을 입 밖으로 꺼내고 말았다.

"낫짱은 귤색이야."

그러자 방금 전까지 생글생글 웃으며 이야기를 나누던 낫짱의 얼굴에서 웃음기가 사라졌다.

낫짱의 '색'은 유난히 선명했다. '색'이 그 아이의 무엇을 반영하는지 토츠코는 몰랐지만 낫짱의 귤색은 아름다웠기 때문에 칭찬으로 한 말이었다.

"아, 화장실 좀 다녀올게."

낫짱은 갑자기 교실을 나가버렸다.

그러고는 좀처럼 돌아오지 않았다. 토츠코는 화장실까지 가보았지만 거기에 낫짱은 없었다.

교실로 돌아와 기다려봐도 낫짱은 돌아오지 않았다.

토츠코는 교실에서 혼자 낫짱을 걱정하며 기다렸다.

점심시간이 끝나자 낫짱은 운동장에서 놀던 여자아이들과 함께 교실로 돌아왔다.

토츠코가 낫짱에게 말을 걸기 위해 자리에서 일어나 다가갔지만, 낫짱은 토츠코의 얼굴을 보려고도 하지 않았다. 토츠코가 다가온 것을 모를 리가 없는데도.

토츠코는 '낫짱'이라는 상품명으로 판매되고 있는 오렌지주스가 있는지 몰랐다(일본 산토리푸드에서 제조·발매 중인 음료이자 광고 캐릭터 — 옮긴이 주). 또 남자아이들에게 그걸로 놀림을 받고 낫짱이 운 일이 있었다는 것도 몰랐다.

하지만 깨달은 사실이 있었다.

슬픔에 휩싸여 한자리에 우뚝 선 토츠코는 '색'은 결코 말해서는 안 되는 거라고 마음속에 새겼다.

생물이 색을 인식하는 감각은 진화의 결과로 획득했다. 이런 사실을 토츠코는 도서관에 있는 어린이용 과학책을 읽고 알게 되었다. 그렇다고 해도 그 의미까지 완전히 알긴 어려웠다.

그런데 거기에 이어지는 내용이 토츠코의 흥미를 끌었다.

물체는 빛을 받으면 빛의 색을 흡수해서 반사한다. 그 반사된 빛이 눈에 닿아 안에 있는 망막이 받아내 뇌에 색 등의 정보를 전달한다.

그렇게 해서 인간은 테이블 위에 있는 것이 빨간 사과라고 아는 것이다. 빛이 없으면 이 세상은 새까만 색일 뿐이다.

토츠코가 어렸을 적 일이다. 문득 잠에서 깨어 눈을 뜨자 수면 등이 꺼져 있었다. 방 안이 깜깜했다. 무서워 손으로 옆을 더듬었지만 오른쪽에서 자고 있던 엄마를 찾을 수 없었다. 아직 남아 있던 엄마의 온기만 느껴졌다. 왼쪽에서 자던 아빠도 체온만 남겨두고 그 모습은 찾을 수 없었다.

두 사람이 사라졌다는 생각에 토츠코는 불안하면서도 너무나 슬퍼 이불 속에서 울음을 터트렸다. 조금 지나자 어떤 소리가 들렸다. 집 안을 걸어 다니는 소리였다. 엄마, 아빠라는 생각이 드는 한편 도둑이 들어 엄마, 아빠가 붙잡혀 있는 모습이 머릿속에 떠올라 토츠코는 우는 것도 잊고 공포에 떨었다.

잠시 후 깜깜해서 아무것도 보이지 않는 방 안에 엄마와 아빠가 나타났다.

분명 깜깜했지만 토츠코는 바로 엄마, 아빠라는 걸 알 수 있었다. 오렌지를 중심으로 붉은 기운이 도는 엄마의 '색'과 하늘색과 회색이 섞인 옅은 아빠의 '색'이 어둠 속에서 떠오르며 토츠코를 향해 다가왔기 때문이다.

그날 밤에 갑자기 정전이 일어났는데 사뒀던 손전등이 보이지 않아서 여기저기 찾아다니느라 시간이 걸렸다며 부모님이 겁에 질린 토츠코를 달래주었다.

그날 부모님의 '색'이 어둠 속에서 나타난 순간의 안도감과 온기를 토츠코는 잊을 수 없었다.

그날 이후 토츠코는 '색'을 본다기보다 '느껴지는 것'으로 인식했다. '색' 이외에도 다른 사람들이 보는 평범한 색깔도 있는 그대로 인식할 수 있었다. 여름방학이 끝나고 햇볕에 새까맣게 타서 학교에 온 반 친구를 보고 깜짝 놀란 적도 있었기 때문이다. 이후 토츠코는 자신의 몸 어딘가에 '색'을 감지하는 '기관'이 갖춰져 있는 거라고 생각하게 되었다.

그렇게 받아들이면서도 색이 절대적이지 않다는 것에 안도를 느꼈다. 색은 빛의 양과 빛이 닿는 각도 같은 것에 따라 미묘하게 달라진다. 같은 사과를 보더라도 보는 장소가 다르면 색도 다르게 보이는 법이다.

책에는 더욱 흥미로운 내용이 적혀 있었다.

색은 빛의 물결 같은 것이며 물결의 높이가 색을 나타낸다고 했다. 작은 물고기가 큰 물고기에게 잡아먹히지 않기 위해 무리 지어 헤엄칠 때, 이를테면 그 물고기가 은색 비늘을 가진 작은 청어라 해도 무리 지어 있으면 다양한 각도에서 빛을 받아 수많은 색으로 바뀌어 보인다. 그리고 그들을 노리는 큰 물고기는 작은 물고기들이 모여 만든 무리를 커다란 물고기로 착각하여 그들을 쉽게 덮칠 수 없다고 했다.

그것은 학교 교과서에서 본 《헤엄이》라는 그림책 내용과 똑같았다.

헤엄이라는 이름의 작은 물고기는 붉은 물고기 무리에 들어가고 싶어 했는데 혼자만 몸이 검은색이었기에 무리를 지어 만든 '커다란 물고기'의 '눈'이 되어 무리 가운데 들어갈 수 있었다.

그 이야기를 떠올리며 토츠코는 헤엄이처럼 자신이 혼자만 다르다는 것을 깨닫고 다시 불안해졌다.

토츠코가 사람을 볼 때는 그 사람의 온몸을 '색'이 감싸고 있는 것처럼 보였다. 그것은 사람마다 제각각 다른 '색'이었고 여러 가지 '색'에 감싸인 사람도 많았다. 하지만 그 '색'이 '보통 사람'에게는 보이지 않는다는 것을 알았다.

빨간 사과도, 분홍 꽃도, 스테인드글라스가 바닥에 비추는 알록달록한 빛도 분명 '보통 사람'과 똑같이 보였다. 다만 사람을 보면 토츠코에게만 보이는 그 사람만의 '색'이 있었다.

그것은 종교 예술에서 볼 수 있는 후광이나 성스러움을 드러내고자 등 뒤로 빛을 표현한 원광이나 머리 위에 그려진 둥근 빛처럼 신성한 기운 같은 것이 아니었다. 특별한 사람이 아니라도 모든 사람이 제각각의 '색'에 휘감겨 있었다.

나비나 꿀벌이 인간은 보지 못하는 빛으로 꿀이 있는 꽃을 찾아낼 수 있는 것처럼, 돌고래가 인간에게는 들리지 않는 소리를 들을 수 있는 것처럼, 토츠코에게는 어째서인지 사람의 '색'이 보였다.

나비에게는 '색'이 보이는 것이 살아가기 위한 중요한 '능력'이었지만 토츠코에게 그것은 '능력'이 아니었다. 보이는 '색'을 이야기하면 사람들은 곤혹스러워하거나 화를 낸다는 사실을 알고 싶지 않아도 알게 되었다. 다만 말하지만 않으면 그 '색'은 토츠코에게 아무런 해를 끼치지 않았다.

한편으로 '색'은 토츠코의 비밀스러운 기쁨이기도 했다.

그에게는 마음이 끌리는 '색'이 있었다. 그것은 남녀노소와는 관계가 없었다. 맑고 깨끗한 '색'에 눈길을 빼앗겼는데 특히 '푸른색'에 매혹되었다. '푸른색'도 다양한 스펙트럼이 있다. 물색, 남색, 하늘색, 군청색, 옥색, 아콰마린, 터키석, 사파이어…….

자신의 마음을 움직이게 하는 '푸른색'을 보면 토츠코는 거부할 수 없이 매료되고 말았다. 그래서 그 '색'을 감싸고 있는 사람을 만나면 마음이 무척 술렁였다.

초등학생 때는 토츠코가 다니던 발레 교실의 고등학생 언니에게 마음을 빼앗겼다.

파란 '색'을 두르고 춤추는 언니에게서 눈을 뗄 수 없었다. 언니가 빙그르르 돌면 동시에 그 파란색이 사방으로 흩

날리곤 했다. 흩어진 푸른빛은 마치 언니를 그리워하듯 그
의 움직임을 뒤따랐다.

아름다웠다.

책에서 찾아보니 언니의 파란색은 시안이라는 색에 가까
웠다. 초록빛이 도는 밝은 파랑. 그 파랑도 맑고 투명한 물
빛에 가까웠다.

언니는 솔로로 콩쿠르에 나가서 몇 번이나 상을 받은 발레
교실의 엘리트였다. 수업을 함께 들은 적은 없지만 토츠코는
언니가 레슨을 받는 월요일 오후 5시 수업을 꼭 견학했다.

언니의 모습은 실력이 전혀 늘지 않아 약해진 토츠코의
마음을 일으켜 세웠다.

언니처럼 춤추고 싶어!

머릿속에 새긴 언니의 춤추는 모습을 따라 자신도 춰보
았다. 푸른빛을 이끌고 우아하고 화려하게 춤추는 모습이
떠오르며 도취되었다. 토츠코가 상상하는 것 중에 최고의
춤이었다.

하지만 그것은 어디까지나 토츠코의 상상에 지나지 않았
다. 몸이 불안정하게 흔들리고 축이 되는 다리가 비틀거리
며 깔끔하게 턴을 돌지 못했다. 그래도 토츠코는 즐거웠다.

언니는 발레 작품 가운데 고전 명작인 〈지젤〉의 변주를
연습했다. 그중에서 앞쪽으로 살짝 점프하는 '발로네 생플

드방'이라고 불리는 동작이 아름다웠다. 늘 그 부분에서 푸른빛이 사방으로 흩어졌다.

토츠코는 따라 해보았다. 하지만 머릿속으로 상상하는 것만큼 할 수 없었다. 제대로 착지하지 못해 발이 흔들리고 때로는 넘어졌다.

그래도 포기하지 않았다. 언젠가 아름다운 언니처럼 발로네 생플 드방을 멋지게 해내기 위해.

초등학교 3학년이 되면 발레 교실에서는 토슈즈를 신을 수 있다. 토츠코가 토슈즈를 허가받은 건 교실에서 제일 마지막이었다. 토츠코만 초등학교 4학년이 되어서야 토슈즈를 신게 된 것이다.

발레 교실에서 토츠코는 겉도는 존재가 되었다. 토츠코는 그저 당황스러웠다. 이렇게나 춤을 추고 싶은데, 왜 다른 사람처럼 출 수 없는 걸까.

토츠코는 새로 산 토슈즈를 한 번도 신지 않았다.

발레 교실을 그만뒀다.

거울 속 자신의 얼굴을 자주 바라보게 되었다.

특별한 특징이 없는 동그란 얼굴. 눈도, 코도 대충 동그랗다. 그렇다고 해서 그런 면이 눈에 띄는 것도 아니었다.

거울 속 자신에게는 '색'이 없었다. 사람들도 거울을 통해서 보면 '색'이 보이지 않았다.

하지만 자신의 손과 발은 거울을 통하지 않고 직접 봐도 '색'이 보이지 않았다. 자신의 색만 보이지 않는 것이다. 왜 그런지는 알 길이 없었다.

만약 토츠코처럼 사람의 '색'을 보는 사람이 있다면 그의 눈에 자신은 어떤 '색'을 띄고 있을지 생각해보곤 했다.

그 '색'이 다른 사람을 매료시키기도 할까? 아니면 얼굴 생김새가 그렇듯이 평범하기만 할까?

성당 스테인드글라스의 아름다운 광채를 바라보면서 토츠코는 입속으로 작게 한 번 더 니버의 기도를 중얼거렸다.

"……바꿀 수 없는 것을 받아들이는 마음의 평온을 주시옵소서……."

1

—

 토츠코는 성당에서 아침 종소리를 들었다. 기숙사생들은
그 종소리를 신호 삼아 기숙사 식당으로 향한다.

 식욕이 왕성한 기숙사생들은 아침 식사 종소리가 울리기
만 기다리고 있기에 토츠코가 방으로 돌아오기도 전에 이
미 사라진다.

 토츠코가 기도에 몰두하다가 식사 시간에 늦는 일은 일
상다반사라, 같은 방 친구 셋도 토츠코를 기다리지 않고 재
빨리 식당으로 가버린다.

 식당으로 향하는 도중 토츠코는 기숙사 방 안을 들여다
봤다. 역시 세 사람의 모습은 보이지 않았다.

 기숙사는 네 명이 한 방을 사용했다. 세월의 흔적이 느껴
지는 목제 이층침대 두 개가 나란히 놓여 있었다. 방에 들

어서서 오른쪽 침대의 아래가 토츠코의 자리였다. 새 학년
이 될 때마다 펼쳐지는 침대 획득 가위바위보에서 패배한
결과다. 역시 위쪽이 인기가 높았다.

토츠코의 침대 난간에는 조각칼 같은 것으로 새긴 문자
가 있었다. 토츠코가 한 것이 아니었다. 문자도 침대의 나뭇
결과 별반 다르지 않게 색이 바랜 것으로 볼 때 상당히 오
래전에 이 침대를 사용한 사람이 남겨둔 흔적 같았다.

'GOD almighty'라는 문자였고 그 옆에는 십자가도 새겨
져 있었다. '전능하신 주님'이라는 의미였다.

'선배'는 어떤 마음으로 이 말을 새겼을까. 문자를 볼 때
마다 토츠코는 생각했다. 누군가에게 보내는 메시지일까?
자신의 결의를 담은 말일까?

창가에는 네 사람이 나란히 앉을 수 있는 긴 책상과 의자
가 있었다. 원래는 공부용 책상으로 각자의 영역이 정해져
있지만, 시험 기간이 아닌 때에는 공부를 하기보다 네 사람
이 나란히 앉아 와작와작 과자를 먹는 자리로 썼다. 이것을
기숙사에서는 '카페 스타일'이라고 불렀다.

그 책상과는 별도로 방 중앙에 작은 테이블도 있어서 거
기에서 네 사람이 모여 앉아 게임을 하기도 했다.

텅 빈 방을 뒤로하고 토츠코는 식당으로 향했다.

토츠코는 붐비는 아침 식당이 조금 거북했다.

식당은 상당히 넓었지만, 한 번에 100명이 넘는 학생이 모여 식사하는 아침에는 혼잡할 수밖에 없었다.

식당에 발을 들여놓는 순간 토츠코는 압도되었다.

학생들의 '색'으로 식당 안이 북적거렸기 때문이다. 그뿐이면 다행인데 토츠코로서는 '색'의 물결 속에서 사람을 찾아야 했기 때문에 더욱 곤혹스러웠다.

같은 방에서 지내는 세 사람의 '색'은 당연히 알고 있다. 하지만 '색'이 흘러넘치는 곳에서는 혼란스러워지곤 했다.

토츠코는 심호흡을 하고 아침 식사가 놓여 있는 카운터로 향했다. 식당은 카페테리아 형식으로 쟁반을 들고 좋아하는 메뉴를 골라 담을 수 있었다. 토츠코의 아침 메뉴는 갓 구운 롤빵으로 매번 같았다.

거기에 사과와 우유를 추가했다. 언제나 거의 비슷한 아침 메뉴를 골랐다.

쟁반을 들고 자리가 거의 다 찬 식당 쪽으로 돌아섰다.

아침부터 기운차게 웃고 떠드는 소리가 식당을 가득 채웠다.

토츠코는 집중해서 같은 방 세 친구의 모습……이라기보다 '색'을 찾았다.

매일 같은 테이블에 앉기는 거의 불가능했다. 식당에 도착하는 순서대로 자리가 채워졌다.

그래도 벽이나 창가 자리가 인기였기 때문에 토츠코는 벽 쪽으로 눈을 돌렸다.

벽 쪽 테이블에 찾고 있던 친구 셋이 아침을 먹고 있는 모습이 보였다.

세 사람도 토츠코가 온 것을 발견하고는 손을 흔들었다.

세 사람의 얼굴과 '색'을 찾고 나면 토츠코는 언제나 마음이 놓였다.

이렇게 늦게 오는 토츠코를 위해 자리를 맡아주는 친구들이었다.

토츠코의 동그란 얼굴이 빛났다.

식사를 마치고 기숙사로 돌아오면 이를 닦고, 머리를 빗었다. 개중에는 교칙에서 금지된 화장을 하는 친구도 있었다. 방에도 세면대가 있지만 하나밖에 없어서 복도에 설치된 공용 세면대는 늘 붐볐다. 게다가 공용 화장실은 줄을 서야 할 때도 있을 정도였다.

아침 식사를 일찍 끝내고 조금이라도 빨리 기숙사로 돌아오면 되지만, 토츠코와 같은 방 세 친구는 비교적 느긋한 성격이라 묵묵히 식사만 하기보다 수다를 떨면서 여유롭게 아침을 먹었다.

토츠코의 앞에 앉아 있는 사쿠는 자신이 가지고 온 커다란 땅콩버터 병에서 땅콩버터를 듬뿍 떠내 바른 빵을 입이 터질 듯 먹었다. 그러면서 너무나도 행복해 보이는 웃음을 띠었다. 서글서글하고 푸근한 사쿠의 웃음을 보면 모두가 행복한 기분이 들었다.

사쿠 옆에서 갓 지은 밥과 낫토와 된장국만을 아침으로 먹는 친구의 이름은 시호다. 시호의 아침 메뉴 또한 매일 변함이 없었다. 시호는 의젓한 부잣집 아가씨 타입이다. 낫토를 밥 위에 올리지 않고 입을 작게 벌려 밥과 낫토를 조금씩 넣은 뒤 답답할 만큼 천천히 씹었다. 사쿠와는 대조적으로 몸집도 작고 마른 편이다.

토츠코 옆에 있는 친구가 스미카다. 감정을 겉으로 그다지 드러내지 않기 때문에 처음에는 가까이 가기 어려운 타입 같지만, 실은 배려심이 깊다. 무의식중에 무언가에 지나치게 집중해서 실수하는 토츠코를 언제나 걱정해주는 언니 같은 면이 있었다.

토츠코가 학교에서 '친구'라고 부를 만한 사람은 이 세 사람뿐이었다. 물론 같은 반 학생들과도 이야기를 나누긴 하지만 1학년 때부터 계속 같은 방에서 지내온 세 사람과의 관계는 좀 더 특별했다.

생활환경이 전혀 다른 곳에서 모인 네 사람이었기에 처음에는 다투는 일도 종종 있었지만 지금은 거의 문제가 없었다.

세 사람은 토츠코의 마음을 편하게 해주는 최고의 친구들이었다.

세 사람의 '색'은 전혀 달랐다. 사쿠는 짙은 초록과 주홍빛이 섞인 차분한 '색'이었다. 시호는 옅은 오렌지와 복숭아의 '색'이 겹쳐 복잡한 빛깔을 이루고 있었다. 그리고 스미카는 밝은 갈색에 깊이가 느껴지는 짙은 갈색이 섞여 있었다.

토츠코는 세 사람이 모여 있을 때의 '색'을 좋아했다. 온화하고 부드러웠다. 세 사람과 함께 있으면 마치 숲속에 있는 것처럼 마음의 긴장이 풀렸다. 나무와 꽃과 잎사귀에 둘러싸여 있는 것처럼 편안했다. 그래서 토츠코는 마음속으로 몰래 세 사람을 '숲속 세 자매'라고 불렀다.

'색'은 잘 변하지 않는다. 감정이 크게 요동치더라도 그 사람이 가진 '색'에 동요가 드러나지는 않는다.

1학년 여름방학이 끝나 모두가 기숙사로 돌아온 직후에 있었던 일이다. 스미카가 조용히 화를 냈다.

"잠깐만, 사쿠. 세면대 좀 봐."

스미카는 방 안의 세면대에서 이를 닦은 후 자신의 침대로 돌아가 옷을 갈아입으려던 사쿠를 불러 세웠다. 스미카의 목소리는 조용했지만, 화가 난 기색이었다. 무슨 일인가 싶어 토츠코는 머리를 빗으면서 스미카를 바라봤다. 스미카의 온화한 '색'은 평소와 다르지 않았다. 하지만 늘 차분한 그의 얼굴에 짜증이 서려 있었다.

"왜에?"

사쿠는 느긋한 말투로 대답하다가 스미카의 표정을 보고는 긴장한 듯했다. 사쿠의 '색'에도 변화는 없었다. 하지만 불안정한 분위기가 느껴졌다.

"항상 여기저기 치약이 떨어져 있잖아. 청소를 하던가 지저분해지지 않게 이를 조심히 닦던가 해."

스미카가 말하자 사쿠의 눈에 분노가 서리는 것을 보았다. 지금까지 본 적 없는 강한 자세로 사쿠가 반론했다.

"여기에서 나만 이 닦는 건 아니잖아! 다 같이 사용하는 곳이라고! 스미카 네가 지저분하게 썼을지도 모르지. 왜 내 탓만 하는 거야?"

토츠코는 사쿠가 화내는 모습을 이때 처음 보았다. 상당한 박력이 느껴지는 광경이었다.

곧장 토츠코와 시호가 두 사람을 말렸다.

그래서인지 심각한 싸움으로 번지지는 않았다. 하지만 한동안은 스미카와 사쿠 사이에 어색한 분위기가 남았다. 여름방학 동안 각자의 집에서 느긋하게 지내다가 다시 규칙적으로 생활하는 학교로 돌아오자 두 사람 모두 예민해진 모양이었다.

이 일이 가장 큰 다툼이었고, 이후로도 작은 말다툼이 몇 번인가 있었지만 그때마다 조금씩 양보하며 서로 도왔다. 네 사람은 '공동생활'에 익숙해져갔다.

그런 과정을 거쳐 지금은 모두가 편안한 생활을 할 수 있게 되었다.

고코여자고교虹光女子高校. 학교 이름을 그대로 소리 내어 말하면 상당히 알아듣기 힘들 뿐만 아니라 말장난처럼 들리기도 해서 이 지역 사람들은 종종 '고코'라고 줄여서 불렀다(일본어로 고교의 발음은 '고코'로 동일하다 — 옮긴이 주). 고코여고는 쇼와 초기인 1920년대에 가톨릭 주교가 설립한 유서 깊은 학교였다. 전쟁의 화염에 휩싸이지 않은 덕분에 개수 공사와 증축을 하면서도 설립 당시의 모습이 남은 아름다운 학교 건물과 교정을 유지하고 있었다. 현에서 역사적 건축물로 지정한 덕에 내진 공사가 필요했을 때도 외관을 훼손하지 않는 특수한 공사가 실시되었다.

고코여고는 마을이 한눈에 내려다보이는 언덕 위에 있어서 통학하는 학생들은 어떤 교통수단을 이용하더라도 마지막에는 반드시 가파른 언덕을 올라야만 했다. 게다가 그 언덕에는 오래전부터 있던 좁은 길뿐이라 버스는 물론이고 택시도 다닐 수 없었다. 새롭게 넓은 길이 하나 생기기는 했지만, 버스 노선은 없고 걸으면 상당히 돌아가야 했기 때문에 학생들은 아무도 그 길로 다니지 않았다.

그래서 날씨가 더워지는 시기가 되면 모두 아침부터 온몸이 땀범벅이었다. 곧 다가올 장마철에는 관광자원이기도 한 아름다운 돌길이 위험했다. 비에 젖은 돌길에 미끄러져 넘어지는 학생이 많았다.

그날은 온몸이 땀범벅이 될 정도는 아니었지만 아직 봄인데도 기온이 꽤 높아 손수건으로 이마의 땀을 닦으면서 "더워 죽겠어"라고 탄식하는 학생이 많았다.

교문을 들어서면 바로 연못이 있다. 완벽하게 동그란 연못 한가운데에 있는 작은 분수에서 투명한 물이 뿜어져 나왔다. 분수 연못은 설립 당시부터 변함없이 그 자리를 지키고 있는 학교의 상징적인 존재였다.

그 연못을 가르며 불어오는 바람에 언덕을 올라온 학생들은 겨우 한숨을 돌릴 수 있었다.

기숙사 학생들은 언덕을 오르는 고행이 없었지만, 기숙사에서 학교 건물까지 걸어서 50보, 등교 시간이 겨우 1분밖에 되지 않는 환경에 익숙해진 나머지 언제나 아슬아슬한 시간이 되어서야 기숙사를 나왔다. 게다가 깜빡하고 챙기지 못한 물건이 있어도 바로 가지러 갈 수 있다는 생각에 준비물도 자주 잊어버리곤 했다.

통학생들의 등교가 거의 끝났을 무렵에야 기숙사생들은

학교 건물로 뛰어 들어온다. 토츠코와 같은 방을 쓰는 세 사람도 예외는 아니었다.

그러니 계절별로 다양한 꽃이 피는 교정의 화단을 눈여겨보는 사람은 없었다. 다들 그저 서둘러 달려갈 뿐이었다.

학교 현관에서 실내화로 갈아 신고 있을 때 종이 울렸다. 수업 시작 종소리였다.

교칙에 따르면 종소리가 끝나기 전에는 자리에 앉아야만 지각으로 처리되지 않는다.

종소리를 들은 기숙사생들의 눈빛이 달라지더니 디자인에 공들인 계단의 난간을 붙잡고 무늬가 아름다운 층계를 뛰어올랐다.

"우리 한 번 더 지각하면 봉사활동이야."

계단을 올라가면서 사쿠가 투덜거렸다.

봉사활동은 일종의 벌이다. 지각을 계속하거나 교칙 위반을 하면 학교 근처 일대의 도로 청소나 교정의 잡초 뽑기 같은 일이 주어진다.

"뛰자!"

뒤에서 뛰어오면서 토츠코가 외쳤다.

네 사람은 언제나 같은 시간에 기숙사에서 나오는데 유독 사쿠만 지각하는 일이 많았다. 준비물을 잊고 나와 기숙사로 돌아가는 일이 간혹 있었기 때문이다.

계단을 뛰어오르는 학생들은 종소리의 미묘한 변화를 민감하게 알아챘다. 지각으로 처리되는 시간이 다가왔다.

누군가가 "꺄아" 하고 장난스러운 비명을 질렀고, 지각 예비군들은 계단을 뛰어오르는 속도를 높였다.

"계단에서 뛰어서는 안 됩니다."

그때 주의를 주는 목소리가 계단 아래에서 들려왔다.

조용하지만 멀리까지 울리는 카랑카랑한 목소리였다.

"안녕하세요."

학생들은 아랑곳하지 않고 인사를 하면서 앞서 달려갔다.

"뛰지 마세요."

목소리의 주인이 학생들에게 다시 한번 주의를 줬지만 학생들은 개의치 않고 계속 달렸다.

토츠코는 발길을 멈추고 목소리가 들리는 쪽으로 고개를 돌렸다.

거기에는 히요코 수녀님이 서 있었다. 맑은 '색'을 두르고 있는 수녀님의 모습에 눈길이 사로잡혀 토츠코는 그 자리에 우뚝 섰다. 레몬과 햇살을 떠올리게 하는 옅은 노란색이었다.

"조용히. 정숙하세요."

히요코 수녀님이 거듭 말했지만 학생들은 지각을 피하기 위해 계단을 뛰어 올라갔다.

"톤코!"

시호는 언젠가부터 토츠코를 종종 '톤코'라고 불렀다. 그렇게 부르는 이유를 특별히 말하지 않았고 토츠코도 왜 그렇게 부르는지 물어볼 마음이 없었다.

"알겠어!"

토츠코는 정신을 차리고 시호를 쫓아 달렸다.

종소리가 끝나기 전 간신히 자리에 앉을 수 있었지만 토츠코는 숨이 찼다.

"안 늦었다."

토츠코가 의자 등받이에 털썩 기대자 옆자리의 사쿠가 숨을 쌕쌕거리며 "세이프"라고 말하고는 웃었다.

운동신경이 둔한 시호는 책상에 엎드려 거친 숨을 내뱉었다. 괴로워 보였다. 시호의 옆자리인 스미카는 상쾌한 표정으로 손거울을 보며, 달려오느라 흐트러진 머리카락을 정리했다.

토츠코의 머릿속에 히요코 수녀님의 아름다운 노란색이 다시 떠올랐다.

토츠코가 지금까지 만난 사람 중에 마음이 끌리는 매력적인 '색'을 가진 사람은 세 명이었다. 한 명은 발레 교실을 다니던 언니였다. '색'과 함께 춤을 추던 모습을 떠올리는 것만으로도 가슴이 떨렸다. 하지만 그와 함께 '그림자'가 토츠코의 마음을 무겁게 했다. 아무리 노력해도 마음처럼 움직이지 않는 몸. 그런데도 춤을 출 때 느껴지는 들뜸과 도취. 이런 종잡을 수 없는 기분이 동시에 끓어올라 늘 괴로웠다.

두 번째로는 중학교 3학년 때 학교 견학을 위해 방문한 고코여고에서 만난 히요코 수녀님의 '색'이었다. 등을 곧게 펴고 조용히 걸음을 옮기며 교정을 가로지르던 히요코 수녀님의 주위를 감싼 '색'은 더할 나위 없이 단정했다.

이미 이 학교에 진학하기로 마음먹은 토츠코였지만, 히요코 수녀님의 모습이 그 결심을 더욱 굳건하게 만들었다.

사쿠와 시호는 히요코 수녀님을 대하는 게 힘들다고 했다.

"어쩐지 차가운 느낌이 들어."

기숙사 사감이면서 국어 선생님이기도 한 히요코 수녀님은 선생님들 가운데서도 별로 웃지 않는 편이었다. 수업할 때 농담을 섞는 일도 없었다.

하지만 토츠코는 히요코 수녀님이 '차갑다'고 느껴본 적이 한 번도 없었다. 그런 판단을 할 수 없을 정도로 그의 '색'에 매료되어 있었다. 수녀님의 '색'을 보고 있기만 해도 짙은 감동에 빠져들었다.

그뿐만이 아니라 히요코 수녀님은 성당에 자주 드나드는 토츠코에게 언제나 다정하게 말을 걸어주었다. 매번 토츠코가 허둥거리느라 대화다운 대화는 나누지 못했지만, 결코 '차갑다'는 인상은 없었다. 아마도 수녀님은 신중한 성격인 데다가 희로애락 같은 감정을 겉으로 드러내지 않을 뿐이라고 생각했다.

그리고 세 번째 아름다운 '색'을 가진 사람은 같은 학년의 학생 중에 있었다.

4교시는 주리 수녀님의 종교 수업이었다. 일주일에 한 번 있는 수업이다. 그 수업에서 새로운 깨달음을 얻을 때가 많아서 토츠코는 언제나 그 시간이 기다려졌다.

한편 종교에는 전혀 관심이 없는 학생들도 많아서 잠을 자는 아이들의 모습도 눈에 띄었다.

수업이 끝나고 토츠코는 교실을 돌며 성경을 회수했다. 성경을 가지고 있지 않은 학생들을 위해 학교가 수업 시간용으로 마련한 것이었다.

성경을 수업 전에 교무실에서 교실까지 가지고 오고 수업이 끝나면 다시 교무실에 가져다 놓는 일은 토츠코 담당이었다. 토츠코가 스스로 나선 일인데, 학교에서 제공하는 성경을 보는 학생들이 많아서 작은 크기여도 여러 권을 옮기는 일은 상당히 무겁고 힘들었다.

높이 쌓아 올린 성경을 두 팔 가득 안고 복도를 비틀비틀 걷는 토츠코의 모습은 위태로워 보였다. 이전에는 세 친구가 도와주기도 했지만, 점심시간에는 기숙사 식당이 통학하는 학생들에게도 개방되기 때문에 자리 확보를 위해서 수업이 끝나자마자 식당으로 맹렬하게 달려가야 했다.

자리를 잡지 못하면 매점에서 빵이나 주먹밥을 사서 교실에서 먹어야 하는데, 매점에서 파는 음식은 정말 맛이 없었다. 점심시간이 끝날 무렵이 되어 겨우 자리가 난 식당에 간다고 해도 정식이나 스파게티나 라면 같은 인기 메뉴는 품절일 때가 많고 가케우동밖에 남아 있지 않아 먹고 싶은 메뉴로 고픈 배를 채울 수가 없었다.

그래서 토츠코는 친구들의 도움을 거절했다. 이것도 신앙을 위한 수행이라고 스스로를 달래며 혼자서 성경을 옮기기로 했다.

성경의 무게를 느끼면서 복도를 천천히 걸어가고 있을 때 등 뒤에서 누군가의 목소리가 들렸다.

"사쿠나가, 좀 전에 본 쪽지 시험 어땠어?"

토츠코는 몸을 살짝 떨며 반응했다.

'사쿠나가 키미'라는 이름이 토츠코의 머릿속에 아름답고 맑은 코발트블루 '색'과 함께 떠올랐다.

토츠코는 자신도 모르게 뒤돌았다.

"어려웠어."

"뭐? 사쿠나가한테도 어려웠다고?"

키미의 옆에서 나란히 걷던 친구가 놀란 표정을 지었다. 키미는 성적이 우수했다.

"예상이 빗나갔거든."

"하지만 이전에도 그렇게 말하고는 만점 받았잖아?"

친구의 말을 듣고 키미는 미소 지을 뿐이었다. 분명 이번에도 만점일 것이다. 하지만 결코 자만하지 않았다. 반대로 "망쳤어"라고 거짓말하지도 않았다.

키미를 보고 토츠코는 복도 한쪽으로 비켜서 천천히 걸음을 옮겼다. 하지만 키미도, 그의 반 친구도 토츠코의 존재를 알아채지 못했다.

등 뒤에서 들려오는 키미의 말을 듣고 있으려니 토츠코는 긴장한 탓에 발걸음이 부자연스러워졌다. 등 뒤로 키미의 존재를 느끼면서 긴 복도를 계속 걷기는 힘들다고 판단한 토츠코는 복도 왼쪽에 있는 나무 벤치에 걸터앉았다. 빤히 바라보지 말자고 생각하면서도 키미에게 빨려 들어가듯 시선이 향했다. 부자연스럽게 보이지 않도록 성경을 한 권 꺼내 펼쳐 들었다. 그리고 성경으로 시선을 떨궜다.

하지만 내용은 전혀 머릿속에 들어오지 않았다. 다시 자신도 모르게 키미 쪽으로 눈길이 돌아갔다.

담소를 나누며 걸어오는 키미의 모습은 시원한 산들바람

을 휘두른 '푸른 성녀'처럼 보였다.

토츠코는 벤치 앞을 지나쳐가는 키미를 바라봤다. 키미가 완전히 지나가 그의 시선을 두려워할 필요가 없어지자 토츠코는 그 푸른빛 뒷모습을 응시했다. 도취되는 기분이 찾아왔다.

조금만 더 키미의 '색'을 보고 싶다고 토츠코는 기도했다.

"키미 선배님."

마치 기도가 이루어진 것처럼 복도 반대쪽에서 여학생 두 명이 키미를 부르며 다가왔다.

토츠코는 그 두 사람을 본 기억이 있었다. 키미가 부장을 맡고 있는 성가대의 후배들이었다.

키미가 멈춰 서서 후배들에게 고개를 끄덕였다. 그의 몸짓은 우아했다. 그 모습에 토츠코는 다시 빠져들었다.

후배의 표정은 굳어 있었다. 무언가 문제라도 있는 모양이었다.

"선배님, 성가대 연습 일정으로 상담할 게 있는데요……."

후배의 목소리가 차츰 작아졌다. 맑은 파랑에 휩싸인 의젓한 키미의 뒷모습에 토츠코는 여전히 매료되어 있었다.

"응, 무슨 일인데?"

키미가 후배에게 묻는 목소리가 울렸다. 높지도, 낮지도 않은 차분한 목소리였다. 선배티를 내며 거만하게 굴지도 않고 자기 일처럼 후배의 말에 귀를 기울이고 있었다. '저렇게 언제나 차분한 사람과 가까이 지낼 수 있다면 얼마나 좋을까'라는 생각을 하며 토츠코는 작게 한숨을 내쉬었다.

토츠코의 마음을 술렁이게 하는 아름다운 '색'을 가진 세 번째 사람은 같은 학년이면서 한 번도 같은 반이 되어본 적 없는, 반은커녕 말을 건네본 적도 없는 사쿠나가 키미였다.

키미의 '색'은 블루였다. 산뜻하면서도 강렬한 깊이가 있는 코발트블루.

키미는 멈춰 서서 후배의 목소리에 귀를 기울이고 있었다. 그 옆얼굴이 살짝 토츠코에게 보였다. 시원스럽지만 강한 인상을 주는 눈, 오뚝한 콧날, 윤기가 흐르는 검은 생머리.

키미의 옆얼굴에 빠져들면서 토츠코는 2년 전 입학식 날을 떠올렸다.

고코여고 입학식은 4월 1일이었다. 그해에는 교정의 벚꽃이 늦게 피어 입학식 무렵에야 꽃잎이 떨어지기 시작했다.

아침부터 강한 바람까지 불어 벚꽃잎이 사방에 흩날렸다.

눈처럼 내리는 벚꽃잎 사이를 당시에는 이름도 몰랐던 키미가 교복을 입고 혼자 걸어가고 있었다. 옅은 분홍색 꽃잎에 휩싸인 키미는 장렬할 정도로 아름다웠다.

토츠코가 보기에 마치 푸른 베일이 몸을 감싸고 있는 듯했다. 흩날리는 벚꽃잎은 키미의 푸른 '색'에 지배받는 공간을 침범하지 않고 주위를 따르고 있는 것처럼 보였다.

키미는 그저 학교 건물로 들어가고 있었을 뿐인데 파랑과 분홍으로 물든 그 모습은 성스럽게 느껴질 만큼 아름다웠다.

이후 토츠코는 키미에게 마음을 빼앗겼다. 하지만 특별히 무언가를 하지는 않았다. 다만 2년 동안 키미에 대한 몇 가지 사실을 알았다. 같은 학년, 옆 반인 3학년 B반, 이름, 읽고 있는 책, 무슨 동아리 활동을 하는지, 기숙사에서 생활하지 않고 노면전차로 통학하고 있다는 등의 정보를 대충 알게 된 것이다.

토츠코는 그저 그렇게 키미에 대해 조금씩 알아가는 것에 기쁨을 느꼈다.

그리고 한 가지 확실한 사실은 키미는 토츠코의 이름도 모른다는 것이었다. 애초에 토츠코의 존재 자체를 모른다. 같은 학년 옆 반 학생 중 한 명으로도 인식하지 않고 있을 확률이 컸다.

그래도 토츠코는 그걸로 만족했다. 그저 멀리서 그렇게나 멋진 '색'을 볼 수만 있다면 충분했다. 그 이상 바랄 수 없었다. 만약 혹시라도 지나치게 가까이 다가가면 그 '색'에 압도되어 몸이 부서질 것만 같았다.

토츠코는 복도 의자에 앉아 성경을 읽는 척하면서 키미와 후배의 대화에 귀를 기울였다. 후배가 키미에게 말을 건 이유는 성가대 연습 일정 조정에 어려움을 겪고 있어서였다. 후배는 일정에 불만을 제기하는 부원이 많아서 정하지 못하고 있는데, 이렇게 있다가는 연습 시간이 부족해질 것 같다고 했다. 콩쿠르에 나가야 하는데 연습을 제대로 못 할까 봐 불안하니 부장인 키미가 어떻게 좀 해줬으면 좋겠다는 상당히 해결하기 까다로운 상담이었다.

"그러니 키미 선배님이 괜찮으실 때 시간 좀 내주실 수 있을까요?"

후배에게 부탁받은 키미가 고개를 끄덕였다.

"응, 알았어."

"키미 선배님, 감사합니다!"

고개를 숙이며 인사하는 후배들의 목소리가 경쾌했다.

키미는 가볍게 인사하고는 복도 끝으로 멀어져갔다.

후배들의 목소리에는 키미를 숭배하는 듯한 기운이 있었다.

토츠코는 보이지 않을 때까지 키미의 뒷모습을 바라보다가 손가락으로 성호를 긋고 손을 모아 "아멘" 하고 중얼거렸다. 키미의 아름다운 '색'이 존재하는 것. 그리고 그것을 조금이라도 오랫동안 볼 수 있게 해준 신의 배려에 감사를 올렸다.

2

—

　고코여고의 체육 수업은 두 개 학급이 합동으로 진행한다. 즉 체육만은 토츠코와 키미가 함께 수업을 들었다.

　키미는 165센티미터 정도의 키에 호리호리한 체형이지만, 움직임만 봐도 운동신경이 좋다는 걸 쉽게 알 수 있었다.

　지난주 체육 시간에는 키미가 높이뛰기의 가로 막대를 배면뛰기로 뛰어넘는 순간에 그를 둘러싼 '색'이 만들어내는 아름다운 광경을 보았다. 키미가 뛰어오르자 '색'은 공중에서 천천히 회전하며 그와 함께 매트 위로 잠겼다.

　그 광경이 너무나도 아름다워서 토츠코는 눈을 크게 뜬 채 꼼짝할 수가 없었다. 그리고 몸이 떨리는 것을 느꼈다.

　발레 교실에서 고등학생 언니가 '색'과 한 쌍이 되어 춤추는 모습을 목격했을 때와 비슷한 충격이었다.

옛날 일을 떠올린 순간 토츠코는 가슴이 아파왔다. 영원히 빠지지 않는 가시 같은 기억이었다. 그렇게나 좋아하던 발레였는데…….

이날 체육 시간에는 피구를 했다. 우선 공을 던지는 법과 받는 법을 연습했다.

역시 토츠코는 던지는 것도, 받는 것도 서툴렀다. 그래도 그 후에 시작된 대항전에서는 의욕이 넘쳤다.

그렇다고 목소리를 높이며 적극적으로 공을 받으러 가지는 않았다. 코트 안에서 부지런히 도망칠 뿐 결코 앞으로 나서지 않았다. 공을 잘 받아내는 사쿠와 스미카의 뒤에 열심히 숨었다. 토츠코와 마찬가지로 운동에 서툰 시호는 일찌감치 상대편 공에 맞아 외야로 나갔다. 거기에서 안심한 듯한 표정으로 서 있었다.

같은 편 외야에서 던진 공이 상대편을 공격했다. 하지만 맞추지 못하고 누군가 공을 가로챈 듯했다.

이번에는 이쪽이 공격받는다고 생각하며 토츠코는 스미카의 등 뒤로 몸을 숨겼다.

하지만 직후에 스미카가 빠르게 오른쪽으로 이동했다.

토츠코는 그 움직임을 따라가지 못했다.

스미카가 있었던 자리가 텅 비고 그 앞에는 상대편 학생의 모습만 보였다.

거기에는 이제 막 공을 던지려고 하는 키미가 있었다.

그 순간 토츠코는 그 모습에 빠져들고 말았다. 공을 손에
든 키미의 움직임은 생기 있고 활발했다. 그렇게 키미의 코
발트블루가 덮쳐들었다.

키미의 '색' 일부가 공이 되어 던져진 것 같은 착각이 들
었다. 영롱한 코발트블루색 공이 점점 눈앞으로 다가왔다.
아름다웠다.

선명하고 강렬한 파랑을 넋 놓고 바라보며 토츠코는 무
방비 상태가 되었다. 두 팔을 아래로 축 늘어트린 채 날아
오는 공과 그 뒤에서 '색'에 감싸인 키미를 바라봤다.

키미가 놀란 얼굴로 바뀌는 걸 토츠코가 깨달은 순간이
었다.

눈앞에서 파란 불꽃 같은 '색'이 흩날렸다. 무방비 상태였
던 토츠코의 얼굴에 공이 날아든 것이다.

얼굴을 때린 공은 체육관 천장을 향해 튀어 올랐다가 곧
바닥으로 떨어졌다.

마치 슬로 모션으로 재생한 듯 모든 것이 천천히 움직이
고, 모든 소리가 사라진 듯했다.

토츠코는 입을 크게 벌리고 소스라치게 놀라 굳어버린
키미를 바라보며 뒤로 쓰러졌다.

"토츠코!"

갑자기 외치는 목소리가 들렸다.

눈을 뜨니 사쿠와 시호와 스미카가 위에서 토츠코를 내려다보고 있었다. 세 사람 모두 걱정스러운 얼굴이었다.

미안하다고 생각하면서도 토츠코는 행복에 잠겨 있었다. 아름다운 푸른빛에 물든 공이 자신을 때린 순간 내뿜은 파란 '색'. 그것은 어디로 갔을까. 그것을 어딘가에 보관할 수는 없을까…….

"토츠코."

스미카가 쪼그리고 앉아 토츠코의 상반신을 일으켜 세웠다.

토츠코는 코에 공을 직격으로 맞았다는 느낌이 들지 않았다. 코피가 흘러내리는 것도 전혀 몰랐다.

걱정스럽게 바라보는 스미카 옆에서 토츠코는 "헤헤헤" 하고 행복한 얼굴로 웃었다.

그 얼굴을 보고 사쿠와 시호와 스미카는 이상하다는 듯이 서로의 얼굴을 쳐다봤다. 아무리 생각해도 웃을 만한 상황이 아니었다.

웃는 얼굴로 토츠코는 상대편 코트에 우뚝 서 있는 키미의 아름다운 푸른빛을 바라보았다. 키미가 양손으로 입을 가리고 걱정스럽게 토츠코를 보고 있었다.

"토츠코"라고 부르는 스미카의 목소리가 멀리서 들려오

는 듯했다.

괜찮아, 미안, 이라고 생각하면서 토츠코는 의식이 멀어지는 것을 느꼈다. 마음이 무척 편안하고 기분이 좋았다.

키미는 수업이 끝나는 종소리를 들으며 교문을 향해 걸어갔다. 성가대 연습이 있었지만 참석하지 않았다.

교문을 나와서 언덕을 내려와 노면전차에 올라탔다. 내리는 곳은 종점이었다.

번화가를 조금 걷다 보면 주택가가 나온다. 언덕이 많은 마을 중에서도 특별히 가파른 언덕 위에 키미의 집이 있었다. 지어진 지 40년이 넘은 정통 일본식 주택이었는데 관리를 잘해서 낡아 보이진 않았다.

"다녀왔습니다."

키미가 미닫이문으로 된 현관문을 열고 외치자 안쪽 부엌에서 여자 목소리가 들려왔다.

"잘 다녀왔어?"

부엌에서 할머니 시노가 저녁에 먹을 된장국에 넣을 완두콩 꼬투리를 따고 있었다.

"저 왔어요."

키미는 부엌에 들어가 할머니를 보며 웃었다.

"어서 와."

꼬투리 따는 손을 멈추지 않고 시노도 키미를 보며 웃었다.

두 사람은 많이 닮았다. 특히 오뚝한 코 모양과 윤곽이 똑같았다.

키미는 현관 쪽으로 돌아가 계단을 올라갔다.

2층에는 키미의 방이 있고 그 옆이 시노의 침실이었다.

키미는 방에 들어가자마자 재빨리 옷을 갈아입었다. 교복을 옷걸이에 걸고 무늬가 없는 티셔츠에 검은 반바지 차림의 수수한 복장으로 갈아입고는 방구석에 두었던 기타를 들었다.

키미의 방은 지금 그가 입은 옷처럼 수수했다. 살풍경하다고 해도 어울릴 정도였다.

책상과 침대, 거기에 더해 책장과 작은 서랍장이 있을 뿐이었다.

책상 위에는 온통 수학과 관련된 참고서 같은 것만 놓여 있었다.

귀여운 장식품 같은 건 전혀 찾아볼 수 없어서 언뜻 보면 방 주인이 남자가 아닐까 하는 착각마저 들 정도였다.

책상 한가운데에는 에너지 보존법칙을 보여주기 위해 만들어진 진자가 놓여 있었다. '뉴턴의 요람'이라고 불리는 것으로 다섯 개의 금속 구슬이 철사에 매달린 형태였다. '똑딱이 구슬'로도 불리며 인테리어 장식품으로도 인기가 있었다.

키미는 의자에 앉아 기타 연주 자세를 잡고 '뉴턴의 요람'의 제일 오른쪽 금속 구슬을 들어 올렸다가 놓았다. 그러면 다섯 개의 구슬 중 제일 왼쪽에 있는 구슬만이 키미가 구슬을 들어 올린 높이만큼 올라갔다. 구슬이 이 운동을 반복하며 똑딱똑딱 소리를 냈다.

키미는 그 소리를 메트로놈 삼아 기타 연주를 시작했다. 하지만 아직 연습을 시작한 지 얼마 안 되어 몇 가지 코드를 잡고 소리를 내는 정도에 불과했다.

이 기타도, 메트로놈 대용인 '뉴턴의 요람'도 취직과 함께 집을 나가 오사카에서 살게 된 키미의 오빠가 남겨둔 물건이었다.

'뉴턴의 요람'은 메트로놈으로 쓰기에는 박자의 정확성이 떨어졌다. 다행히 오빠가 꽤 비싼 것을 구입했는지, 공기 저항은 피할 수 없어도 구슬 사이의 흔들림이 적어서 완전탄성충돌(두 물체의 충돌 전 운동 에너지 합과 충돌 후 운동 에너지 합이 같은 경우의 충돌 — 옮긴이 주)에 거의 가까워 1분 이상 정확히 박자를 새기며 움직였다.

그래도 구슬의 박자가 흐트러지기 시작하면 신경에 거슬렸기 때문에 키미는 일단 구슬을 멈추게 한 후 새로 들어 올렸다가 놓고는 다시 연습에 몰두하곤 했다.

내내 거의 무표정했던 키미의 얼굴이 조금 부드러워졌다.

키미는 지치지도 않고 기타 줄을 튕기며 시간 가는 줄 모르고 연주했다.

토츠코네 기숙사 방에서는 주기적으로 어떠한 게임이 유행했다. 이전에는 그저 스마트폰 게임만 하다가 사쿠가 실물 게임을 해보자고 제안해서 모두가 그 재미에 푹 빠졌다. 지난달까지는 지금까지 최다 유행을 기록한 젠가였고, 그전에는 젠가 다음으로 인기를 자랑하는 우노였다.

최근에는 오셀로가 인기였는데, 오늘은 토츠코가 참가하지 않아서 한 사람이 모자란 탓에 사쿠와 시호와 스미카는 다이아몬드 게임을 했다. 하지만 아무래도 흥이 나지 않았다. 세 사람 모두 토츠코의 상태가 신경 쓰였다.

체육 수업에서 얼굴에 공을 맞고 쓰러진 토츠코를 체육 선생님이 병원에 데려가 진찰을 받았는데, 코피가 난 것 외에 별다른 이상은 보이지 않는다고 해서 바로 기숙사에 돌아왔다.

하지만 그 후 상태가 이상했다. 평소에는 책상에 앉아 있는 일이 거의 없는 토츠코가 책상 앞에서 꼼짝도 하지 않았다. 뭔가를 하는 것도 아니고 그저 턱을 괴고 멍하니 있을 뿐이었다. 무엇보다 이상한 건 계속 히죽대는 표정이었다. 어쩐지 행복해 보이기도 했지만 세 사람은 걱정이 앞섰다.

"토츠코, 왜 그래?"

스미카가 물었다.

"어쩐지 기분이 반짝반짝해."

토츠코는 턱을 괸 채 전혀 설명이 되지 않는 설명을 하고
는 또 웃었다. 웃음이 멈추지 않는 모양이었다.

토츠코의 말에 세 사람은 서로 얼굴을 마주 보았다. 말뜻
을 이해한 사람은 아무도 없었다.

곧 시호가 농담처럼 말했다.

"체육 시간에 머리를 세게 부딪혔으니까."

"그럴 수도 있지."

사쿠가 공감하며 웃었다. 스미카도 소리 내어 웃음을 터
트렸다.

기숙사 생활에서 그들이 익힌 것은 '거리감'이었다. 원하
지 않는 한 깊이 파고들지 않는다.

소등 시간이 되어 토츠코는 평소처럼 잘 준비를 하고 이
불 속으로 들어갔다.

평소대로라면 침대에 눕자마자 바로 잠들었겠지만 오늘
은 그러지 못했다. 체육 시간 이후 머릿속에 계속 '그 장면'
을 반복해서 떠올리고 있었다.

얼굴에 공을 맞고 쓰러졌을 때 토츠코는 일단 몸을 일으

54

켰다. 그때 걱정스럽게 자신을 보고 있는 키미의 모습이 눈에 들어왔다. 푸른 '색'을 몸에 두른 키미가 자신만을 보고 있는 것에 환희를 느꼈지만 동시에 너무나도 부끄러웠다.

그사이 주위가 혼란스러워지고 토츠코는 다시 쓰러졌다. 그것은 '실신'과는 다른 무엇이었을지도 모른다. 아마도 키미의 시선이 부끄러워 도망치기 위해 머릿속 안전장치 같은 것이 작동한 게 아닐까 싶었다.

하지만 스미카가 "토츠코!"라고 부르는 목소리를 듣고 눈을 뜬 순간 본 놀라운 상황은 잊을 수 없었다.

키미가 걱정스러운 표정으로 토츠코의 얼굴을 들여다보고 있었다. 토츠코는 키미의 얼굴을 제대로 바라보지 못하고 고개를 돌려 시야 끝으로만 흘끔흘끔 봤다.

아름다웠다. 키미의 푸른 '색'이 너무나도 가까웠다.

"괜찮아?"

키미가 토츠코에게 물었다. 목소리가 떨리고 있었다.

토츠코는 그 물음에 대답할 수 없었다. 공에 맞은 통증을 느낄 여유조차 없었다.

"미안해."

토츠코가 대답을 하지 않으니 키미는 면목이 없다는 듯이 사과했다.

"괜찮아요."

허둥거리며 대꾸했지만 목소리가 잠겨서 잘 나오지 않았다. 너무 긴장한 탓이기도 했다.

키미는 걱정스러운 표정으로 다시 토츠코의 얼굴을 들여다봤다.

"정말로 괜찮아요. 고맙습……."

토츠코는 웃으며 손을 저어댔다.

그때 체육 선생님이 다가와 토츠코의 출혈 상태를 확인하는 바람에 더 이상 키미의 모습은 볼 수 없게 되었다.

토츠코에게는 최고의 시간이었다.

무심코 키미와 대화를 나누었다. 앞으로는 복도에서 마주칠 때마다 "안녕" 같은 인사를 할 수 있다. 그리고 그 푸른 '색'의 옆에 앉아 대화를 나눌 수 있을지도 모른다.

그것은 조금 무서운 일이기도 했다. 하지만 최고의 기분을 느끼게 해줄 거라는 예감 또한 들어 온몸이 떨릴 정도로 행복감에 휩싸였다.

겨우 몇 마디 나눈 것만으로 이렇게나 행복해졌으니까!

"헤헤헤."

토츠코는 이불을 몸에 감고 자신도 모르게 소리 내어 웃었다.

깜깜한 기숙사 방 안에 갑작스럽게 토츠코의 웃음소리가 울렸다.

사쿠와 시호와 스미카는 침대에 누워 커튼을 치고 있다가 거의 동시에 커튼을 열고 서로의 얼굴을 마주 봤다.

토츠코의 은밀한 웃음소리가 들려왔다.

토츠코는 자신이 볼 수 있는 '색'에 대해 세 사람에게도 말하지 않고 있었다. 그것을 말하는 일은 반드시 나쁜 결과를 불러오기 때문이었다.

하지만 오늘 일어난 일을 말하지 않을 자신이 없었다. 게임을 하면서 "사쿠나가 키미와 대화를 나눴어"라고 말하기 시작하면 멈출 수 없을 것 같았다. 세 사람은 분명 토츠코가 키미를 사랑하고 있다고 착각할 것이다. 그 오해를 풀기 위해서는 '색' 이야기를 하지 않을 수 없다.

그래서 토츠코는 세 사람과 굳이 이야기를 나누지 않기로 했다.

잠시 이상하다는 듯이 얼굴을 마주 보던 세 사람은 곧 서로를 향해 고개를 작게 끄덕이고는 커튼을 닫았다.

토츠코의 웃음소리가 즐겁게 들리는 것만은 분명했기 때문이다.

원하지 않는 한 깊이 파고들지 않는다.

다음 날 아침 토츠코는 긴장감에 휩싸였다. 기숙사는 아직 안전했지만 교실로 가는 것이 무서웠다.

교정 어디에서 갑자기 키미와 마주칠지 몰랐다. 만약 교실에서 나올 때 무방비 상태로 마주치면 어떤 표정을 지어야 할까? 어떤 말을 하면 좋을까? 만약 "어제는 미안. 괜찮아?"라고 말하며 키미가 얼굴을 빤히 바라보면 어떤 표정으로 어떤 대답을 해야 좋을까?

아니면 키미가 교실에 들어와 "어제는 미안했어. 이거 사과의 의미로"라고 말하며 과자 같은 것을 건넨다면……. 아니 그보다도 그런 것을 받아도 괜찮은 걸까?

어제까지 기쁨으로 가득했던 마음이 머릿속에서 펼쳐지는 망상 앞에서 순식간에 불안으로 변했다.

토츠코는 복도 모퉁이를 돌 때나 교실과 화장실에서 복도로 나올 때 고개만 살짝 내밀어 주변 상황을 살폈다.

이것은 토츠코도 새롭게 깨달은 사실이었는데 좋아하는 '색'은 크고 또렷한 지표가 되었다. 키미의 푸른 '색'은 한눈에 판별할 수 있었다. 그것이 편리한지 어떤지는 모르겠지만 덕분에 준비도 안 된 상태로 키미와 느닷없이 마주치는 것만은 피할 수 있었다.

점심에는 식당에 가지 않고 맛없는 매점 빵으로 때웠다. 식당에서 점심을 먹고 있을 때 키미가 들어오면 도망칠 수 없었다. 교실이라면 어떻게든 핑계를 만들어 다른 출입문으로 도망치면 되지만, 식당에는 출구가 하나밖에 없기 때문이다.

그렇게 토츠코는 키미와 마주치지 않고 성공적으로 도망을 다니고 있었다. 다만 딱 한 번 교무실로 가던 도중에 창문 밖으로 '색'이 보였다.

학교 복도 창문에서는 연못이 정면으로 보인다. 매일 아침 등교하는 학생들을 맞이하듯 맑은 물이 가득한 동그란 분수 연못. 그 앞에 키미가 있었다.

토츠코는 신중하게 몸을 숨기고 창문을 통해 그 모습을 바라봤다.

키미는 혼자서 수면을 보고 있었다. 그 얼굴에 표정 같은 것은 보이지 않았다. 푸른 '색'이 키미를 감싸고 있었다. 시간이 한참 지난 듯했다.

키미는 겨우 고개를 들고 정문을 지나 학교를 빠져나갔다.

아직 오후 수업이 남아 있는데 키미는 학교에서 지정한 베이지색 가죽 가방을 등에 메고 있었다. 하교하는 모양이었다.

어디가 아파 조퇴라도 하는 걸까? 토츠코는 걱정스러웠다.

키미의 모습이 보이지 않을 때까지 바라봤지만 키미는 한 번도 뒤돌아보지 않았다.

토츠코는 일주일에 두 번 체육 수업이 있다는 것을 잊고 있었다. 이틀은 어떻게든 도망칠 수 있었지만 내일은 키미와 마주해야 했다. 아마도 몸 상태를 물어올 듯했다.

컨디션이 안 좋다며 보건실에 가서 체육을 빠질까도 싶었지만 그러면 키미가 자신의 공을 맞아서 그런 줄 알고 보건실에 찾아올지도 모르니 생각을 고쳐먹었다.

학교를 졸업할 때까지 계속 도망 다니는 것은 불가능하다고 생각하며 토츠코는 결심했다.

내일 체육 시간에 키미와 마주하자.

다음 날 3교시가 체육 수업이었다. 체육관에서 피구를 이어서 할 예정이었다.

토츠코는 내키지 않는 기분으로 기숙사 같은 방 친구 셋과 함께 체육관으로 들어갔다.

처음에는 고개를 들지 못하다가 흘끗 눈을 들어 살펴봤더니 키미의 푸른 '색'이 보이지 않았다.

여기저기 고개를 돌려 체육관을 둘러봤다. 떠들썩한 체육관 안에 키미의 모습은 없었다.

조금 안심했지만 동시에 키미의 '색'이 보이지 않아서 낙담했다.

다음 날 토츠코는 복도에서 키미와 자주 함께 있는 타카하타를 발견하고 움찔했다. 그러나 타카하타와 이야기를 나누며 걷는 사람은 '갈색'을 띤 동급생뿐이었다.

그날 쉬는 시간에 토츠코는 복도에서 쭈뼛쭈뼛 옆 반을 들여다봤다. 키미의 자리는 창가에서 세 번째 줄의 첫 번째 자리였다.

하지만 키미의 모습은 보이지 않았다. 화장실에 갔을 수도 있지만, 책상 양쪽에 붙어 있는 고리에도 가방이 걸려 있지 않았다.

확인해보고 싶어서 쉬는 시간이 끝날 때까지 기다려봤지만 키미는 나타나지 않았다.

그다음 날에도 토츠코는 또 쉬는 시간에 옆 반에서 키미의 모습을 찾았지만 키미는 보이지 않았다. 방과 후 토츠코는 체육관 앞에 놓인 벤치에 혼자 앉아 생각에 잠겼다. 체육관 안에서 성가대가 연습 중이었다. 하지만 거기에도 키미는 없었다.

키미는 토츠코가 아는 것만 해도 최소 사흘을 연달아 학교에 나오지 않고 있었다. 연못 앞에 우두커니 서 있던 키미의 모습이 떠올랐다. 그 표정은 컨디션이 나쁘거나 무언가 고민이 있는 것처럼 보이지 않았다.

토츠코는 불안해졌다. 미안한 얼굴로 토츠코를 바라보며 사과하던 키미의 모습이 머릿속을 스쳐 지나갔다.

설마 그 일이 키미의 마음에 부담을 주어 학교를 나오지 않게 된 걸까…….

하지만 키미가 그렇게 연약한 성격일 것 같지는 않았다. 물론 토츠코는 키미와 대화를 제대로 나눠본 적도 없고 그가 다른 친구들과 이야기하는 걸 몰래 엿들은 게 전부였지만 키미는 강하고 현명한 여성이라는 생각이 들었다.

어느 날 아침, 준비물을 잊어버려서 기숙사에 갔다가 되돌아와 학교 현관에서 신발을 갈아 신고 있을 때였다. 학생 세 명이 현관 한쪽에 서서 이야기를 나누는 모습이 눈에 들어왔다.

그 세 사람을 토츠코는 알고 있었다. 그들 모두 3학년으로 성가대 소속이었다.

토츠코는 오늘 아침에도 교실에 도착하자마자 옆 교실에 키미가 등교하지 않은 것을 확인했다. 나흘 연이은 결석이라니. 단순한 감기라고는 생각할 수 없었다.

토츠코는 그 세 사람과 이야기해본 적이 없었다. 하지만 이 기회를 놓칠 수 없었다.

토츠코가 그들 앞에 다가가자 세 사람은 경계하는 표정을 지었다.

아마도 그들은 지금까지 토츠코의 존재를 몰랐을 것이다.

하지만 토츠코도 당당하게 다가간 것은 아니었다. 세 사

람의 얼굴을 제대로 보지도 못하고 우물쭈물하면서 땅으로
꺼질 듯 작은 목소리로 물었다.

"저, 저기, 사쿠나가⋯⋯."

토츠코는 겨우 거기까지 말하고 세 사람 중 가운데 서 있
는 키가 큰 학생을 흘끗 바라봤다.

그 학생은 조금 곤란한 표정을 지으며 옆에 있는 친구들
과 시선을 교환했다.

더욱 불안해진 토츠코가 빠른 속도로 단숨에 물었다.

"최근 보이지 않아서⋯⋯ 학교를 쉬는 이유라도 있나요?"

다시 힐끗 바라보자 세 사람은 또 한 번 시선을 교환하더
니 토츠코의 정면에 서 있는 키가 큰 학생이 입을 열었다.

"못 들었어?"

토츠코는 고개를 더 들었다.

"사쿠나가, 학교 그만뒀대⋯⋯."

그만뒀다⋯⋯. 언제? 왜? 그런 질문이 토츠코의 머릿속
을 휘저었으나 그 무엇도 입 밖으로 나오지 않은 채 그저
멍하니 키 큰 학생의 얼굴을 바라봤다.

연못 앞에 우두커니 서 있던 키미의 모습이 머릿속에 떠
올랐다. 평소와 다름없이 맑은 '색'을 두르고 있던 그 모습
은 침착해 보였다. 그런데 키미가 학교를 그만뒀다. 토츠코
는 키미가 자퇴했다는 사실을 받아들일 수 없었다. 그 원인

을 전혀 알 수 없었기 때문이다.

잠시 후 세 사람이 자신을 보고 있다는 것을 깨닫고 토츠코는 견딜 수 없는 기분이 들어 그들에게 서둘러 인사한 뒤 등을 돌려 뛰었다.

왜 뛰는지 자신도 알 수 없었다. 다만 뛰지 않고는 견딜 수 없었다. 복도를 빠져나와 교정을 가로질렀다.

체육관 앞에서 성가대 소속인 2학년 학생들을 발견했다. 이제 와 멈출 수는 없었다. 주눅이 들어 우물쭈물할 여유도 없었다.

갑자기 토츠코는 두 사람 앞을 가로막고 물었다.

"사쿠나가 키미가 학교를 그만둔 이유, 아세요?"

느닷없이 전혀 모르는 사람에게 갑작스러운 질문을 받은 두 사람은 당황한 듯 보였지만 이내 얼굴이 하얀 학생이 대답했다.

"저희도 놀랐어요."

그러자 치아 교정을 한 왼쪽 학생도 말을 덧붙였다.

"갑작스러운 일이라 정말 놀랐어요."

그 말을 들은 토츠코는 이번에도 고개를 숙여 인사하고는 다시 달렸다.

그날 쉬는 시간 내내 토츠코는 정신없이 정보를 수집했다.

"무슨 일이야?"

딱 한 번 스미카가 물었다.

"아무것도 아니야."

토츠코는 이런 대답밖에 할 수 없었다.

토츠코는 후배들에게선 알아낼 수 있는 게 없다는 생각이 들어 3학년 가운데 키미와 같은 반이었던 학생과 성가대에 소속된 학생들로 물어볼 대상을 좁혔다.

그 결과 얻어낸 정보는 두 가지였다.

"남자랑 사귀다가 학교에 들켰다는 모양이야."

교칙에는 분명 '남성과의 교제 금지'라는 전근대적인 조항이 있지만 지금은 사실상 유명무실해져서 이웃 주민의 통보가 있어도 묵인되었다.

"선생님에게 반항했다던데."

이것도 곧이곧대로 믿기는 어려웠다. 성가대 부장을 맡은 키미는 선생님들과 수녀님들의 신뢰가 두터웠기 때문이다. 학업 성적도 우수했다. 애초에 키미가 '반항'하는 모습 같은 건 상상이 안 됐다. 그런 유치한 짓을 할 거라는 생각도 들지 않았다.

토츠코는 교정의 나무 그늘에서 돗자리를 깔고 도시락을 먹는 성가대원 세 사람을 발견하고 그들에게 다가가 물었다.

가운데 앉은 학생과는 이야기를 나눈 적이 있었다. 아마도 타마가와라는 이름이었을 것이다.

같은 반 학생에게 부탁을 받고 수학 교과서를 빌려준 적이 있었다. 듣기로는 누가 교과서를 훔쳐 갔다는 것 같은데, 타마가와는 그런 말은 하지 않고 그저 고맙다고만 했다. 그리고 다음 날 작은 과자 선물과 함께 책을 돌려받았다. 무척 어른스럽고 총명한 인상이었던 기억이 떠올랐다.

타마가와는 토츠코의 이야기를 묵묵히 들어줬다. 몇 번이고 고개를 끄덕이면서.

"여러 가지 소문이 있기는 한데……."

타마가와가 말문을 열었다가 다시 무언가 생각하듯 입을 다물었다. 그리고 고개를 한 차례 끄덕이고는 말을 이었다.

"무슨 이유인지 우리도 몰라. 다만…… 곧 성가대가 참가하는 콩쿠르가 있거든……."

타마가와는 곤란한 표정을 지었다.

중요한 행사를 앞두고 갑자기 부장을 잃었으니 혼란스러울 것이다. 심지어 같은 반에, 같은 성가대 소속인 타마가와에게도 아무것도 알리지 않은 채 학교를 그만둔 모양이었다.

"그럼 지금 뭘 하는지는……."

토츠코는 자신도 모르게 질문이 튀어나왔다. 타마가와는 말을 다 듣기도 전에 묵묵히 고개를 저었다.

이유도 말하지 않고 학교를 그만둔 키미가 학교를 떠나서 무엇을 하고 있는지 알려줄 것 같지는 않았다. 타마가와는 키미의 연락처를 알고 있겠지만, 연락을 하지는 않을 것이다. 키미가 원할 것 같지 않았다. 그렇지 않고서야 이런 식으로 학교를 그만둘 리 없었다.

키미에게 무슨 일이 있었던 걸까? 심하게 상처받을 만한 '사건'이 있었다는 소문도 들은 바 없었다. 수녀님이나 선생님들은 알고 있겠지만 물어본다고 알려주실 것 같지도 않았다.

소용없다고 생각하면서도 토츠코는 키미와 관련된 정보를 계속 찾아다녔다.

하지만 모든 일이 헛수고로 끝났다.

토츠코는 속수무책으로 어디에서나 멍한 상태에 빠졌다. 그리고 차츰 어떤 변화를 느꼈다. 어디에 가더라도 주위 사람의 '얼굴'이 보이지 않게 된 것이다. 사람들이 그저 '색'의 집합으로밖에 보이지 않았다.

물론 스미카가 말을 걸면 대답을 하기는 했지만 마음이 딴 데 가 있는 상태로 애매모호한 반응을 보일 뿐이었다. 사쿠와 시호가 말을 걸어도 마찬가지였다.

토츠코가 무언가에 푹 빠져 있는 일은 자주 있었다. 그중 제일은 성당에서 하는 기도였다. 세 사람은 시간만 나면 성당에 틀어박혀 기도하는 토츠코를 걱정했지만, 절박한 문제를 안고 있는 건 아님을 자연스럽게 알게 되었다.

토츠코는 멍하니 있는 것처럼 보여도 조용히 '집중'하고 있다. '탐닉'하고 있다고 해도 좋을지 모른다. 결코 마음의 평정을 무너트리지 않는다. 그것은 분명 토츠코에게 필요한 일이다.

이렇게 생각하며 세 사람도 자세히 묻지 않고 토츠코를 조용히 지켜보기로 했다.

토츠코는 사쿠나가 키미의 이름을 몇 번이나 스마트폰으로 검색했다. 하지만 검색되어 나오는 내용에 키미와 완전히 일치하는 것은 없었다. 그래도 새로운 정보가 갱신될지도 모른다는 생각에 계속해서 검색하곤 했다.

얼마 지나지 않아 토츠코는 정보 찾기를 그만뒀다. 물론 머릿속은 여전히 키미로 가득했다. 아무리 생각해도 키미가 행복하게 학교를 그만뒀을 것 같지 않았다.

키미의 아름다운 '색'이 슬프게 생기를 잃는 장면이 몇 번이고 머릿속에 떠올라서 괴로웠다.

그 장면에서 도망치기 위해 토츠코는 도서관에 갔다. 예전에 읽었던 책을 다시 읽으면 조금은 괴로움에서 벗어날 수 있지 않을까 싶었기 때문이다.

그리고 매일 성당에서 기도했다. 하지만 하루에 몇 번이고 성당에 틀어박혀 있으면 수녀님이 걱정할지도 모른다는 생각이 들었다. 그 이유에 대해 수녀님이 물으면 대답할 말을 찾지 못할 것이다. 그런 점에서 도서관은 쉬는 시간에 혼자 앉아 있어도 아무도 이상하게 여기지 않는 장소였다.

읽으려는 책을 찾아 들고 도서관 책상 앞에 앉아서 읽기 시작했지만 문자의 나열만이 눈앞을 스칠 뿐 내용은 전혀 머릿속에 들어오지 않았다.

그래도 토츠코는 점심시간이 끝날 때까지 책을 읽어보기로 했다. 중학생 때 처음 집어 들어 책장을 펼친 순간부터 잠자는 것도 잊고 단숨에 끝까지 읽었던 기억이 떠올랐다. 초능력을 얻은 어린 소녀가 주인공인 외국 소설이었다.

그렇게 흡입력 있는 내용이었는데도 역시나 집중할 수 없었다.

"있잖아, 얼마 전에 키미 선배 본 것 같아."

순간 토츠코는 눈을 크게 뜨고 온몸을 움찔 떨었다. 하지만 목소리가 들리는 뒤쪽으로 고개를 돌리진 않았다.

자신이 반응하면 대화가 끊길지도 모른다는 생각이 들었다.

그저 귀만 쫑긋 세워 다음 말을 기다렸다.

"뭐, 진짜? 어디에서?"

대화를 나누는 사람은 선생님이나 수녀님이 아니라 학생들이 분명했다. 그리고 목소리가 조금 어린 느낌이라 1학년으로 추측했다. 1학년 학생들에게는 키미에 대해 물어보지 않았었다.

"상점가에 있는 서점에서. 아무래도 계산대에서 일하는 것 같던데."

토츠코는 뒤를 돌아봤다. 두 사람이 키미를 얕보는 듯한 투로 말하며 즐거워하는 것 같았기 때문이다. 예상대로 두 사람은 어깨를 들썩이며 웃고 있었다.

등을 보이고 앉아 있는 그들은 토츠코의 시선을 알아채지 못했다. 뭐가 우스운 걸까. 토츠코는 조금 화가 났다. 학교 안에서, 특히 성가대 내에서 숭배의 대상이었던 키미가 평범하게 서점 계산원으로 일하는 모습이 너무 차이가 난다고 비웃는 걸까.

깔깔거리는 두 사람의 뒷모습을 보니 토츠코는 어디에 있는 서점인지 물어보려고 했던 마음이 사라졌다.

1학년으로 보이는 두 학생의 화제가 키미에 대한 얘기에서 아이돌 스캔들로 바뀌는 바람에 키미의 소식은 상점가에 있는 서점에서 일하고 있다는 것밖에 알 수 없었다.

다만 시내에 있는 상점가라고 하면 그 수가 한정되어 있었다. 서점을 하나하나 돌아보면 키미를 찾아낼 수 있을지도 몰랐다.

토츠코에게 작은 희망이 생겼다.

시내를 다니는 주요 교통수단은 노면전차였다. 학교에 다니는 학생들 대부분이 노면전차를 이용했다. 키미도 노면전차로 통학했었다.

토츠코는 그 노선에 있는 상점가를 가보기로 했다.

인터넷으로 검색하니 시내에 있는 서점은 헌책방을 포함해서 서른 곳 정도밖에 되지 않았다. 이번 주말부터 골든위크가 시작된다. 징검다리 연휴였지만 사이에 낀 평일은 가정학습이라는 이름으로 임시 휴일로 정해져서 총 9일의 연휴가 생겼다. 이번 연휴에도 토츠코는 고향에 가지 않을 생각이었다. 이미 학교에도 보고한 상태였다.

만약 키미가 아르바이트를 하고 있다면 토요일, 일요일이나 공휴일에도 출근할 가능성이 높았다. 서점 구인 광고를 보면 '토, 일 근무 가능한 사람 환영'이라는 문구가 반드시 덧붙었다.

토요일은 아침부터 나갔다가 저녁 미사가 시작되기 전에 돌아오면 되고, 일요일은 오전 9시 반부터 있는 주일 미사를 끝낸 뒤에 외출하면 된다. 공휴일은 평소 미사 시간인 오후 5시 반까지 돌아오면 충분했다.

새로운 미션을 받은 토츠코는 다시 '열중'하기 시작했다.

다음 날 아침, 평소처럼 아침 식사를 하러 식당에 가보니 기숙사생이 스무 명 정도밖에 없었다. 같은 방 친구 셋도 어젯밤에 고향으로 돌아갔다.

하지만 토츠코는 쓸쓸하지 않았다. 효율적으로 서점을 돌아보기 위해 어젯밤부터 정신없이 스마트폰을 들고 시뮬레이션을 했기 때문이다.

토츠코가 목표로 한 곳은 시내 최대 번화가였다. 거기에는 대형 서점 두 곳과 헌책방 다섯 곳이 있었다.

서점 아르바이트는 시간을 자유롭게 고를 수 있는 곳이 많았다. 특히 학생의 경우 학교 행사나 동아리 활동 등에 맞춰 근무 시간을 조정할 수 있는 모양이었다. 하지만 키미는 학교를 그만뒀으니 평범하게 파트타임 근무나 사원으로 일할 수 있고, 그렇다면 아침부터 밤까지 일할지도 몰랐다. 토츠코는 서점에서 일하는 사람이 SNS에 올린 글을 발견해 오전 출근과 오후 출근이 있다는 것을 알게 되었다.

우선 아침에 문을 여는 시간에 일곱 곳을 돌며 키미를 찾는다. 그러고는 점심을 먹은 후 다시 한번 일곱 곳을 돌아본다. 그러면 키미가 오전 출근이든 오후 출근이든 상관없이 만날 기회가 늘어난다.

계획을 면밀하게 세우면서 토츠코는 한 가지가 신경 쓰였다. 어떤 옷을 입고 가야 할까.

토츠코는 화려하지 않은 스타일의 옷을 좋아했다. 그래서 사쿠에게는 수수하다는 말을 듣고 시호에게는 아줌마 같다는 놀림을 받았고 스미카에게는 토츠코답다는 위로의 말을 들었다.

고민 끝에 결국 교복으로 정했다. 무엇보다 키미가 자신을 기억하지 못할 수도 있다고 생각했기 때문이다. 고코여고 교복을 입고 있으면 '아, 체육 시간에 공을 맞았던 학생이다'라고 알아챌 가능성이 높아진다.

처음 찾아간 곳은 시내에서 가장 큰 서점이었다. 노면전차 정거장에서 걸어서 2분 정도 거리에 있는 쇼핑센터 4층에 자리한 넓고 큰 서점이다.

이제 막 문을 연 시각이라 손님은 드물었다.

토츠코는 처음으로 점원에게 주목하며 서점 안을 돌았다. 처음에는 대충 계산대에 서 있는 점원만 살폈는데 유니폼을 입은 점원들이 넓은 서점 안 방대한 책장 앞에서 책을 진열하거나 상자에 넣는 모습이 많이 보여서 놀랐다.

서점 안을 천천히 두 바퀴 돌며 점원들을 흘긋흘긋 보고 있을 때 뒤에서 누군가 말을 걸었다.

"찾으시는 거 있으세요?"

40대로 보이는 여성 점원이었다.

"아, 아니요, 그게 아니라⋯⋯."

토츠코는 횡설수설하면서 서둘러 서점에서 나왔다.

수상한 사람으로 보였을까? 지나치게 두리번거리지 않는 편이 좋을 것 같았다. 수상한 사람으로 여기지 않더라도 책을 찾지 못해 곤란해하는 사람으로 볼 수도 있었다.

두 번째도 역시 대형 서점이었다. 이번에도 토츠코의 예상보다 점원이 훨씬 많았다.

너무 심하게 두리번거리지 않도록 주의하면서, 책장에서 책을 꺼내기도 하고 읽는 척하기도 하면서 점원을 살폈다.

천천히 서점 안을 몇 번이나 돌아봤다. 역시 여기에도 키미는 없었다.

문득 키미가 책을 정리하는 모습이 머릿속에 떠올랐다. 선명한 푸른색을 두르고 조용히 책을 정리하는 키미.

"어서 오세요!"

기운 넘치는 목소리로 환하게 웃으며 고객을 맞는 키미는 상상이 되지 않았다.

그런 생각을 하면서도 기운 넘치는 키미의 모습을 조금 보고 싶기도 했다.

이런저런 생각을 하며 서점을 탐색하다 보니 시간이 순식간에 흘러갔다.

오전 중에 또 한 곳의 대형 헌책방과 작은 헌책방 네 곳을 돌았다.

실마리를 전혀 찾지 못한 채 시간만 흘러 낮 12시 40분이 되었다. 토츠코는 배가 고파서 햄버거 가게로 들어갔다.

혼자서 외식은 오랜만이었다. 창가 자리에 앉아 창밖으로 걸어가는 사람들을 바라봤다. 문득 어딘가에 키미가 있지는 않을까 싶어 자세히 살폈다. 하지만 만약 그가 지나간다면 놓칠 리가 없었다. 그 푸른색은 키미가 아닌 사람에게는 존재하지 않을 테니까.

결국 그날 오후의 서점 탐색도 허탕으로 끝났다. 어느덧 오후 4시가 되어 있었다. 저녁 미사를 생각하면 돌아가야 할 시간이었다.

그다음 날부터 나흘 연속으로 시내의 각 상점가에 있는 서점을 탐색했지만 키미의 모습은 찾을 수 없었다. 포기하지 않고 외곽에 있는 서점도 가봤지만 헛수고로 끝났다.

연휴 마지막 날 토츠코는 이른 아침부터 성당에 갔다.

지난밤에는 침대에 누워서도 잠들 수가 없었다. 하루 종일 땀을 흘리며 서점을 돌아다녔기 때문에 상당히 고단했을 텐데도 초조한 마음에 잠들지 못했다. 일주일 이상의 시간을 꼬박 들여 시내뿐만 아니라 변두리 서점까지 구석구석 살폈지만 키미의 모습은 발견할 수 없었다.

초조한 마음이 점점 커졌다. 골든 위크가 유일하게 남은 시간처럼 느껴졌기 때문이다.

골든 위크가 끝나면 키미를 찾으러 가볍게 나갈 수 없어진다. 여름방학이라면 시간을 낼 수 있겠지만 그때까지 키미가 같은 일을 하고 있을지는 알 수 없었다. 취업을 하거나 아니면 다른 학교에 가버릴지도 모르니까.

토츠코는 괴로웠다.

어떻게든 이 괴로움에서 벗어나고 싶어 잠을 거의 못 잔 상태로 이른 아침부터 성당을 찾았다.

아침 일찍 성당에 가면 토츠코는 신자석의 앞에서 두 번째 자리에 항상 지정석처럼 앉았다. 이른 아침에 기도를 드리는 사람은 토츠코밖에 없었다.

초여름 햇살이 스테인드글라스를 통과해 성당 바닥에 한 층 더 선명한 광채를 그렸다.

토츠코는 무릎 위에 두 손을 모으고 니버의 기도를 외웠다.

"하느님, 바꿀 수 없는 것을 받아들이는 마음의 평온을 주시옵소서……."

토츠코는 손으로 성호를 긋고 두 손을 모아 "아멘" 하고 기도를 끝냈다.

하지만 초조함도, 괴로움도 가벼워지지 않았다. 기분 탓이라고 해도 평소에는 기도를 하면 마음에 작은 평온이 찾아왔는데…….

토츠코는 정면에 있는 마리아상을 바라봤다.

신의 응답을 구하는 일은 엄히 삼가야 한다고 주리 수녀님이 늘 말씀하셨다. 토츠코도 그것은 알고 있었다. 하지만 괴로워서 어떻게 해야 할지 몰랐다. 어떻게든 매달리고 싶은 기분이었다.

"아멘."

성당 안에 맑은 목소리가 울려 퍼졌다. 틀림없이 히요코 수녀님의 목소리였다.

토츠코가 뒤돌아보자 '색'을 두른 히요코 수녀님이 통로에 서서 손을 모으고 있었다. 옅은 노란 '색'이 또렷했다.

"히요코 선생님…….'

토츠코가 부르자 히요코는 감고 있던 눈을 뜨고 미소 지었다.

"히구라시 토츠코 학생, 니버의 기도에는 이어지는 내용이 있어요."

위로하는 듯한 히요코의 표정을 보고 토츠코는 깜짝 놀랐다.

토츠코가 대답을 못 하자 히요코는 니버의 기도에 이어지는 내용을 읊었다.

"바꿀 수 있는 것을 바꾸는 용기를 주시옵소서."

히요코의 태도는 엄숙하고 단호했다.

"바꿀 수 있는 것과 바꿀 수 없는 것을 구별할 수 있는 지혜를 주시옵소서."

토츠코는 히요코의 '색'을 바라봤다.

토츠코도 니버의 기도를 끝까지 외우고 있었다. 고뇌하는 사람에게 다가가 다정하게 격려하는 듯한 기도 내용이 좋았다.

토츠코의 표정을 보면서 히요코는 살짝 고개를 끄덕였다.

"알고 있죠?"

토츠코는 대답을 망설였다. 지금 자신은 '용기'를 가지고 있을까? '지혜'가 있는 걸까? 그게 불확실한데도 '안다'라고 대답해도 괜찮은 걸까?

니버의 기도 내용에 공감해서 매일같이 외우고 있었다. 기도를 하면 조금이라도 앞으로 나아갈 수 있는 기분이 들었다. 하지만…….

지금은 그저 괴로움에 발버둥 치고 있을 뿐이다.

긴 침묵이 이어졌다. 히요코는 온화한 표정으로 기다려 주었다.

"……네."

토츠코는 짧게 대답하고는 다시 입을 다물었다.

히요코는 꼼짝도 하지 않고 토츠코를 바라봤다. 그 눈에

깃든 것은 '자애'였다.

"그렇게 되도록 노력하겠습니다."

겨우 이렇게 대답할 수 있었다. 하지만 토츠코는 그것이 너무나도 불성실한 태도라고 느꼈다. 히요코 수녀님은 토츠코가 평소와는 무언가 다르다고 느끼며 정면으로 마주해주고 있었다.

"……하지만."

"네."

'괴로움'을 객관적으로 분석하여 스스로 해결하는 일은 불가능했다. 그저 냅다 달리고, 실패해서 낙담하고, 조바심이 나서 괴로워하고 있었다. 이런 상태를 신이 어떻게 해주기를 바라며 기도하는 것밖에 할 수 없었다.

"제가 바라는 것은 무엇보다 평온인데요……."

토츠코가 괴로운 표정을 지었다. 평소의 느긋한 표정은 사라지고 없었다. 그것을 히요코에게 보이고 싶지 않아서 그의 시선을 피하듯 고개를 돌렸다.

"뭔가 고민이라도 있나요?"

질문을 받았지만 토츠코는 대답할 수 없었다. 무엇을 어떻게 말해야 좋을까. 어떻게 하면 진심이 전해질까. 어쩌면 그저 히요코를 곤란하게 하는 건 아닐까.

토츠코가 입을 다물고 있으니 등 뒤에서 토츠코에게 다

가오는 히요코의 발걸음 소리가 들렸다.

발걸음이 멈췄다. 시선을 돌리지 않아도 히요코의 '색'이
바로 옆에서 보였다.

"고해가 필요하다면……."

히요코 수녀님의 말에 토츠코의 마음이 흔들렸다. 고해
는 자신이 저지른 죄를 성직자에게 고백하고 신에게 용서
와 은총을 받는 의식이었다. 결코 가볍게 할 수 있는 일이
아니었다.

하지만 애초에 '죄'란 무엇일까? 이어질 듯하다가 사라져
가는 '인연'을 원하는 것이 '죄'일까. 아니면 단순한 '욕망'인
걸까?

만약 그것이 죄라고 한다면 토츠코에게만 보이는 '색'과
그것에 매료되는 것까지 포함해서 모든 것을 말하지 않으
면 '고해'가 되지 않는다…….

히요코라면 받아들여줄지도 몰랐다. 이해는 하지 못해도
'색'이 보이는 것에 더해 그것을 욕망하며 뒤쫓는 '죄'를 받
아줄지도 모른다…….

"아, 아니요."

토츠코는 벌떡 일어나 히요코와 마주했다. 히요코를 바
라보니 그가 가진 '색'의 아름다움에 새삼스럽게 빠져들었
다. 그 고귀한 모습에 기도하고 싶은 마음이 들었다. 자신도

모르게 찬탄의 말이 입에서 새어 나왔다.

"히요코 선생님은 아름다운 '색'을 가지고 계세요."

히요코는 아주 잠깐 당황한 표정을 지었다. 하지만 토츠코의 목소리에 귀를 기울이는 자세를 보여줬다.

자신에게 보이는 것이 타인에게는 보이지 않는다. 그것은 아무리 설명해도 이해받을 수 없었다. 어느 순간엔가 스스로 체념할 뿐이었다. 상대방에게 어딘가 이상하다는 시선을 받으며.

하지만 히요코는 분명 자신의 이야기처럼 들어줄 것이다. 함께 생각해줄 것이다…… 아니 보이지 않는 것을 이해할 수는 없다. 토츠코는 생각을 고쳤다. 히요코를 곤란하게 해서는 안 된다.

"아, 아무것도 아니에요……"

얼버무릴 말을 찾지 못한 토츠코는 허둥거리며 몇 번이고 머리를 숙였다.

"죄송합니다."

그러고는 히요코의 옆을 지나쳐 밖으로 달려 나갔다.

남겨진 히요코는 토츠코의 뒷모습을 걱정스럽게 지켜봤다.

그날도 토츠코는 외출했다. 하지만 서점은 두 곳만 돌아봤다. 히요코 수녀님의 얼굴에 떠오른 곤혹스러움. 토츠코는 이제야 깨달았다. 키미를 만나서 무엇을 하려는 걸까. 그것도 모르면서 무엇을 원하고 헤매면서 걷고 있는 걸까…….

문득 토츠코의 머릿속에 괴로운 기억이 되살아났다.

발레 교실에서 넘어지는 자신의 모습이었다. 머릿속에서 그린 것과는 잔혹할 정도로 다른 제 모습이 레슨용 거울에 분명히 보였다.

발레를 좋아했던 것만은 분명했다. 푹 빠져 있었다. 그리고 즐거웠다. 그런데도 다른 사람들보다 뒤떨어진다는 것을 깨달았을 때의 좌절감이 떠올랐다. 세계 최고의 발레리나를 목표로 삼아도 그 목표를 누구나 이룰 수 있는 것은 아니다. 자기 나름대로 즐기면 충분했다. 하지만 푸른 '색'을 두른 언니에게 매료되어버렸다. 그 언니 같은 사람이 되고 싶었다.

어렸기에 그 마음은 강하고 정직했다. 아니, 지금도 그 시절과 변하지 않았다. 어린아이인 채로 조금도 자라지 못했다는 생각에 토츠코는 갑자기 마음이 꺾였다.

키미의 푸른색에 매료되어 그를 찾는 것에 열중했다. 그뿐이었다. 찾는 일을 탐닉했으면서 실패를 앞두고 목표를 잃고 헤매고 있었다.

정말로 키미의 푸른색을 보고 싶었던 것뿐일까? 스스로

에게 물어봐도 바로 답이 나오지 않았다. 키미와 친구가 되고 싶어서 찾고 있는 걸까? 두렵고 거북해서 온몸이 오그라드는 기분이었다.

대체, 뭘 하고 싶은 거야? 거리를 걸으면서 몇 번이고 자신에게 물어봐도 답은 나오지 않았다.

갑자기 마음이 공허해져 토츠코는 서점에 들어가지 않고 연휴 마지막 날을 보내는 사람들로 가득한 번화가를 목적도 없이 돌아다녔다.

기숙사에 도착하자 '숲속 세 자매'가 고향에서 돌아와 있었다.

세 사람은 저마다 지방 특산 과자를 선물로 들고 왔다.

긴 연휴 끝에는 늘 과자를 먹으면서 오랜만에 수다의 꽃을 피웠다.

창가에 놓인 긴 책상에 네 사람이 나란히 앉아 '카페 스타일'로 밤의 파티를 시작했다.

"또 같은 거라 미안해."

사쿠가 지역 명물인 구운 과자를 모두에게 나눠줬다.

"난 좋은걸."

시호가 바로 봉투를 뜯어 과자를 먹기 시작했다. 스미카도 맛있다며 기분 좋게 말했다.

사쿠는 '비스만'이라는 유명한 과자를 나눠줬다. 비스킷 반죽 안에 노른자 앙금을 넣어 구운 '비스킷 만주'였다. 독특한 풍미가 있어서 모두가 좋아했다. 시호와 스미카가 가지고 오는 귀성 선물은 그때그때 달랐다. 지방 특산 과자가 아닌 전국에서 판매하는 과자일 때도 있었지만, 그건 그것대로 모두 즐겁게 먹었다.

토츠코는 나눠줄 과자가 없었다. 그는 거의 본가에 돌아가지 않았다. 정월 며칠과 제사 같은 일이 있을 때 몇 번 고향에 갔지만, 여름방학이나 긴 연휴에도 대체로 집에 가지 않고 기숙사에서 지냈다.

같은 방 친구 셋은 그런 토츠코를 신기하게 생각했다. 한때는 토츠코의 가정에 문제가 있나 싶어 걱정도 했다. 걱정만 한 게 아니라 슬며시 가정환경을 물어보기까지 했다. 그러면 토츠코는 부모님에 대해 태연하게 이야기했다. 결코 사이가 나쁜 것 같지 않았다. 오히려 흐뭇한 에피소드가 많았다. 그래서 세 사람이 어렴풋이 짐작하는 토츠코가 귀성하지 않는 이유는 '토츠코는 기도에 푹 빠져 있기 때문이다'라는 것이었다.

"우리 부모님은 거의 무교나 마찬가지야."

언젠가 토츠코가 이런 말을 한 적이 있었다. 심각한 말투가 아니라 "부모님은 게임을 하지 않지만 나는 좋아해" 같은 어두웠기 때문에 신앙을 둘러싼 가족 간의 대립이 있는 것 같지도 않았다. '매일 성당에서 기도하고 싶으니까 왠지 집에 가고 싶지 않다'는 가벼운 이유일지도 모른다고 세 사람은 생각했다. 그것은 아무튼 토츠코답게 느껴졌다.

하지만 골든 위크가 끝나고 기숙사에 돌아온 세 사람은 토츠코가 평소와 다른 모습인 것을 눈치챘다.

말수도 적고 표정도 우울해 보였다. 토츠코는 세 사람과 함께 수다를 떨지 않고 창문 밖으로 보이는 밤의 정원을 멍하니 바라보다가 한숨을 내쉬었다. 자신이 그런 상태라는 걸 스스로도 모르는 눈치였다.

"토츠코."

스미카가 불렀다.

"아."

토츠코는 세 사람의 시선을 그제야 알아챈 모양이었다.

"왜 그래? 무슨 일 있었어?"

스미카가 물었다.

토츠코는 허둥거렸다. 얼굴 앞에서 손을 의미 없이 흔들었다.

"아, 아니…… 아무 일도 없어."

토츠코의 모습을 세 사람이 빤히 바라봤다.

토츠코는 쑥스러운 듯했다. 그러자 스미카는 "아, 그래"라고 말하며 비스킷을 우적우적 먹었다.

"이거 먹어."

사쿠가 토츠코에게 비스킷을 건넸다.

"맛있어."

시호가 비스킷을 입안 가득 넣으면서 토츠코를 보고 웃었다.

"고마워."

토츠코는 겨우 웃음을 보였다.

토츠코는 나란히 앉은 세 사람의 '색'을 다시 한번 바라봤다. 옆에서 보면 그들의 '색'이 겹쳐 보였다. 그 모습은 딱 '숲속 세 자매'였다. 평소보다 부드럽고 따뜻해 보였다. 세 사람이 토츠코를 걱정하는 게 절절히 느껴졌다. 그러면서도 캐묻지 않고 내버려두다니. 토츠코는 기쁘고 고마워서 하느님께 감사하고 싶어질 정도였다.

"숲속 세 자매."

자신도 모르게 소리 내어 부르고 말았다. 숲속 세 자매가 일제히 "뭐?"라고 놀라며 토츠코를 바라봤다. 토츠코는 또다시 허둥거리며 허공에 손을 획획 저었다.

"아, '색'이……. 아니, 그 이래저래 세 사람 분위기가 어쩐지 온화하고 부드럽게 느껴져서……."

"그러니까 우리가 수수하단 말이야?"

스미카가 으름장을 놓듯 말했다. 그러자 사쿠와 시호가 "아아"라며 이해했다는 듯 맞장구를 쳤다.

온화하고 부드럽고 수수하지만……. 스미카에게 선수를 빼앗기는 바람에 "그래서 최고야"라고 말할 기회를 놓쳤다.

토츠코는 조금 즐거운 기분이 되어 세 사람을 보며 미소 지었다.

세 사람도 토츠코에게 미소를 보였다. 세 사람의 온화한 '색'이 방 전체를 부드럽게 감싸며 토츠코의 낙담한 마음을 위로해주는 것처럼 느껴졌다.

3

사쿠나가 키미는 고등학교 교복을 입고, 케이스에 넣은 기타를 등에 멘 채 계단을 내려갔다. 거실에서 신문을 읽고 있을 할머니 시노에게 인사하기 위해 계단을 내려와서는 기타를 내려놓았다.

"다녀오겠습니다."

거실에는 텔레비전이 있지만 시노는 거의 보지 않았다. 오디오에서 왕년에 유행했던 서양 록 음악이 흘러나오고 있었다.

거실 소파에 앉아 있던 시노는 낮은 테이블에 펼쳐둔 신문에서 눈을 들어 손녀를 보고 웃었다.

긴 머리카락은 새하얗지만, 60대 후반으로는 보이지 않을 만큼 젊음이 느껴졌다.

"잘 다녀와. 식탁 위에 도시락 있어."

"네, 감사합니다."

키미의 목소리 톤이 조금 내려갔다. 하지만 다른 사람이 눈치챌 정도의 변화는 아니었다.

키미는 부엌에 있는 식탁에서 도시락을 챙겨 가방에 넣었다. 통학용 가죽 가방에 기타, 도시락 가방까지 짐이 상당히 많았다.

학교에 기타를 가지고 가는 건 쉬는 시간에 연습을 하기 위해서라고 둘러대려다가 굳이 기타를 메고 있는 모습을 시노에게는 보여주지 않기로 했다. 괜한 거짓말을 더하고 싶지 않았다.

집을 나온 키미는 천천히 걸었다. 언덕을 내려와 조금 멀리 돌아 노면전차를 탔다. 학교에 갈 때보다 20분 정도 늦게 전차를 탔다. 빈자리는 없었지만 움직일 수 없을 만큼 사람이 꽉 차 있지는 않았다. 손잡이를 잡고 느긋하게 갈 수 있었다.

키미는 시내에서 가장 큰 상점가와 제일 가까운 정거장에서 내렸다.

골든 위크가 끝난 거리를 오가는 사람들 표정이 어쩐지 피곤해 보였다.

상점가 근처에는 학교가 거의 없기 때문에 교복을 입은

학생은 쉽게 찾아볼 수 없었다.

그런 길을 키미가 교복 차림으로 걸었다. 그의 아름다운 모습은 사람들의 눈길을 끌었지만 당사자는 이를 의식하는 것처럼 보이지 않았다. 사사로운 것에 흔들리지 않는 초연한 인상이었다.

골든 위크에는 시노에게 성가대 활동이 있다고 말하며 거의 매일 외출했지만, 실제로는 아르바이트를 하기 위해서였다. 성가대 활동을 하러 간다고 할 때마다 시노는 도시락을 싸주었다.

"도시락은 없어도 돼요."

키미가 말했지만 시노는 "어차피 내 것도 싸야 하니까"라며 반드시 챙겨주었다.

시노는 집 근처에서 주 6일, 오전 10시부터 오후 6시까지 파트타임으로 일했다.

키미는 할머니 시노에게 학교를 그만둔 사실을 알리지 않았다.

학교에 제출하는 자퇴서에 보호자로 서명 날인한 사람은 키미의 엄마 아카네였다. 도쿄에 사는 아카네에게 고등학교를 자퇴하고 싶다는 내용의 짧은 편지와 함께 자퇴서를 동봉해서 보냈다.

아카네는 바로 서명 날인을 하여 자퇴서를 보내줬다. 동봉된 편지는 없었지만 자퇴서에 붙어 있는 포스트잇에 '힘 내!'라고 적혀 있었다.

키미가 느닷없이 담임선생님에게 자퇴서를 신청한 일은 교무실에 상당한 소동을 일으켰다.

바로 교무실로 불려가 담임뿐만 아니라 여러 선생님에게 둘러싸였다. 그 가운데에는 교장 선생님도 있었다.

선생님들은 키미에게 다양한 질문을 쏟아냈다. 그 질문 들을 간단히 정리하면 '무언가 학교를 그만둬야 할 문제가 있는가? 무언가 곤란한 일이 있다면 이야기해줬으면 한다' 였다.

"특별한 문제도 없고 곤란한 일을 겪고 있지도 않아요."

키미는 조금 난감한 표정으로 이렇게만 대답했다.

우등생이자 성가대 부장으로 모범적인 학생이라 여겨졌 던 키미는 완고했다. 선생님들은 그 이상 키미를 추궁할 수 없었다. 자퇴 의지는 존중받아야 하며 그것을 막으려 하는 지도 또한 금지되어 있었다.

"네가 학교를 그만두는 걸 성가대 부원들은⋯⋯."

담임선생님이 말을 꺼냈을 때 교장 선생님이 바로 제지 했다.

그것은 키미의 갑작스러운 자퇴가 그를 흠모하는 성가대 후배들에게 끼치는 영향을 따지는 말이 될 수도 있었다. 다시 말해 자퇴를 원하는 학생에게 '협박'이 될 가능성이 있었다. 그런 것을 헤아려 교장 선생님이 제지했다.

일주일 후 제출된 자퇴서가 수리되었다.

자퇴서에는 '일신상의 사유'라고 그 이유가 적혀 있었다.

아카네는 어머니인 시노에게 키미가 자퇴한 사실을 말하지 않았다. 아카네와 시노는 연락을 끊고 지내는 사이도 아니었고 사이가 나쁘지도 않았다.

애초에 아카네는 고등학교 중퇴를 '문제'라고 생각하지 않았다. 그것은 키미의 '선택' 중 하나라고 보았다. 키미가 한 선택이므로 그것을 시노에게 보고하는 사람도 키미여야 한다고 생각했다.

아카네 역시 그렇게 살아왔다. 모든 것을 스스로 정하고 그 책임 또한 스스로 졌다.

시노는 딸 아카네가 사는 방식을 받아들이고 인정해줬다. 때로는 도와줄 때도 있었지만 대체로 아카네는 모든 일을 어떻게든 스스로 조절하며 자유분방하면서도 파탄에 이르지 않고 살아왔다. 그런 딸의 사는 방식을 시노는 응원했다. 아카네의 유난히 빠른 결혼과 이혼. 싱글 맘으로 살아가면서 얻어낸 아티스트로서의 성공. 그리고 아이들을 일본에 남겨두고 해외로 나가는 길을 택했을 때도.

아카네는 일본에 돌아온 후 키미와 키미의 오빠 시로에게 같이 살자고 제안했지만 그것은 말 그대로 '제안'이었지 아카네의 '희망'은 아니었다. 그래서 키미와 시로는 할머니 시노와 같이 살기를 원했고, 도쿄에서 살게 된 아카네와는 떨어져서 지내게 되었다.

아카네는 우여곡절을 겪으면서도 시노에게 키미와 시로의 학비나 생활비 등 양육비를 밀리지 않고 계속 보냈다.

경제적으로 보면 시노는 굳이 일할 필요가 없었지만, 일하는 것이 습관이 되어 오랫동안 근무했던 시립 병원을 퇴직한 후에도 파트타임으로 일하고 있었다.

시노도 아카네가 다섯 살 때 이혼했다. 정확히 말하자면 몇 번이나 돈을 날리고도 도박을 끊지 못하는 남편(키미의 할아버지)을 시노가 집에서 쫓아낸 것이었다. 이후 싱글 맘으로 일하면서 아카네를 키웠다. 재혼을 원하는 상대와 사귄 적도 있었지만 결혼의 다양한 제약이 도저히 익숙해지지 않아 헤어지고 말았다.

이후 시노는 키미와 키미의 오빠 시로를 키우는 나날을 보냈다.

아카네가 해외로 간 건 키미가 중학교에 입학한 직후로 시로는 고등학교 2학년이었다.

남매는 오랫동안 시노와 함께 생활했다. 어머니 아카네

는 육아에 전념하는 타입이 아니라 창작 활동에 몰두하며 시간을 보냈기 때문에 시노가 생활적인 부분을 도와주었다. 두 아이 다 사춘기라 어려운 시기였지만 애초에 키미와 시로는 자립심이 강한(강할 수밖에 없는) 아이여서 시노가 번거로울 일은 적었다. 하루 세 끼 식사를 준비하는 것만으로 충분했다. 특히 시로는 남에게 의지하지 않는 독립적이고 건실한 성격으로 국립 대학 건축학과를 졸업하고 대기업 건설 회사에 취업하여 본사가 있는 오사카로 옮겨갔다.

"할머니, 지금까지 감사했습니다."

이사 전날 시로는 시노에게 상당히 고가인 브랜드 후드티를 다른 색으로 두 벌이나 선물하며 인사했다.

시로는 시노가 좋아하는 스타일을 잘 알았다. 나이 들어 보이는 복장을 좋아하지 않아서 후드티나 청바지 같은 걸 입을 때가 많았다. 시로에게는 다른 사람의 취향을 민감하게 살펴서 그것을 잊지 않고 때에 맞춰 선물하는 센스가 있었다.

실제로 시노는 선물 받은 후드티를 즐겨 입었다.

시로는 남녀노소를 불문하고 인기가 있었다. 본인도 그것을 잘 알았지만 그렇다고 뽐내지는 않았다. 겸허하지만 자신감이 넘쳐서 자신이 하려는 일에서 헤매는 법이 없었다.

그런 오빠를 키미는 존경하는 동시에 그 재능을 질투했

다. 시로는 어디에서든 사람들의 중심에 있으면서 누군가 감상이나 의견을 물어보면 상황에 맞는 재치 있는 말을 꺼내 그들을 즐겁게 해주었다. 웃음을 선사하면서도 사람들을 이해시켰다. 그리고 그것을 자신의 기쁨으로 삼았다.

키미는 그렇게 하지 못했다. 오빠 같은 능력이 없는데, 그런 것을 요구받는 일이 많아 언제나 고통스럽기만 했다.

키미는 상점가에서 떨어진 좁은 골목의 막다른 곳에 있는 작은 가게의 문을 열쇠로 열고 들어갔다.

가게 건물은 예전에는 일반 주택이었다. 간판 같은 게 없으면 밖에서는 오래된 양옥으로만 보였다. 가게 앞에는 잡초가 무성하게 자란 정원이 있었다. 이 집의 주인은 음악을 무척 좋아해서 레코드와 악기와 음악에 관련된 서적을 판매하기 시작했다. 악기와 서적, 레코드 모두 주인이 수집한 것들인 이곳은 일부 마니아만 아는 '비밀 상점'이었다.

가게 주인이 건강이 나빠져 입원한 후로는 오랫동안 영업을 하지 않았다. 그러자 음악 애호가 사이에서 폐점을 아쉬워하는 목소리가 높았다.

결국 애호가 중 한 사람이 가게를 통째로 매입하여 헌책방 겸 중고 레코드숍으로 새로 오픈했다.

가게를 매입한 남성은 키미의 어머니인 아카네의 친구

였다.

이런 사정을 아카네에게서 들은 키미는 얼굴도 모르는 가게 주인에게 연락해 이곳에서 아르바이트를 시작했다.

가게 주인은 현 내를 중심으로 열다섯 개의 점포를 낸 인기 햄버거 체인의 오너였는데, 고서와 레코드 가게는 그의 취미일 뿐 거의 개점휴업 상태나 다름없었다.

그래서 키미는 아르바이트라고는 해도 혼자서 가게를 도맡아 운영하고 있었다.

가게를 열기 전에 2층에 있는 서고 겸 휴식실에서 교복을 벗고 청바지에 가벼운 후드티로 갈아입었다.

키미는 옷에 별로 신경 쓰지 않았다. 청바지는 몇 년 전에 샀는지 기억이 안 날 정도로 오래되었고, 후드티도 상당히 오래전에 오빠에게서 물려받은 것이었다. 그런 옷이라도 용모가 단정한 키미가 입으면 세련된 스타일로 보였다.

가게 안은 책장으로 빼곡했지만, 주인의 취미인 기타 같은 악기도 여기저기에 아무렇게나 놓여 있었다. 전부 상당히 희소한 악기인데도 주인은 방문한 손님이 쉽게 만져볼 수 있는 곳에 놓아두었다.

키미는 옷을 갈아입고 나서 양팔 가득 책을 안고 2층에서 계단을 내려왔다.

가게 책장에는 빈 곳이 많았다. 장서의 대부분을 2층 서고에 쌓아둔 채 정리를 하지 않았기 때문이다. 주인이 나름 대로 조금씩 분류하기는 했지만 책장에 꽂을 시간은 없었던 모양이다. 다만 서고에 있는 장서의 가격만은 사진과 함께 전부 컴퓨터에 등록해두었다.

쌓여 있는 책을 분류해서 책장에 꽂는 일이 키미에게 주어진 첫 번째 업무였다. 쉽게 끝날 것 같은 일은 아니었지만, 주인은 서두르지 말고 천천히 정리하라고 했다. 그리고 그날 이후 한 번도 가게에 나오지 않고 연락도 없었다.

2층의 서고와 1층의 책장을 왕복하며 책을 진열하는 작업은 상당한 중노동이었다.

오전 10시에 가게를 열었는데 한 시간이 지나도록 손님이 한 명도 오지 않았다. 평일에는 이런 날이 흔했다.

점심시간을 앞두고 정장을 입은 중년 남성이 가게 문을 열고 들어왔다. 남자는 책장에 꽂힌 책보다도 악기와 축음기를 구경하다가 가게를 한 바퀴 둘러보고는 책을 진열하는 키미에게 가볍게 인사를 하고 떠났다. 키미는 좀처럼 "감사합니다, 또 오세요"라는 말이 나오지 않았다. 살짝 고개만 숙여 인사할 뿐이었다. "어서 오세요"라고 큰 소리로 인사하는 것도 여전히 어려웠다. 그래서 아직까지는 손님이 오면 고개를 숙여 인사하는 정도였다.

오후 1시가 지나 키미는 계산대 앞 의자에 앉아 출입구의 유리문으로 보이는 정원을 바라봤다. 굳이 좁은 골목에 들어오는 사람은 없었다. 번화가 한가운데 있다고는 해도 가게를 하기에는 적당하지 않은 장소였다.

"점심은 근처에서 적당히 사 와서 편한 시간에 먹도록 해"라고 주인이 말했다.

키미는 가방에서 도시락을 꺼냈다. 밖에 사러 나갈 때마다 문을 잠그는 것이 귀찮았기 때문에 시노가 직접 싸준 도시락이 고마웠다.

계란말이, 고기를 말아 구운 아스파라거스, 브로콜리 무침에 밥에는 깨소금이 뿌려져 있었다. 시노가 자주 싸는 도시락 메뉴였다.

도시락을 먹은 후 키미는 집에서 가지고 온 기타를 케이스에서 꺼낸 다음 계산대 안쪽에 의자를 놓고 앉았다.

점심시간에는 기타 연습을 하기로 하고 연습곡도 정해졌다.

토츠코는 시내에서 가장 큰 상점가에 있었다. 골든 위크 첫날에 방문했다가 헛수고로 끝난 거리였다.

오후 수업이 끝나자마자 토츠코는 그대로 학교를 뛰쳐나와 노면전차에 올라탔다.

큰 상점가 안쪽에 잡화점이나 골동품 가게 등이 자연스

럽게 모여서 생긴 골목이 있었다. 토츠코는 그 골목에 한때 레코드 가게였다가 전문 고서를 취급하는 헌책방이 몇 군데 있다는 블로그 글을 보았다. 블로그에서 소개한 가게는 두 곳이었는데, 자세한 위치가 적혀 있지 않아서 찾아가기 힘들 것 같아 처음에는 포기했었다.

다만 정확하지는 않아도 가게의 위치가 표시되어 있기 때문에 다시 한번 그곳을 찾아가 보자고 마음먹었다.

그렇게나 낙담한 게 거짓말이었던 것처럼 오늘은 신기할 정도로 의욕이 넘쳤다.

숲속 세 자매, 그리고 히요코 수녀님 덕분이었다.

네 사람의 미소가 공허함에 빠져들던 토츠코의 마음에 에너지를 채워준 것 같았다.

상점가 안쪽에 있는 골목에는 신기한 가게가 많았다. 토츠코에게는 잡동사니로밖에 보이지 않는 골동품이 가게 바깥 도로에까지 넘치는 가게, 건물 자체가 기울어져 있어서 도저히 들어갈 마음이 들지 않는 찻집…….

토츠코는 찾는 가게의 위치를 확인하기 위해 스마트폰을 손에 들고 멈춰 섰다.

전자제품 리사이클숍 앞이었다. 역시나 외관은 낡았고, 출입구 주위에 망가진 전자기계 같은 것이 난잡하게 놓여 있었다. 마치 손님이 들어오는 것을 거부하는 것처럼 보이기까지 했다.

가게 안에서 목소리가 들려왔다.

"이게 박스가 없어."

아무래도 점원의 목소리 같았다.

"괜찮습니다."

젊은 남성의 목소리가 대답했다.

"그래? 하지만 물건은 괜찮아."

"네."

스마트폰으로 지도를 보면서 토츠코는 그 대화를 무심결에 들었다.

젊은 남성의 목소리가 시원스러워서 조금 관심이 생겼지만 고개를 돌리지는 않았다.

블로그에 있는 정보를 바탕으로 지도를 검색했지만 도저히 방향을 알 수 없었다. 블로그에 나온 찻집 등의 위치에서 유추하면 이 골목 부근에 있다는 건 대충 알 수 있었다. 다만 가게가 '가게'로 지도에 표시되어 있지 않았다.

토츠코는 맞다는 확신 없이 짐작만으로 방향을 잡아 조금씩 앞으로 걸어 나갔다.

그때 그의 앞에 고양이가 지나갔다. 커다란 몸집의 하얀 고양이였다.

토츠코는 고양이를 좋아했다. 거리에서 고양이를 보면

눈을 떼지 못했다.

그 커다랗고 하얀 고양이는 마치 토츠코를 옛날부터 알고 있는 것처럼 가까이 다가왔다. 그뿐만 아니라 토츠코의 다리에 온몸을 비비며 애교를 떨었다.

토츠코가 쪼그리고 앉아 쓰다듬어주려고 하자 고양이는 몸을 쓱 빼더니 꼬리를 세워 살랑살랑 흔들면서 걷기 시작했다.

키미는 점심시간 기타 연습을 끝내고 오후 업무를 시작했다. 2층 서고에는 오늘 안에 책장에 진열하기로 한 100권이 넘는 책이 있었다. 서고에는 음악과 관련된 책만 있을 줄 알았는데 문학작품과 예술 관련 책도 상당했다. 이렇게나 많은 양의 책을 모으다니 이전 주인은 굉장한 애서가였던 듯했다.

엘리베이터와 손수레가 있으면 한 시간도 걸리지 않고 끝낼 수 있는 일이었지만, 가게에는 사다리에 가까운 경사가 급한 계단뿐이라 책을 안고 내려가려면 체력도 필요한 데다가 상당히 조심해야 했다.

2층에서 책을 열 권 정도 꺼내고 있을 때 아래에서 출입문이 열리는 소리가 들렸다. 손님이 온 모양이었다. 시계를 보니 오후 4시였다. 키미는 숨을 고른 후 양손으로 책을 끌어안고 계단의 좁은 발판을 신중하게 밟으면서 층계를 내려왔다.

가게에 손님이 들어와 있었다. 늘 열심히 음악 관련 책을 고르는 남학생이었다. 입고 있는 교복을 보고 옆 정거장 근처의, 현 내에서 도쿄대학 합격률이 제일가는 현립 고등학교 학생임을 알 수 있었다.

남학생은 평소와 다름없이 열심히 책장을 보면서 마음이 가는 책을 꺼내 들고 훑어봤다.

"어서 오세요."

키미는 소리 내어 인사한 자신에 놀랐다. 손님에게 제대로 말을 건 것 자체가 처음이었다.

남학생은 키미의 얼굴을 보고 웃으며 고개 숙여 인사했다.

키미도 고개를 숙여 보였다.

인사를 받은 남학생이 바로 책장으로 눈을 돌렸다.

키미는 책장에 책을 진열하기 시작했다. 쪼그리고 앉아 책장 사이로 남학생의 모습을 좇았다. 남학생은 책장을 구석구석 들여다보며 가게 안을 돌았기 때문에 그의 취향까지 알 수는 없었지만 음악을 좋아한다는 것만은 키미도 알아챘다.

남학생이 갑자기 자세를 바꿔 쪼그리고 앉는 바람에 키미와 시선의 높이가 같아졌다.

키미는 당황하며 일어나 계산대로 향했다.

토츠코는 하얀 고양이를 따라갔다. 고양이는 도망칠 기색도 없이 토츠코와 발을 나란히 맞춰 천천히 걸었다.

"뭐 하는 건가요? 모험이라도 하는 거예요?"

토츠코가 말을 걸었지만 고양이는 모른 척하며 우아하게 발을 놀릴 뿐이었다.

토츠코의 얼굴에 웃음이 떠나지 않았다. 평범한 미소 정도가 아니었다. 싱글벙글 웃음을 숨기지 못하고 고양이를 바라보며 그 옆을 같이 걸었다.

고양이는 토츠코에게 눈길도 주지 않고 그저 계속 걸어갔다.

"나는 사람을 찾고 있어요."

토츠코가 다시 말을 걸었다.

그러자 고양이가 갑자기 좁은 골목으로 꺾어 들어갔다.

망설이지 않고 토츠코도 그 뒤를 따라 골목을 꺾었다. 거기에는 콘크리트로 된 계단이 있었다. 계단 위에는 집처럼 보이는 건물이 있었다. 일반 주택인가?

고양이와 함께 계단을 오르는 경험은 처음이었다. 고양이는 한 단씩 천천히 올랐다. 마치 토츠코를 배려해주는 것 같았다. 그러다가 갑자기 집 앞으로 달려가 주저앉더니 발을 올려 털을 고르기 시작했다.

꼼꼼하게 그루밍하는 고양이를 녹아들 듯한 미소와 함께 바라보던 토츠코는 문득 집 쪽으로 시선을 돌렸다가 "앗" 하고 자신도 모르게 소리쳤다.

계단을 오르자 잡초가 무성한 정원이 보였다. 징검돌이 놓여 있고 그 안쪽에 가게가 있었다. 2층짜리 양옥이었다. '시로네코도しろねこ堂(하얀 고양이 집 — 옮긴이 주)'라는 간판이 2층 입구에 걸려 있어서 가게인 것을 알 수 있었다. 게다가 현관문 옆에 '헌책, 중고 레코드 판매 중'이라고 적힌 칠판이 놓여 있었다.

여기가 바로 블로그에서 본, 원래 악기도 팔았다는 그 헌책방이었다. 헌책방이면서 중고 레코드도 판매하고 있는 모양이었다.

가게 모습은 고풍스러웠지만 구석구석 손질을 잘 해둬서 세련돼 보였다.

그루밍을 하고 있는 고양이에게 시선을 주면서 나무로 된 문손잡이를 잡자 고양이가 힐끗 토츠코를 쳐다봤다.

'여기 맞지?'라고 말하는 듯한 눈빛으로 보여 토츠코는 웃음이 났다. 문득 문 안쪽에 키미가 있을지 모른다는 생각이 들어 긴장감에 얼굴이 굳었다.

마음을 단단히 먹고 문을 열었다.

문이 작게 삐걱거리는 소리를 내며 열렸다.

가게 안에는 먼저 온 손님이 한 명 있었다. 학생처럼 보이는 키가 큰 사람이었다. 열심히 책을 고르는 듯했는데, 그 뒷모습밖에 보이지 않았다. 선명한 초록 '색'을 띠고 있다고 느꼈지만, 키미의 '색'에 마음이 향하여 초록 '색'에 정신을 빼앗기지는 않았다.

가게 안에서 기타 소리가 들렸다. 어쿠스틱 기타가 아니라 일렉트로닉 기타를 치는 소리가 어렴풋했다. 들어본 적이 있는 곡이라 생각하고 있을 때 기타 소리에 더해 허밍으로 흥얼거리는 목소리도 들려왔다.

〈아베마리아〉였다. 그레고리오 성가다. 슈베르트가 작곡한 〈아베마리아〉가 유명한데, 그것은 성가가 아닌 가곡이다. 슈베르트의 가곡도 아름답지만 성가는 숭고한 느낌마저 들었다.

허밍으로 노래하는 사람이 보이지 않아 누군지 몰라도 토츠코는 그게 키미의 목소리라고 확신했다.

가게 안쪽으로 들어가자 네 단만 있는 짧은 계단이 있었다. 계단을 올라가니 계산대가 나왔다.

계산대 안쪽에 그 '색'이 있었다. 청명한 코발트블루. 틀림없는 키미의 푸른색이었다.

키미는 토츠코에게 등을 보이고 앉아 있었다. 〈아베마리아〉의 허밍에 더해 그 '색'은 토츠코를 경건한 기분에 빠지게 했다.

이윽고 토츠코의 얼굴에 환희의 웃음이 퍼졌다. 눈에는 살짝 눈물이 맺혔다.

토츠코는 자신도 모르게 "찾았다"라고 중얼거리고 말았다.

기타와 허밍 소리가 갑자기 끊겼다.

키미는 깜짝 놀라 몸을 흠칫하고는 뒤를 돌아봤다.

토츠코를 보고 키미는 분명하게 놀란 표정을 지었다. 하지만 그것이 토츠코를 알아봤기 때문인지, 아니면 그저 그의 교복을 보고 놀란 것인지 판단할 수 없었다.

토츠코는 혼란에 빠졌다. 결국 키미를 찾아내서 무엇을 하고 싶은 건지 전혀 모른 채로 대면하고 만 것이다.

"아, 아니, 저기, 음, 그러니까……."

무의미한 말을 나열하면서 토츠코는 무의미하게 손을 펼쳐 얼굴 앞에서 팔랑팔랑 흔들며 어째서인지 꾸벅꾸벅 머리를 숙이기도 했다.

"아, 그게, 우연히 지나가다 들어왔더니……."

키미를 찾던 이유를 말할 수 없었다. 그래서 우연을 가장하려고 했지만 그것 역시 말문이 막혔다.

순간적으로 토츠코는 화제를 돌렸다.

계산대 앞에 진열된 책으로 눈을 옮겼다. 거기에는《부드러운 음악 피아노 소곡집》이라는 책이 있었다. 토츠코는 허둥거리며 그 책을 집어 마치 보물을 발견한 것처럼 들어 올렸다.

"아! 이거다, 이거!"

책을 보면서 과하게 놀란 척했다.

"이거, 오랫동안 찾고 있었는데. 잘됐다! 겨우 찾았네."

거기에 더해 "너무 기뻐"라며 사랑스럽게 책을 안는 퍼포먼스까지 선보였다.

키미는 그런 토츠코를 어안이 벙벙해져서 바라보고 있었다.

"이거 주세요!"

토츠코는 알 수 없는 흥분 상태로 기세 좋게 책을 키미에게 내밀었다.

키미는 책을 받아 들더니 뒤표지를 몇 번 확인하고 책장을 넘겨보기도 하면서 고개를 갸우뚱했다.

토츠코는 두근두근했다. 뭔가 이상한 점이라도 있는 걸까. 이런 책을 사는 사람이 있을 리가 없을 정도로 희소한 책이라거나 가격이 엄청 비싸다거나. 아니면 뭔가 의심스러운 책이라거나…….

키미는 책을 들고 계산대 옆에 있는 컴퓨터를 조작했다.

"피아노 치는구나."

키미가 혼잣말처럼 컴퓨터 모니터를 본 채로 입을 열었다.

토츠코는 또 당황했다.

"어? 아아, 네!"

그러자 키미가 흘끗 토츠코를 보고는 웃었다. 왜 웃는지는 몰라도 토츠코는 하늘로 날아오를 듯이 기뻤다.

키미는 컴퓨터에 등록된 책의 가격을 검색하는 듯했다. 아무래도 책에 가격이 붙어 있지 않았던 모양이다.

토츠코는 벽에 세워진 일렉트로닉 기타를 봤다. 키미는 음악을 좋아하는구나 싶었다.

"사쿠나가 양도 기타를?"

키미는 컴퓨터 키보드를 두드리면서 고개를 끄덕였다.

"응, 연습 중이야."

키미의 연주는 조금 더듬거렸다. 하지만 허밍을 더한 연주가 분명 〈아베마리아〉라는 걸 알 수 있었기 때문에 완전히 초보는 아닐 것이다.

"우와, 멋있어요."

그러자 키미가 "아" 하는 소리를 내며 토츠코의 얼굴을 빤히 바라봤다.

토츠코의 가슴이 두근거렸다. 거짓말을 들켰다고 생각했다.

하지만 키미가 미안하다는 듯이 말을 이었다.

"아, 전에 체육 시간에, 미안했어."

토츠코의 얼굴이 기쁨으로 반짝였다. 기억하고 있었구나.

"아녜요. 무슨 그런."

여기저기 알아본 결과 아무래도 키미가 자퇴한 것은 체육관에서 그가 던진 공을 토츠코가 얼굴 정면으로 맞은 날 직후였던 듯했다. 아마도 키미는 평온한 마음 상태가 아니었을 것이다. 무엇 때문인지 토츠코는 전혀 몰랐지만 그런 상황에서도 자신을 기억해준 것이 그저 기뻤다.

뭔가 대화를 이어야만 해. 이대로 책값을 내고 돌아갈 수는 없어. 무언가…….

"저기…… 좀 전의 곡, 저도 무척 좋아해요…….."

토츠코의 더듬거리는 말을 듣고 키미는 쑥스러운 듯이 웃었다. 지금까지 본 적이 없는 웃음이었다. 왜인지 갑자기 키미도 평범한 여자아이라는 생각이 들었다.

"아, 성가대에서 늘 불렀으니까."

물론 그 사실도 알고 있었다. 성당뿐만 아니라 체육관에서 성가대가 연습할 때도 몇 번이고 들었다. 키미가 속한 성가대가 부르는 노랫소리는 맑게 울리며 아름답게 퍼졌다.

키미가 성가대에서 불렀던 곡을 기타로 연주하며 혼자 허밍으로 흥얼거리고 있었다. 어떤 마음으로 연주하고 노래하고 있는 걸까. 토츠코는 이런 생각에 가만있을 수 없었다.

"사쿠나가 양…… 이제 학교에는…….."

말도 안 되는 것을 묻고 말았다고 후회했지만 말을 주워 담을 수는 없었다.

키미가 난감한 표정을 지었다. 눈을 크게 뜨고는 굳어버린 듯 꼼짝하지 않았다.

토츠코는 후회했다. 겨우 이런저런 이야기를 나눌 수 있게 되었는데 망쳐버렸다.

키미는 성가대나 같은 반에 친했던 친구에게도 아무 말도 하지 않고 학교를 그만뒀다. 그런데 갑자기 잘 알지도 못하는 토츠코가 그 사실을 물어봤으니 지나치게 깊이 파고든 게 분명했다.

하지만 더 이상 얼버무릴 수도 없었다.

"아, 그러니까……."

어떻게든 수습하려고 했지만 말이 나오지 않고 손은 의미 없이 공중을 헤맸다.

키미는 딱딱하게 굳은 채였다.

토츠코도 어떻게 해야 좋을지 몰라 몸을 움직일 수가 없었다.

"저기……."

토츠코의 등 뒤에서 조심스러운 목소리가 들렸다.

토츠코가 뒤돌아보자 거기에 초록 '색'을 띠는 사람이 서 있었다. 산뜻한 초록. 입구 근처에서 진지하게 책을 고르던 사람이었다. 투명감이 느껴지는 초록이 아름다웠다.

"뭐 좀 여쭤봐도 될까요?"

그 초록색 사람은 죄송하다는 듯한 어투로 말했다. 토츠코는 그 목소리를 들은 기억이 있었다.

"아, 네."

키미가 곧바로 대답했다.

키미의 목소리 톤이 조금 올라간 걸 느끼고 토츠코는 키미에게 시선을 돌렸다.

키미의 눈동자가 초록색 사람을 똑바로 바라보고 있었다.

"혹시……."

역시나 조심스러운 목소리로 말을 시작한 초록색 사람이 잠시 뜸을 들였다. 토츠코에게는 그 사람이 무척 섬세하고 무언가 걱정이라도 하는 것처럼 보였다.

토츠코는 가슴이 두근거렸다. 무슨 말을 하려는 걸까. 불안과 기대가 뒤섞여 마음이 들떴다. 곧 초록색 사람은 너무나도 의외의 말을 꺼냈다.

"두 분이서 밴드 하세요?"

초록색 사람은 키미와 토츠코를 번갈아 봤다.

무엇을 어떻게 봤기에 두 사람이 밴드를 결성하고 있다고 여긴 걸까? 토츠코는 의문이 들면서도 너무 기쁜 나머지 얼빠진 소리로 물었다.

"어? 우리가 그렇게 보여요?"

초록색 사람은 눈을 반짝반짝 빛내는 토츠코를 본 후에 다시 키미에게 시선을 돌렸다.

"항상 여기에서 기타를 연주하고 계셔서 혹시나 싶어서요."

토츠코 머릿속에서 초록색 사람의 목소리를 어디에서 들었는지가 떠올랐다. 이 가게에 오기 전 길을 헤맬 때 지났던 리사이클숍에서 들은 목소리였다. 초록색 사람이 손에 들고 있는 종이봉투에는 장난감 같은 작은 전자 키보드가 쑥 튀어나와 있었다. 아마도 리사이클숍에서 그걸 산 모양이었다. 또 서양 음악으로 보이는 중고 레코드도 손에 들고 있었다. 그 레코드는 이 가게에서 판매하는 상품일 것이다.

"갑자기 죄송합니다. 언젠가 물어보려고 했거든요."

다시 말해 초록색 사람은 키미에게 말을 걸고 싶었던 것이다. 하지만 혼자서 가게를 보고 있는 키미에게 말을 걸 타이밍을 찾지 못했던 듯싶다. 확실히 키미는 입을 다물고 있으면 가까이 다가가기 어려운 분위기를 풍긴다. 토츠코라는 존재가 완충 역할을 해준 것 같았다.

토츠코는 키미를 바라봤다.

키미의 얼굴에도 이전에는 없던 동요가 보였다. 단지 불안만 담긴 것 같지는 않았다. 그의 눈에는 지금까지 본 적 없는 감정이 서려 있었다. 토츠코는 키미가 어떤 기분인지 짐작이 되지 않았다.

그렇게 아무것도 모르는데도 토츠코는 진중하게 생각하지 않고 입을 열었다.

"사실은 지금 밴드 멤버를 모집 중인데요……."

만약 키미의 푸른색과 초록색 사람의 '색'에 둘러싸여 음악을 연주할 수 있다면 최고의 기분이 될 게 분명하다는 확신 같은 것이 토츠코의 마음속에서 끓어올랐다.

그 마음을 누르지 못하고 말이 먼저 튀어나왔다.

키미의 모습을 흘끗 살폈다. 키미는 여전히 굳은 상태로 움직이지 않았다. 하지만 그 눈빛에 드러난 감정은 결코 나쁘지 않아 보였다.

토츠코는 한발 더 나아갔다.

"괜찮다면 우리 밴드에 들어오지 않을래요?"

토츠코는 스스로도 신기할 정도로 침착하게 폭주하고 있었다. 키미는 변함없이 꼼짝도 하지 않았다. 어안이 벙벙해져 있는 것처럼 보이기도 했다.

초록색 사람도 놀란 모양인지 눈을 동그랗게 떴다.

토츠코는 자신의 폭주가 무서운 상황이 되고 있음을 겨우 깨달았다. 키미와 초록색 사람은 망연한 듯 우뚝 서서 입을 다물고 있었다. 이 어색한 침묵을 수습하기 위해 토츠코는 어떻게든 앞에 한 말을 되돌리려고 입을 열었다.

"음, 말은 그렇게 했지만……. 그냥 지금 마음대로 막 만들었다고 해야 할지……."

앞의 말을 철회하는 것도, 분위기를 수습하는 것도 실패한 듯했다.

두 사람은 여전히 침묵했다.

토츠코는 초록색 사람을 다시 찬찬히 살펴봤다. 온화하고 지적인 인상의 이목구비. 교복을 입었으니 비슷한 나이일 것이다. 키는 180센티미터 정도…….

"잠깐? 그쪽은 남자잖아요?"

토츠코는 초록색 사람의 '색'에 눈길을 빼앗겨 그 성별을 의식하지 못하고 있었다.

"이거 참. 아멘."

토츠코는 중얼거리며 손을 모았다.

초록색 남자는 기도를 올리는 토츠코에게 물었다.

"제가 밴드에 들어가도 될까요?"

초록색 남자의 눈이 키미와 토츠코를 번갈아 봤다. 반짝반짝 빛나는 눈빛이었다.

있지도 않은 '밴드'에 들고 싶다는 건가? 기뻐하는 건가? 이번에는 토츠코가 놀랐다.

토츠코는 얼음처럼 굳어버렸다. 초록색 남자의 조금 긴장한 듯한 얼굴을 바라보니 대답이 나오지 않았다. 남자?

거의 무의식적으로 '재밌을 것 같아'라고 판단해서 거짓말을 늘어놓았다. 키미는 어떤 표정을 하고 있을까. 토츠코는 머뭇머뭇 키미에게 고개를 돌렸다.

키미도 역시 놀란 것 같았다. 입을 살짝 벌리고는 초록색 남자를 바라보고 있었다.

토츠코는 지금까지의 실수를 반성하지 않고 내뱉은 말을 또 한 번 철회하는 방향으로 수정하려고 입을 열었다.

"음, 그게 마음대로 말해서 미안해요, 사쿠나가 양. 그러니까, 싫으면 안 해도 상관없어요. 하지만 분명 재밌을 거란 생각이 들어서……."

"하고 싶어."

키미가 딱 잘라 말했다.

그의 얼굴이 조금 상기된 것처럼 보였다.

뜻밖의 대답이 돌아와 토츠코는 입을 양손으로 덮고 작게 "아!" 하고 비명 같은 소리를 질렀다.

그것은 예상치도 못했던 '미래'를 향한 기대와 불안이 뒤섞인 환성이었다.

24

　본토와 섬을 이어주는 고속 여객선 가모메호는 하루에
여러 차례 왕복한다.

　토츠코와 키미는 낮 12시를 지나 출발하는 배에 탔다. 겨
우 20분 정도 항해 예정이었다. 맑은 날씨라 감청색 바다가
반짝반짝 햇살을 반사했다. 키미는 자리에서 일어나 창문
너머로 바다를 바라봤다.

　같이 탄 토츠코는 자리에 앉은 채 고개를 떨구고 있었다.

　키미의 눈앞에서 갈매기 두 마리가 수면 위를 아슬아슬하
게 날고 있었다. 서로 멀어졌다가 다시 가깝게 나란히 나는
모습이 마치 재롱부리며 춤을 추는 듯이 보였다.

　키미는 뒤돌아서 토츠코에게 말을 걸었다.

　"히구라시, 밖을 봐봐. 엄청 아름다워."

"아…… 네."

토츠코는 축 처진 채로 고개를 들었다. 안색이 너무나도 좋지 않은 데다 인상까지 찌푸리고 있었다.

문제가 생긴 걸 알아채고 키미가 토츠코 옆으로 달려왔다.

"왜 그래?"

"아, 멀미를 좀……."

토츠코는 눈을 감았다.

키미는 토츠코가 아무래도 멀미를 심하게 하는 타입인 모양이라고 생각했다. 아직 출항한 지 10분밖에 지나지 않았는데. 아니 다시 생각해보니 배에 타기 전부터 기운이 없고 평소와는 상태가 달랐다.

"괜찮아?"

키미가 걱정스럽게 토츠코 옆에 앉아 손으로 등을 쓰다듬었다.

"물, 있어요."

토츠코는 창백한 얼굴로 가방에서 페트병을 꺼내 뚜껑을 열고 물을 조금 삼켰다.

하지만 아무리 봐도 괜찮아진 것 같지 않았다.

토츠코는 여전히 창백했다.

"좀 누울래?"

키미가 시선을 아래로 떨어트렸다. 자신의 무릎을 베라

는 뜻이었다.

토츠코는 시선을 어디에 둬야 할지 머뭇거렸다. 하지만
더 망설일 여유도 없었다.

"그래도 돼요?"

토츠코가 기어들어가는 목소리로 물었다.

"응, 괜찮아."

키미는 두 번이나 고개를 끄덕이고 양손을 펼치며 무릎
을 내밀었다.

"실례할게요."

토츠코는 미안해하며 키미의 무릎에 머리를 올렸다.

누워서 눈을 감자 토츠코의 표정이 한결 편안해졌다.

키미는 그 모습을 확인하고는 후드티 주머니에서 휴대폰
을 꺼냈다. 섬에 도착하기 전에 연락하겠다고 약속했기 때
문이다.

"어? 전파가 안 잡혀."

키미가 중얼거렸다.

토츠코는 잠든 것처럼 보였다. 컨디션이 나빠서 반응하
지 못하는 건지도 몰랐다. 하지만 적어도 더 나빠지진 않은
것 같았다.

키미는 다시 창문 밖 풍경으로 눈길을 돌렸다.

뱃머리에 부딪혀 생긴 물보라에 햇살이 닿아 작은 무지

개를 만들었다. 하지만 무지개는 금방 사라졌다. 그리고 새로운 물보라가 일어 다시 작은 무지개가 생겼다.

키미는 즐거운 웃음을 지으며 물과 햇살이 자아내는 공연에 푹 빠졌다.

배가 속도를 줄이고 선내에는 도착을 알리는 방송이 흘러나왔다. 눈앞에 섬의 선착장이 점점 가까워졌다.

키미는 아직 컨디션이 나쁜 듯한 토츠코를 일으켜 세워 부축하면서 갑판으로 나왔다. 다른 승객은 다섯 명 정도밖에 없었다.

배는 선착장에 5분 머무른 후에 이번에는 섬사람을 태우고 본토로 돌아간다. 선착장 안쪽에는 돌을 쌓아 올린 오래된 둑이 있었다. 거기에 배를 타려는 듯한 사람들 몇 명이 나란히 서서 배가 오기를 기다리고 있었다. 그 뒤로는 둑만큼이나 오래되어 보이는 교회 건물이 있었다.

둑 끝에 그가 있었다. 쪼그리고 앉아 있다가 키미가 알아보자 거의 동시에 그도 일어나 몇 번이고 폴짝거리며 양손을 크게 머리 위로 휘저었다.

최대급의 '우리 섬에 온 걸 환영해!'라는 몸짓이었다.

키미는 그 모습을 빤히 바라봤다.

그 사람은 초록색 남자로 이름은 카게히라 루이였다. 이 작은 섬에서 태어나고 자라, 현 내 최고 진학률을 자랑하는 명문 현립 고등학교에 재학 중인 3학년 학생이었다. 매일 아침 가모메호를 타고 본토에 있는 학교에 간다고 했다.

토츠코는 아직 속이 안 좋은지 몸을 바로 세우지 못하고 다리도 조금 후들거렸다.

콘크리트로 만든 견고한 선착장에 배가 정박했다. 배에서 내리는 승객을 뒤따라 키미와 토츠코는 마지막에 섬에 들어섰다.

둑에서 뛰어 내려온 루이가 숨을 헐떡이면서 기쁨을 온몸으로 표현했다. 만면에 웃음을 띤 채 통통 튀어 오를 듯한 걸음걸이로 달려와 속사포처럼 말했다.

"너무 기뻐. 정말로 와줄 거라고 생각 못 했거든."

키미는 점심 무렵 섬에 도착할 거라고 루이에게 알렸다. 루이는 날씨에 따라 배의 도착 시간이 좌우되므로 미리 연락을 달라고 했었다. 키미로선 배가 출발한 후에 연락하면 되겠다고 생각했지만 바다에서 전파가 안 잡히는 줄은 미처 몰랐다.

하지만 루이는 선착장에서 기다리고 있었다.

"도중에 연락하려고 했는데 전파가 안 잡혔어."

루이는 전혀 신경 쓰지 않는 듯 싱글싱글 웃으며 고개를 끄덕였다.

세 사람이 나란히 걷기 시작했다. 토츠코는 여전히 걸음이 불안정했다.

"히구라시, 괜찮아?"

키미가 손으로 토츠코를 부축했다.

고개를 끄덕이면서도 토츠코는 한숨을 지었다.

"잠깐 바깥 공기 좀 마셔도 될까요?"

그러고는 멈춰 서서 심호흡했다. 괴로워 보였지만 키미가 해줄 수 있는 건 아무것도 없었다.

"그럼 먼저 가 있을게."

키미는 말을 마치고 루이와 함께 둑 위에 있는 교회를 향해 걷기 시작했다.

교회는 메이지 시대인 1868년에서 1912년 사이에 건축된 것이었다. 예전에는 마을 중심에 있었다고 했다. 단층으로 된 목조 건축물은 소박하지만 견고해서 태풍이 오면 섬 주민들의 대피 장소로 이용될 정도였다고 한다.

지금은 새로운 교회가 세워지면서 구 교회가 되어 둑으로 이설된 후 그 역할을 끝냈지만, 역사적인 건축물로 섬에서 유지 관리를 하고 있었다.

루이가 양쪽 여닫이문을 활짝 열고 키미를 맞이했다.

소박한 외관과 다르게 내부는 서양식으로 장식되어 아름

다웠다. 신자석 같은 것들은 철거되어 실내는 텅 비어 있었다. 아치형 천장은 다양한 장식으로 꾸며져 있었다. 창문틀도 위쪽이 반원으로 되어 역시나 아치형이었다. 유리는 무색투명했는데, 스테인드글라스가 끼워져 있었다면 더욱 장엄할 듯했다.

천장에 매달려 있는 촛대도 동으로 만들어져 시대감을 느낄 수 있었다. 이는 가톨릭교회에선 특별한 촛대로, 거기에 꽂는 초는 '성체 램프'라고 불리며 원래는 밤이나 낮이나 촛불을 끄지 않고 켜둔다. 그것은 그리스도의 영속적인 사랑을 상징하기도 했다. 하지만 구 교회는 그 역할을 끝냈기 때문에 교회의 영혼이라고도 할 수 있는 성체 램프와 마리아상은 새 교회로 옮겨졌다. 다시 말해 구 교회는 신앙 면에선 텅 비어 있었다.

그래도 오랫동안 신자들이 모였던 구 교회는 내버려지지 않았다. 나무로 된 바닥은 구석구석 청소가 되어 창문으로 들어온 햇살이 반사될 정도였다.

비록 마리아상은 없지만 정면의 제단에는 그리스도와 마리아의 그림이 있어서 교회 특유의 엄숙하고 고요하면서 편안한 분위기가 남았다.

이곳에서 악기를 연주하는 것에 키미는 살짝 거부감을 느꼈다. 하지만 확실히 이곳이라면 큰 소리가 나도 괜찮을 거라는 루이의 주장도 이해가 되었다. 주택가가 아니기 때문에 소리가 밖으로 새어 나간다고 한들 문제없어 보였다.

'시로네코도'에서 얼굴을 마주했을 때 밴드의 첫 번째 연주회를 하자고 정했지만, 어디에서 모여야 할지 고민이었다. 시내에 있는 스튜디오를 빌리면 돈이 상당히 많이 든다. 어느 정도 저렴하게 이용할 수 있는 노래방은 아무래도 좁아서 싫다는 것에 의견이 일치했다. 시내에 있는 키미의 집은 건물이 밀집된 주택가였고, 토츠코의 기숙사는 고려 대상 밖이었다. 학교가 허가한다 해도 남자인 루이는 여고에 들어갈 수 없었다.

그때 루이가 제안했다. 왕복 1,600엔 정도의 배 운임만 부담하면 무료로 빌릴 수 있는 큰 건물이 있다는 것이었다.

그것이 구 교회였다.

키미는 교회의 한쪽 구석에 쌓여 있는 악기들을 바라봤다. 눈에 보이는 것만 해도 페달을 밟는 구조로 된 오르간, 신시사이저, 전자 키보드 세 대, 어쿠스틱 기타와 일렉트로닉 기타까지 다양했다. 게다가 금속으로 된 잡동사니들도 많았다. 전부 오래 사용한 중고품으로밖에 보이지 않는 앰프 종류들도 있었다. 루이는 이곳을 스튜디오 대신으로 사용하고 있는 모양이었다.

키미가 루이에게 시선을 돌리자 그가 설명했다.

"여기는 이제 사용하지 않는 교회지만 역사적으로 중요한 건물이라 보존하고 있어."

루이는 악기가 쌓인 곳을 흘끗 봤다.

"난 이곳을 청소한다는 조건으로 다른 사람들에게는 비밀로 사용을 허락받았고."

루이가 쑥스러운 웃음을 보였다.

"멋있다."

키미는 다시 한번 천장의 아치를 바라보며 중얼거렸다. 이 조용한 장소에서 음악을 연주하는 것은 결코 천벌을 받을 일에 해당하지 않을 거라는 생각이 들었다. 한때 성가가 울려 퍼졌을 교회가 소리를 되찾는 것이다.

키미의 말에 루이의 눈이 빛났다.

"그렇지?"

루이를 보며 키미는 고개를 끄덕였다.

"아, 실례합니다."

토츠코가 드디어 회복한 모양인지 교회로 들어왔다.

안색은 아직 좋지 않았지만 등을 곧게 세우고 표정도 밝아져 있었다.

토츠코는 제단을 향해 성호를 긋고는 "아멘" 하고 읊조렸다.

키미와 루이가 토츠코의 모습을 살폈다.

124

토츠코는 기도를 끝내고는 건물 내부를 천천히 살펴봤다. 이내 그 얼굴에 찬미하는 듯한 미소가 떠올랐다.

키미와 토츠코는 얼굴을 마주하고 고개를 끄덕였다.

토츠코는 거의 빈손이었다. 악기를 가지고 오지 않은 탓이다. 집에 피아노가 있지만 그것을 여기까지 가지고 올 순 없는 일이었다.

키미는 일렉 기타와 미니 앰프를 챙겨 왔다.

루이가 잔뜩 쌓아둔 악기들 가운데 전자 키보드를 고르고 있을 때 키미가 물었다.

"이 금속 봉 같은 것도 악기야?"

루이는 금속 봉과 거기에 접속되어 있는 초록색 본체를 꺼내 들었다.

"응. 들어볼래?"

루이의 물음에 토츠코와 키미는 동시에 "응응" 하고 크게 고개를 끄덕였다.

잘 닦인 교회 바닥에 나란히 앉은 토츠코와 키미 앞에서 루이가 악기를 준비했다.

그는 익숙한 모습으로 초록색 본체를 거치대에 올리고 금속 봉 두 개를 달았다. 루이의 오른쪽에는 세로로 길쭉한 봉이, 왼쪽에는 바닥과 수평을 이룬 가로로 뻗은 봉이 있었다. 기묘한 악기였다. 연주하는 방법을 전혀 상상할 수 없었다.

몸체에서 길게 나온 플러그를 콘센트에 꽂자 가볍게 윙윙거리는 소리가 났다. 전자 악기인 모양이었다.

루이는 그 수수께끼 같은 악기 앞에 서서 오른손을 봉에 가까이 댔다.

그러자 전자음이 울렸다. 비유하자면 벌레의 날갯짓 소리 같았다. 그것도 작은 벌레. 기분 나쁜 비유이긴 했지만 토츠코는 모깃소리 같다고 생각했다.

루이는 봉 옆에서 오른손을 움직였다. 그러자 날갯소리가 달라졌다. 손의 움직임에 맞춰 음의 높이가 변해갔다. 루이는 동시에 수평인 봉 위에 왼손을 좌우로 움직였다. 그러자 음량이 변화했다.

잠시 그렇게 오른손을 가까이했다 멀리했다 하고, 손 모양을 바꾸기도 하면서 음을 살폈다. 아무래도 조율을 하는 것 같았다.

잠시 후 루이는 키미와 토츠코를 바라보면서 심호흡했다.

지휘자처럼 등을 곧게 세우고 공중에 손을 들어 자세를 취하더니 미스터리한 악기 앞에 손을 내밀었다. 오른손과 왼손을 공중에서 움직이며 음악을 연주하기 시작했다. 마치 초능력자가 손을 움직이는 것만으로 천상에서 음악이 울려 퍼지게 하는 듯한 착각이 들었다. 더 이상 모깃소리가 아니라 숭고하게 느껴지는 음이 울렸다.

토츠코는 루이의 초록 '색'을 넋 놓고 바라보면서 독특한 악기가 연주하는 묘한 소리에 빠져들었다.

얼마 지나지 않아 루이가 연주하는 음악이 〈아베마리아〉라는 것을 토츠코는 깨달았다.

교회에서 하는 연주라 성가를 선택한 걸까 싶었지만 그것은 키미가 헌책방에서 연주하던 곡이기도 했다.

초록 '색'을 휘두른 채 공중에서 양손을 조금씩 움직이는 루이의 모습은 아름다웠다. 토츠코가 넋을 잃고 보고 있을 때 옆에 앉아 있던 키미가 움직이는 소리가 들렸다.

돌아보니 키미는 가지고 온 케이스에서 일렉 기타를 꺼내 무척 작고 귀여운 미니 앰프에 플러그를 꽂았다.

키미는 루이의 연주에 맞춰 기타를 쳤다.

루이의 연주 템포가 조금 더 빨랐다. 키미는 코드를 확실하게 잡는 것에 정신이 팔려서 아무래도 템포를 의식할 수 없는 모양이었다.

그러자 루이가 템포를 키미에게 맞췄다.

느린 템포로 두 사람의 연주가 하나가 되었다.

선명한 푸른색과 맑은 초록색이 기분 좋게 흔들렸다.

너무나도 아름다운 합주에 토츠코는 황홀한 표정으로 두

사람을 바라봤다.

토츠코가 계속해서 앙코르를 원하는 사이 어느새 오후 3시
가 지나 있었다.

"간식 먹자."

루이가 제안해서 아이스크림을 먹기로 했다.

루이의 말에 따르면 섬에는 농업협동조합의 지사에 작은
매점만 있을 뿐이어서 아이스크림이나 기호식품 같은 것은
조금밖에 팔지 않는다고 했다. 그러니 기대하지는 말라고
덧붙였다.

루이가 배 운임에 비하면 얼마 안 되지만 자기가 사겠다며
아이스크림을 사러 나갔다. 잠시 후 돌아온 루이는 어쩐지 곤
란한 표정을 지었다. 컵 아이스크림이 있었는데 세 개밖에 남
아 있지 않은 데다 그 맛이 전부 다르다는 것이었다.

그래서 루이가 제안했다.

"서로 양보하기 시작하면 끝이 없을 것 같으니까 하나,
둘, 셋에 맞춰 좋아하는 맛을 손가락으로 가리키자."

확실히 세 사람은 아직 자신이 무엇을 좋아하고 싫어하
는지 분명하게 이야기할 수 있을 만큼 친해지지 않았다. 토
츠코와 키미는 루이의 말에 찬성했다.

루이가 사 온 컵 아이스크림의 종류는 바닐라, 견과류, 민

트초코였다.

"하나, 둘, 셋."

루이가 외친 순간 잠깐 주저하기는 했지만 세 사람은 각
각 완전히 다른 것을 골랐다.

토츠코는 바닐라, 키미는 견과류, 루이는 민트초코를 가
리켰다.

세 사람은 동시에 "오오" 하고 감탄의 환성을 질렀다. 미
묘한 배려가 섞인 선택이었지만 그래도 어쩐지 저마다의
개성이 드러난 것 같은 느낌이었다.

세 사람은 밖으로 나와 둑에 나란히 앉아서 아이스크림
을 먹었다.

저녁이 되자 본토보다 상당히 선선했다. 연주의 흥분으
로 뜨거워진 몸을 바다를 가로질러 온 바람과 아이스크림
이 식혀주었다.

토츠코가 가운데에 앉고 왼쪽에 키미, 오른쪽에 루이가
있었다. 루이는 별로 '남자'라는 느낌이 들지 않았지만 토츠
코는 조금 긴장했다. 기숙사 생활을 하는 고등학교에서는
남자와 대화는커녕 남자를 '목격'하는 일조차 거의 없었다.
게다가 토츠코는 여름방학에도 귀성하지 않고 기숙사 방과
성당에서 지내는 시간이 많았다.

토츠코가 곁눈질로 루이의 모습을 살폈다. 루이는 작은

나무 스푼으로 민트초코를 조금씩 떠서 먹고 있었다. 루이가 왼손잡이라는 것을 알아냈다. 기타를 연주할 때는? 공을 던질 때는? 젓가락은 왼손으로 들어? 그런 질문이 토츠코의 머릿속을 스쳐 지나갔지만 부끄러워 물어보지는 못했다.

키미는 잠자코 아이스크림에 집중하고 있는 것처럼 보였다. 토츠코도 묵묵히 아이스크림을 먹으려 했지만 아무래도 침묵을 견딜 수 없어 조심조심 입을 열었다.

"……슈퍼 아이스크림……."

키미가 토츠코를 의아한 표정으로 바라봤다.

"뭐라고?"

토츠코가 대답하려고 하자 루이가 의도를 헤아리고 말했다.

"밴드명?"

토츠코는 고개를 끄덕이며 루이와 키미를 흘끗 쳐다봤다. 양쪽 다 반응이 시원찮았다.

그러자 루이가 도와주듯 말을 꺼냈다.

"편안한 느낌이라 좋을지도."

그 말에 호응하지 않을 수 없었다. 토츠코는 강력히 밀었다.

"슈퍼가 붙어서 강한 느낌도……."

이렇게 되었으니 판단은 키미가 내려야 할 것 같다는 생각에 토츠코가 고개를 돌렸지만, 키미는 아이스크림 스푼

을 입에 문 채 웃을 뿐이었다. 어쩐지 토츠코와 루이의 배
려 섞인 대화를 방관하며 즐기는 것처럼 보였다. 그런 키미
의 웃는 모습은 귀여웠다.

새삼스럽게 토츠코는 두 사람의 '색'을 바라봤다. 초록과
파랑의 아름다운 '색' 가운데 끼어 먹는 바닐라 아이스크림
은 최고였다.

다시 침묵이 이어졌다.

"……카게히라 군."

토츠코가 루이를 불렀다. 중학교 시절 남학생들의 이름
을 성으로만 불렀던 기억이 떠오르면서 조금 부끄러웠다.

"응."

"좀 전에 그 악기는 뭐예요……?"

루이는 바로 대답했다.

"테레민이라고 해."

토츠코는 처음 듣는 이름이었다. 스마트폰으로 검색해보
고 싶었지만 꾹 참고 루이가 설명해주길 기다렸다. 하지만
루이는 민트초코 아이스크림을 먹을 뿐이었다.

"아…… 그렇구나."

토츠코가 호응해봤지만 여전히 반응이 없었다.

키미가 더 물어봐주지 않을까 싶었는데 그 역시 아이스
크림에 열중한 것처럼 보였다.

토츠코는 바다로 눈길을 돌렸다.

이름 모를 새가 수평선 위를 소리도 없이 활공하며 날아갔다. 역시 침묵이 이어졌다.

결국 토츠코는 용기를 내기로 하고 루이 쪽을 바라봤다.

"미안해요. 남자랑 이야기하는 게 익숙하지 않아서."

그러자 루이는 손을 저었다.

"무슨 그런 말을, 무리하지 않는 정도로 부탁해."

"네."

대답은 했지만 '무리하지 않는 정도가 어떤 거지?'라는 의문이 토츠코의 마음속에서 솟아났다.

이후로도 침묵과의 싸움이 이어졌다.

나란히 앉아 둑에서 바다를 바라보며 "아, 조개다"라고 루이가 가리키면 "아, 조개네"라고 토츠코가 대답했다.

셋이 바다를 바라보면서 "물고기다"라고 동시에 말하고는 조금 웃었지만 곧 조용해졌다.

"이 근처 바닷물이 깨끗하지?"

루이가 토츠코에게 말을 걸었다. 토츠코는 "응" 하고 대답하고는 키미에게 "깨끗하다, 그치?"라고 말을 넘겼다. 그러자 키미가 "응" 하고 대답했다.

루이가 "지금 같은 느낌으로"라며 웃었다.

"이런 느낌이구나."

토츠코는 석연치 않았지만, 지금의 긴장되고 어색한 상황에서 빠져나오기 위해서는 무엇이라도 시도해볼 작정이었다.

토츠코가 갑자기 둑에서 벌떡 일어났다. 루이와 키미가 놀라며 토츠코를 올려다봤다.

"키……."

토츠코는 말을 꺼내다가 삼켜버렸다. 지금 한 걸음 내딛지 않으면 이 어색한 상태를 바꿀 수 없다고 스스로를 독려하며 조금 큰 목소리로 외쳤다.

"키미……라고 불러도 될까?"

어느샌가 붉게 물든 노을이 토츠코의 얼굴을 비췄다. 눈부신 탓에 키미의 반응이 보이지 않아 다행이라고 생각했다. 하지만 좀처럼 반응이 돌아오지 않자 토츠코는 불안해졌다.

"응, 괜찮아."

키미가 대답했다. 그 목소리에 조금 즐거운 느낌이 어려 있어 토츠코는 다음 단계로 나아갈 용기를 얻었다.

"그리고 루이……라고……."

그러자 루이는 토츠코를 향해 꾸밈없는 미소를 보이며 외쳤다.

"야호 잘됐다!"

키미가 일어서자 루이도 따라 일어났다. 세 사람이 나란히 석양을 바라봤다. 서로의 얼굴을 보지는 않았다.

쑥스러웠지만 이것이 첫걸음이었다.

"아."

루이가 진동음이 울리는 휴대폰을 바지 주머니에서 꺼내 들었다.

"곧 배가 올 거야."

오후 6시가 본토로 가는 마지막 배다. 이 배를 놓치면 내일 아침까지 본토로 돌아갈 수 없다.

배를 타자 토츠코는 순식간에 피로가 몰려오는 걸 느꼈다. 역시 남자라는 사실을 지나치게 의식하고 말았다. 그래도 루이는 다정하고 귀여워…….

토츠코는 옆자리에 앉은 키미를 바라봤다. 키미는 창밖을 보고 있었다.

토츠코도 바깥을 바라봤다.

서쪽으로 저무는 햇살이 바다를 어렴풋이 붉게 물들이고 있었다.

토츠코는 루이가 빌려준 전자 키보드로 시선을 돌렸다. 중고품이라고 해도 산 지 얼마 안 되었을 터다. 전자 키보드가 담긴 종이봉투에 리사이클숍의 가게명이 적혀 있었다.

토츠코가 기숙사에서 생활해서 피아노 연습을 할 수 없

다고 하자 루이는 키보드를 종이봉투에 든 그대로 "빌려줄
게"라며 건넸다.

이어폰을 연결하면 기숙사 방에서도 연습을 할 수 있을 것
이다.

그렇지만 다음 '합동 연주' 날까지 시간이 별로 없었다.

옆에 앉아 콜라를 마시는 키미를 바라봤다. 곧바로 토츠
코의 시선을 알아챈 키미가 "왜?"라며 걱정스러운 표정을
지었다. 키미는 토츠코의 뱃멀미가 걱정되었다.

토츠코는 망설이다가 말을 꺼냈다.

"그, 그게 말이야. 사실은……."

"응."

토츠코는 설마 이렇게 될 줄은 상상도 못 했다. 피아노를
칠 수 있다고 한 건 키미에게 다가가기 위해 순간적으로 튀
어나온 거짓말이었다. 아니, 거짓말까지는 아닐지 모르지
만…….

"뭔데?"

키미가 입을 다문 토츠코의 얼굴을 걱정스럽게 들여다봤다.

"사실은 나, 피아노 그렇게 잘 치지 못해."

얼굴을 마주하기가 무서워서 토츠코는 키미를 보지 않았
다. 다만 반응은 신경 쓰여서 곁눈질로 살폈다.

키미는 묵묵히 토츠코를 바라봤다.

허둥거리며 토츠코가 말을 이었다.

"실망할지도 몰라……."

키미는 기타 케이스를 흘끗 봤다.

"나도 기타 이제 막 시작했는걸. 오빠가 두고 간 걸 별생각 없이 시작해서……."

토츠코도 기타 케이스를 봤다. 확실히 투박한 스타일의 케이스였다.

"오빠가 있었구나."

외동인 토츠코는 형제가 있었으면 했다. 특히 오빠에 대한 막연한 동경이 있었다. 키미를 닮았다면 어떤 '색'을 띤 오빠일까. 스포츠맨으로 그중에서도 배구 선수의 이미지를 떠올렸다.

"응. 취업해서 다른 곳으로 갔어."

키미의 옆모습이 조금 쓸쓸해 보였다. 어렸을 때 오빠를 졸졸 따라다니던 아이였을까?

"그렇구나."

토츠코는 적당히 받아넘겼다. 그렇게까지 파고들기에는 서로에 대해 너무 몰랐다.

배가 조금 흔들려서 옆에 둔 전자 키보드가 넘어질 뻔했다. 서둘러 붙잡아서 쓰러지진 않았다. 키보드를 잡고 봉투 안을 들여다보며 손으로 살짝 만져봤다. 빌린 물건이라고 생각하면 조심스러워졌다.

키보드를 만지면서 토츠코는 결심을 말했다.

"다음 주까지 어떻게든 연습해서 올게."

키미도 고개를 끄덕이며 "나도"라고 작은 목소리로 대답
했다.

토츠코는 하루 만에 키미에 대한 인상이 상당히 바뀌었
다. 학교에서 본 성가대 연습 풍경이나 체육 시간과 복도
같은 데서 목격한 인상으로는 키미는 리더형에 의지가 굳
건하고 강한 사람이었다. 하지만 오늘 하루 동안 본 느낌이
긴 해도 조심스러운 성격에 다정하고 조용한 사람이라는
생각이 들었다. 토츠코는 그런 키미가 마음에 들었다. 오늘
모습이 키미의 '색'에 더 잘 어울리는 것 같았기 때문이다.

"연습하면 다양한 곡을 연주할 수 있게 될까? 진짜 밴드
처럼."

말은 이렇게 했지만 토츠코는 '밴드'가 어떤 건지 구체적
으로 잘 몰랐다. 지금까지 콘서트에 가본 적도 없었다. 당연
히 자신이 '밴드'의 일원이 된다는 건 꿈에도 생각하지 못한
일이었다.

"뭐, 진짜 밴드가 어떤 건지 잘 모르겠지만."

키미는 토츠코의 말을 듣고 조심스럽게 "응" 하고 고개를
끄덕였다. 아마 키미도 토츠코와 별반 다르지 않은 모양이

었다.

처음에는 별다른 징후를 보이지 않아 멀미 없이 내릴 수
있을 거라고 생각했지만 어림도 없었다. 확고한 멀미 체질
을 쉽게 극복할 수 없었다. 토츠코는 차츰 속이 안 좋아졌
다. 본토 항구에 도착하기까지 이제 5분밖에 남지 않았다고
생각해도 회복은 쉽지 않았다. 내리막길을 굴러떨어지기라
도 하듯 뱃멀미는 점점 심해졌다.

"누워도 돼."

키미가 토츠코의 상태를 살피고는 이번에도 손을 펼쳐
무릎을 내밀었다. 토츠코는 사양하지 않고 쓰러지듯 그의
무릎에 머리를 올리고 눈을 감았다.

"고마워."

토츠코가 간신히 고마움을 전했다.

"괜찮아."

키미가 속삭이는 듯한 목소리로 대답했다.

항구에서 학교 기숙사까지는 버스와 노면전차를 갈아타
야 했다. 키미는 노면전차를 한 번만 타면 집에 돌아갈 수
있었다.

키미는 배에서 내려서도 비틀거리며 걷는 토츠코의 상

태가 걱정되어 학교까지 데려다주고 싶었지만 말하지 못했다. 학교 근처에서 친구나 선생님이나 수녀님을 우연히 마주칠까 봐 무서웠다.

학교 친구 누구에게도 말하지 않고 자퇴서를 냈다. 그리고 아무에게도 작별 인사를 하지 않고 도망치듯 학교에서 나왔다.

자퇴에 대해 말하려면 그 이유를 설명해야만 한다. 하지만 진짜 이유를 말하면 친구와 후배들에게 상처를 줄지도 몰랐다. 아무에게도 상처를 주지 않고 얘기할 자신이 없었다.

그래서 모든 것을 내던져버리고 도망쳤다. 다른 사람에게 상처를 주는 것보다 '이상한 사람'이 되는 것을 선택했다.

버스 정류장을 향해 토츠코가 비틀비틀 걸어갔다. 루이에게 빌린 키보드를 소중히 가슴에 안고. 키미가 그 뒷모습을 지켜보고 있는데 토츠코가 뒤돌아서더니 천천히 고개 숙여 인사했다. 행동이 마치 노인처럼 느릿느릿했다.

가엾단 생각이 들면서도 그 모습이 유머러스하게 보였다. 토츠코의 특성인지도 모른다고 생각하며 키미는 그의 모습이 보이지 않을 때까지 배웅했다.

혼자 남게 된 키미는 시선을 떨궜다. 그 옆모습에 그늘이 졌다.

집에 돌아가야 한다고 생각하니 우울했다.

노면전차에는 사람이 적었다. 하지만 자리는 모두 차서 앉을 수 없었다. 키미가 손잡이를 잡고 서 있을 때 발랄한 목소리가 들렸다.

소리가 들리는 쪽을 보니 여고생 두 명이 즐겁게 웃고 있었다. 두 사람은 교복을 입고 있었다. 일요일에 교복 차림인 걸 보면 동아리 활동이나 시합 같은 것에 참가했다가 돌아가는 길일 것이다.

키미는 두 사람에게서 등을 돌렸다. 그 교복은 고코여고 교복이었다.

집에 돌아온 키미가 현관을 열자 육수와 간장 냄새가 났다. 저녁 메뉴는 조림인 모양이었다.

할머니 시노는 요리를 좋아했다. 식사를 준비할 때는 늘 기분 좋게 콧노래를 불렀다. 도전 정신도 왕성해서 갑자기 제대로 된 파에야를 만들어보기도 했다. 때로 실패하기도 했지만 대체로 솜씨가 좋았다.

키미는 2층으로 이어지는 계단 아래에 소리가 나지 않도록 조심히 기타를 내려놓고 부엌으로 향했다.

요리 냄새와 함께 시노의 콧노래가 들려왔다. 이전 같았다면 행복한 기분이 들었겠지만 지금은 역시 마음이 울적했다. 키미는 심호흡과 함께 미소를 만들고는 부엌에 얼굴을 내밀었다.

"다녀왔어요."

시금치를 냄비에 넣고 시노가 뒤돌아봤다.

"어서 와."

시노는 언제나 밝은 미소를 지었다. 그것이 키미에게는
눈부셨다.

키미는 시노가 영화를 보러 간다고 했던 말을 떠올렸다.
그럴 때 시노는 키미에게 같이 가자고 묻지 않았다. 사쿠나
가 집안의 사람들은 독립적이었다. 가장 독립적이지 못한
사람은 자신이라고 키미는 늘 생각했다.

"저녁 조금만 기다려."

시노는 데친 시금치를 건져 물에 헹구며 말했다.

"네."

키미는 부엌 입구에 있는 기둥에 기대어 시노의 노련한
동작을 바라봤다. 키미가 요리를 돕는 일은 드물었다. "두
사람이 부엌에 서면 동선이 엉켜"라며 시노가 싫어했기 때
문이다.

시노는 조림 요리로 추정되는 냄비의 불을 끄더니 그릇
에 달걀을 깨서 넣고 저었다.

"성가대 연습이었어?"

일요일 예배에 재학생 성가대가 참가하는 일은 거의 없

었다. 주로 성가대에 뜻이 있는 졸업생들이 참가했다. 재학생은 입학식과 크리스마스 예배 등 특별한 날에 노래를 선보이는 것이 관례였다.

성가대에서 가장 어려운 일은 연습 일정을 조정하는 것이었다. 어떤 계획을 내놓아도 여기저기에서 반발해서 수습하는 데 시간과 노력이 들었다. 주로 2학년이 하는 일인데 키미가 그때 일정 담당을 맡아 고생했다. 3학년에 올라가 해방되었다고 생각했더니 추천으로 부장이 되는 바람에 더욱 힘들어졌다.

일요일에는 연습이 거의 없었다. 일요일 연습은 부원들의 반발이 크기 때문이었다.

일요일 연습이 있을 때는 전차에서 본 학생들처럼 교복을 입고 가야만 한다. 하지만 오늘 키미는 완전한 사복 차림이었다.

"연습은 아닌데…… 좀…….”

거짓말은 거짓말을 부른다. 그게 싫어서 키미는 말을 얼버무렸다.

"그래?"

시노는 가볍게 대답하고는 풀어놓은 달걀에 게맛살과 갖은 재료를 넣고 빠르게 저어서 프라이팬에 부었다.

"옷 갈아입고 올게요."

"그래."

키미는 기타 케이스를 챙겨 2층으로 올라갔다.

티셔츠에 반바지로 갈아입고 부엌으로 내려오자 이미 식
사 준비가 다 되어 있었다. 시노는 벌써 자리에 앉아서 기
다리고 있었다.

"좀 망쳤을지도 모르겠어."

시노가 중화풍으로 만든 달걀 안가케(걸쭉한 전분 소스를
부어 만든 요리 ― 옮긴이 주)를 숟가락으로 떠서 맛을 봤다.

"아, 다행히 맛있게 됐네."

시노는 요리 중에 거의 간을 보지 않는다. 조미료를 계량
하지도 않는다. 그래서 맛이 늘 다르다고 엄마가 종종 불만
을 토로하던 모습이 키미의 머릿속에 떠올랐다.

"키미도 먹어. 덜어줄까?"

시노가 손을 뻗으려고 했지만 키미는 스스로 안가케를
그릇에 가득 담았다.

참기름과 감식초의 맛있는 냄새가 코끝에 맴돌았다.

하지만 키미는 젓가락을 움직이지 않았다.

"할머니……."

"응?"

시노가 밥을 먹던 손을 멈췄다.

143

"있잖아요……."

"왜?"

시노의 밝은 미소는 여전히 눈부셨다.

키미는 학교를 자퇴한 것을 시노에게 알릴 생각이었다. 시노에게 계속 거짓말하는 걸 더 이상 견딜 수 없었다.

하지만 시노의 미소를 보면 그 결심이 사그라들었다.

"아니, 아무것도 아니에요……."

키미는 그렇게 말하며 애써 웃어 보였다.

시노는 키미를 걱정스럽게 바라보다 다시 미소를 지었다.

잠시 후 식사를 이어가던 시노가 그릇을 식탁에 내려놓았다.

"아, 맞다. 교복."

시노의 말을 듣고 키미는 젓가락으로 조림을 집으려다 멈칫했다. 젓가락이 공중에서 멈추며 조금 떨렸다.

"곧 하복 입을 시기지? 춘추복은 세탁소에 맡겨야겠네."

"네."

키미는 안심하며 반찬을 집었다.

6월은 장마철로 쌀쌀한 날이 많은데도 하복을 강제로 입어야 해서 키미는 늘 불합리하다고 생각했었다. 지금은 자퇴한 것을 숨기기 위해 입고 다니는 교복을 세탁소에 맡기는 것이 훨씬 더 불합리하게 느껴졌다.

시노도 조림에 손을 뻗어 자신의 그릇에 곤약을 얹었다.

곤약을 맛보면서 시노가 진지한 목소리로 말했다.

"키미가 할머니와 같은 교복을 입게 되다니."

벌써 몇 번이나 들은 이야기지만 지금은 다른 의미로 들렸다. 키미는 가슴이 조여왔다.

맛있게 먹던 토란의 맛이 느껴지지 않았다.

고등학교 입시는 중학교 내신 성적과 능력 시험 성적으로 지망 학교를 정했다. 키미의 성적으로 진학 가능한 학교 중에 시노가 졸업한 고코여고가 후보로 올라왔다. 그것을 보고 시노는 무척 기뻐했다.

거의 같은 학력 수준의 공립 고등학교도 지원할 예정이었지만 시노의 모교인 고코여고를 택했다.

만약 그때, 공립 고등학교를 선택했다면 자퇴는 하지 않았을까?

아니다, 자퇴한 이유는 학교가 아니라 키미의 문제였다.

식사 후 방으로 돌아온 키미는 벽에 걸린 교복을 한참 동안 바라봤다.

5

이른 아침 성당에 토츠코가 있었다. 평소와 다름없는 자리에서 기도를 드린 후에 스테인드글라스를 통해 들어오는 햇살을 바라보았다.

성당에는 토츠코 이외에는 아무도 없었다.

어제 교회에서 루이가 연주했던 장면이 토츠코의 머릿속에 되살아났다. 테레민으로 연주한 〈아베마리아〉는 마치 천상에서 울려 퍼지는 복음 같았다. 거기에 키미의 기타가 하모니를 더했다. 마음 가득 기쁨이 퍼지는 게 느껴졌다.

토츠코는 눈을 감았다. 그러자 암흑의 스크린 속에 초록색이 떠올랐다. 루이의 '색'. 거기에 더해서 동그란 모양의 코발트블루도 나타났다. 키미의 '색'이다. 곧이어 두 사람의 '색'이 〈아베마리아〉에 맞춰 흔들리며 둥글게 춤을 추듯이 이동했다.

그것은 발레리나들이 제자리에서 회전하는 피루엣이라는 동작을 위에서 내려다보는 것 같은 광경이었다. 초록과 파랑의 '색'이 수없이 회전하며 이동했다.

그 장면은 토츠코에게 도취감을 선사했다.

토츠코는 언제까지나 머릿속 스크린에서 춤추는 발레리나를 넋 놓고 바라봤다.

토츠코는 손가락 끝을 움직여 음을 조율하던 독특한 루이의 모습을 떠올렸다. 아름다운 초록의 '색'.

"루이는 '음'이 보이는 걸까?"

토츠코가 중얼거렸다.

토츠코는 모르는 일이었지만, 사람들 중 극히 일부는 '공감각'이라 불리는 지각 현상을 가지고 있다고 한다. 그런 사람들은 어떤 문제에 색을 느끼기도 하고 음에서 색을 느끼기도 한다. 맛이나 냄새에 색과 형태를 느끼는 사람도 있는 모양이다.

프랑스 시인 아르튀르 랭보도 그런 감각을 가진 사람으로 그 감각을 그린 시가 남아 있다.

또 음에 색을 느끼는 사람을 '색청'이라고 부르며 그들 대부분이 '절대음감'을 가지고 있다고도 한다.

루이는 몇 번 들은 것만으로 키미가 연주하는 〈아베마리아〉를 완벽하게 재현해 보였다. '절대음감'을 갖고 있다고 해도 결코 이상하지 않을 것이다.

하지만 토츠코처럼 사람마다 제각각의 '색'이 '보이는' 현상은 그런 사례가 있는지 찾아볼 수 없었다. 그리고 그것은 다른 사람에게 기쁨을 주지는 못하고 토츠코가 마음속에서 혼자 몰래 기쁨을 느끼는 게 전부인 능력이었다.

그다음 주 일요일도 교회에서 밴드 연습을 했다.

토츠코는 초등학생 시절에 엄마의 지인에게서 피아노를 물려받아 배운 정도일 뿐이라 연주에는 큰 관심이 없었다. 습관처럼 피아노 교실에 5년이나 다니면서도 집에서는 거의 연습을 하지 않았다.

"무리해서 계속 다니지 않아도 괜찮아."

피아노 선생님에게 완곡하게 해고를 선고받았을 정도로 실력이 거의 몸에 붙지 않았다. 그런 수준이다 보니 일주일 간의 벼락 연습으로는 도저히 〈아베마리아〉를 연주할 정도가 되지 못했다. 루이와 키미가 연주하는 중간에 겨우 외운 일부분에만 키보드 음을 더할 뿐이었다.

그래도 토츠코는 즐거웠다. 처음으로 연주를 즐길 수 있었다. 루이와 키미의 연주가 하나가 되면서 거기에 조금이지만 토츠코의 연주가 보태지는 것이 기뻤다.

낮 12시에 도착해 쉬는 것도 잊고 오후 5시까지 계속해서 〈아베마리아〉를 연주했다. 루이가 리더가 되어 연주 템포를 조정해주었다. 연습을 거듭할 때마다 실력이 좋아지는 듯한 기분이 들었다.

토츠코는 조금 뒤처지는 느낌이었지만 루이는 끈기 있게 토츠코의 연주에 맞췄다.

"슬슬 끝낼까?"

오후 5시가 되어 루이가 마무리하자고 했지만 키미도, 토츠코도 조금 더 연주하고 싶었다. 마지막 배 시간까지 한 시간이 남아 있었다.

그런 생각을 전하자 루이가 곤란한 표정을 지었다. 6시까지는 교회에서 나오기로 섬사람과 약속했다는 것이었다.

"6시까지면 앞으로 한 시간 남았어."

토츠코가 물고 늘어지자 루이는 말하기 힘든 듯 망설이다가 겨우 입을 열었다.

"열쇠를 돌려주기 전에 청소를 끝내야 하거든."

루이는 토츠코와 키미가 돌아가면 혼자서 교회를 청소하려던 모양이었다. 지난번에도 그랬을 것이다.

"청소도 연습의 하나지."

키미의 제안으로 세 사람이 함께 청소를 하기로 했다.

루이는 처음에 사양했지만 키미가 청소를 좋아하는지 루

이가 미처 보지 못한 곳의 얼룩까지 찾아내어 꼼꼼하게 지우자 같이 청소하자는 결정을 받아들였다.

토츠코는 키미의 지시를 받아 창틀에 쌓인 먼지를 닦았다.

허리를 숙여 바닥에 마른 걸레질을 하던 루이가 갑자기 일어섰다.

"난 오리지널 곡을 연주해보고 싶어."

토츠코는 루이가 어떤 제안을 하고 있다는 건 알아들었다. 하지만 '오리지널'의 의미를 몰라 이해하지 못했다.

장식된 기둥의 먼지를 공들여 닦던 키미에게 토츠코가 도움을 구했다.

"오리지널이 뭐야?"

"직접 만든 곡?"

키미는 자신이 없는지 루이에게 묻는 듯 시선을 향했다.

"맞아."

루이는 활짝 웃었다. 눈이 반짝거렸다.

토츠코는 겁이 났다. 연주라면 루이에게 배워서 어떻게든 될 것 같았지만 작곡을 하는 건 말도 안 된다는 생각에 살짝 새파랗게 질리는 기분이었다.

"할 수 있을까?"

속삭이는 목소리로 토츠코가 물었다.

"어쩐지 할 수 있을 것 같아."

루이가 소극적이긴 해도 확신에 찬 모습을 보였다. '루이가 작곡한다는 거구나.' 토츠코는 가슴을 쓸어내렸다.

"응. 루이가 만든 곡 들어보고 싶어."

토츠코는 루이에게 확인차 말했다.

하지만 루이는 고개를 가로저었다.

"두 사람도 만들 거지?"

루이의 시선이 키미에게 향했다.

토츠코가 키미의 모습을 살펴보니 그는 즐거워 보였다.

키미가 흥미를 보인다는 것에 토츠코는 위기감을 느꼈다. 그렇게 되면 연주조차 불안정한 자신도 작곡을 안 할 수 없었다.

오후 6시가 되기 조금 전에 청소를 끝낸 세 사람은 밖으로 나와 둑에 나란히 서서 배를 기다렸다.

키미와 루이 두 사람 다 작곡과 관련해서는 이후 아무 말도 하지 않았다. 결국 루이의 "두 사람도 만들 거지?"라는 물음에 토츠코는 대답하지 않았다. 키미도 대답은 하지 않았다.

참지 못하고 토츠코는 다시 한번 확인했다.

"작곡, 키미는 하고 싶은가 봐?"

그러자 키미는 작게 끄덕였다.

"응. 좀 흥미 있어. 해보고 싶어."

키미는 조심스럽지만 분명하게 대꾸했다.

"대단해. 힘내서 연습해야겠다."

토츠코는 도망치고 싶은 기분에 작곡이라는 엄청난 일을 미룰 수 있기를 기대하며 얼버무렸다.

"토츠코도 해야 돼."

키미가 토츠코의 생각을 꿰뚫고 허를 찔렀다.

"으아아."

토츠코는 도망갈 길이 없다는 걸 깨닫고 비명을 지르며 머리를 감쌌다.

그때 갑작스러운 인기척을 느껴 토츠코가 시선을 돌렸다. 마당에 예쁜 꽃이 피어나 있는 작은 주택 쪽이었다.

현관에서 한 여성이 가방을 들고나왔다. 늘씬하게 키가 큰 여성은 집주인에게 인사를 한 뒤 현관문을 닫았다. 중년 여성으로 보였는데, 걸음걸이가 시원스럽고 멋졌다. 그 여성의 '색'에 토츠코는 눈길을 빼앗겼다. 초록이었다. 루이의 '색'과 닮았지만 미묘하게 다른 색감이었다.

옆쪽에서 루이의 움직임이 느껴졌다. 돌아보니 입고 있던 후드티의 후드를 깊이 눌러쓰고 얼굴을 돌리고 있었다. 마치 다른 사람의 눈을 피하는 것처럼.

토츠코는 가만있지 않고 물어봤다.

"루이, 왜 그래?"

"아니, 아무것도 아니야."

그렇게 말하면서도 루이는 얼굴을 계속 숨겼다.

멀어져가는 여성을 다시 돌아보자 그 여성과 루이의 뒷모습 실루엣이 닮아 보였다.

"그럼 또 다음 주 일요일에 봐."

루이가 손을 흔들고는 걸음을 옮겼다. 지난번에는 배를 타고 출항할 때까지 배웅해줬는데, 이런 생각을 하면서 토츠코는 루이의 배웅 인사 또한 잘 안 들릴 만큼 작아졌다는 사실을 깨달았다.

키미가 루이에게 손을 흔들었지만 루이는 등을 구부린 채 뒤돌아보지 않고 멀어져갔다.

토츠코와 키미가 배의 뒤쪽 갑판에 섰다. 오늘도 승객은 적었다. 바깥바람을 쐬면 뱃멀미가 안 날지도 모른다는 키미의 제안으로 두 사람은 갑판으로 나온 참이었다.

키미는 갑판의 난간에 기대 바다를 바라봤다. 토츠코는 키미의 모습을 뒤에서 바라보며 갑판에 설치된 벤치에 앉았다.

"루이네 엄마였을까?"

토츠코가 중얼거렸다.

그 말에 키미가 반응해 뒤돌아봤다.

토츠코는 얼굴을 숨기고 도망치듯이 떠난 루이의 모습이 머릿속에서 떠나지 않았다.

"우리와 함께 있는 걸 보이고 싶지 않았는지도 몰라."

토츠코는 나름대로 추측했다.

분명 키미도 루이가 갑자기 쌀쌀맞게 가버린 것을 신경 쓰고 있을 거라 생각했다.

하지만 키미는 조금 슬픈 표정을 짓고 있을 뿐이었다.

키미는 그렇게까지 신경 쓰이지 않는 걸까?

"나도 누군가에게 들키면 곤란해질까? 학교 교칙에 남녀 교제 금지라고 되어 있기도 하고. 아, 아니 딱히 교제하는 건 아니지만. 근데 일단 같은 기숙사 방 친구들한테는 걸밴드 하고 있다고 말했거든."

이런 '비밀'이 생긴 건 처음이라 토츠코는 조금 기쁘기도 하고 부끄럽기도 해서 뺨이 달아올랐다.

토츠코는 히요코 수녀님을 떠올렸다. 고해성사를 권유받았던 일을. 이것이야말로 '거짓말'이었다.

"아…… 이건 '용서를 구하는 성사'를 해야 할 안건일지도 몰라. 돌아가면 바로 성당에 가야겠어."

고해성사는 '용서를 구하는 성사'라고도 불렸다. 둘 다 성직자에게 죄를 고백하여 그 죄를 씻는 의식이다.

혼잣말로 중얼거리는 토츠코의 모습을 보며 키미가 웃었다. 토츠코는 정신이 번쩍 들었다.

"미안. 학교 얘기는 듣고 싶지 않지?"

키미가 웃으며 고개를 저었다.

"아니, 신경 쓰지 마."

키미의 미소는 다정했다. 그리고 키미의 '색'은 변함없이 온화하고 맑고 아름다워서 토츠코는 기뻤다.

그날 토츠코는 처음으로 뱃멀미를 하지 않았다.

미션이 주어지면 그것을 옆으로 밀어두지 못하는 것이 토츠코의 성격이었다. 아침부터 밤까지 계속 '작곡'에 대한 생각에 빠진 것이다. 하지만 음악이 머릿속에서 솟아나는 일은 없었다. 그러다가 이미지나 가사를 생각한 후에 멜로디를 붙이는 편이 좋겠다는 생각이 든 순간부터 토츠코의 안에서 스위치가 켜졌다.

토츠코가 이미지로 떠올린 것은 키미의 '색'이었다. 그것을 노래로 만들고 싶었다.

기숙사 방에서도 토츠코는 멍하니 키미의 '색'을 떠올릴 때가 많아졌다. 숲속 세 자매가 말을 걸어도 건성으로 듣고 엉뚱한 대답을 해서 웃음을 샀다.

하지만 숲속 세 자매는 그런 토츠코를 따뜻한 눈길로 지켜봤다. 무언가에 열중하기 시작하면 토츠코는 주위가 보이지 않았다. 그래도 그것은 분명 토츠코에게 해가 되는 시간이 아니라고 친구들은 생각했다.

어느 날 지구과학 시간이었다. 그날은 '인류의 요람인 태양계'라는 주제로 프로젝터를 사용한 수업이 진행되었다.

암막 커튼을 친 교실은 어두컴컴했다. 프로젝터가 스크린에 태양계의 행성을 비췄다. 태양을 중심으로 한 조감도로 만들어진 영상은 행성이 제각각의 궤도를 도는 모습을 그려갔다.

토츠코는 노트에 '태양계? 키미'라고 썼다.

다음 영상은 처음 보는 것이었다. 조감도가 아닌 태양계를 옆에서 쫓아가듯 보여주는 영상이었다.

거대한 불구슬 같은 태양이 자전하면서 우주를 돌진해갔다. 행성들은 나선을 그리듯 공전하면서 그 태양을 쫓아갔다. 다이내믹했다.

토츠코는 영상에 푹 빠져버렸다. 차츰 스크린 속에 '색'이 흘러넘쳤다. 홍수 같았다. 그 뒤로 키미의 모습이 떠올랐다. 푸른 '색'을 두른 키미가 오른팔을 들어 올렸다. 그 손에 공이 들려 있었다.

키미가 던진 공은 푸른빛을 띠고 차가운 태양처럼 돌진했다. 너무나도 아름다운 그 공이 눈앞에 다가와……

그때 커다란 소리가 나서 토츠코는 정신을 차렸다.

토츠코가 자기 발로 책상을 걷어찬 소리였다.

토츠코는 순간 꿈의 세계를 여행했던 것이다. 잠에 빠져
들면서 자신도 모르게 무의식적으로 몸이 움직이며 책상을
걷어찬 모양이었다. 상당히 큰 소리가 나서 교실 안에 있던
학생들의 시선이 토츠코에게 집중되었다.

어두웠던 교실에 조명이 밝게 켜져 있었다.

놀란 토츠코를 보고 학생들이 쿡쿡 웃었다. 토츠코는 허
둥거리며 입을 닦았다. 침까지 흘리며 잠든 모양이었다.

교실 앞쪽에서 시선이 느껴졌다.

머리가 벗겨진 지구과학 선생님이 토츠코를 빤히 보고
있었다.

어느 누가 봐도 수업 중에 잠든 것을 들킨 상황이었다.
곤란해진 토츠코는 웃음으로 얼버무리며 선생님에게 고개
를 숙였지만 선생님의 표정은 눈곱만큼도 풀리지 않았다.

수업이 끝나자 토츠코는 선생님의 지시로 프로젝터와 스
크린을 교무실까지 옮겼다.

거기에 더해 사육장에서 키우고 있는 토끼에게 먹이를
주는 일도 주어졌다.

식당에서 양배추와 양상추, 당근 같은 남은 채소를 받아

사육장으로 가지고 가서 토끼들을 먹이는 일이었다.

이 일은 결코 벌처럼 느껴지지 않았다. 토끼들은 사람 손에 익숙해서 토츠코가 손으로 양배추를 주면 맛있게 먹었다. 귀여웠다.

뛰어다니는 토끼를 보면서 토츠코는 다시 가사를 생각했다.

토츠코는 머릿속에서 원하는 가사를 찾으며 학교 복도를 천천히 걸었다. 쉬는 시간이라 복도는 학생들로 상당히 시끌벅적했지만 토츠코의 귀에는 그 소리가 들리지 않았다.

토츠코는 자신도 모르는 사이에 도서관에 도착해 있었다.

방대한 지식과 교양의 보물창고. 하지만 전혀 인기척이 없는 도서관. 특히 방과 후의 도서관에는 아무도 없었다.

토츠코는 천문 분야 코너로 가서 마음에 드는 책 한 권을 책장에서 꺼내 들었다.

그 제목도 《태양계》였다.

그 자리에서 팔랑팔랑 페이지를 넘겨봤지만 글자만으로는 마음이 끌리지 않았다. 그래도 토츠코는 두근거렸다. 제 안에 있는 무언가가 어떤 형태를 만들어낼 것 같은 예감이 들었다.

책을 책장에 꽂았을 때 문득 눈앞에 있던 구체에 눈길이 꽂혔다.

커다란 지구본이었다. 토츠코가 입학하기 훨씬 전부터 여기에 놓여 있었을 테지만 어쩐지 지금 처음 본 것 같은 기분이 들었다.

지구 표면의 약 3분의 2를 차지하는 물…… 바다. 지구본에는 바다가 파란색으로 표시되어 있었다. 직경 50센티미터 정도 되는 푸른 구체. 그것만으로도 토츠코의 마음이 술렁거렸다.

지구본이 빙글빙글 돌기 시작했다. 물의 푸른빛이 지상의 초록과 사막의 황토색과 얼음 대륙을 덮어갔다. 지구가 온통 파랗게 되었다.

그 푸른 구체는 차츰 피루엣으로 계속 회전하는 발레리나가 되었다.

토츠코의 마음이 살짝 쓰렸다. 그런 기분을 떨쳐내듯이 발레리나가 격렬하게 회전을 이었다.

그런 발레리나가 두 사람, 세 사람…….

행성은 춤을 추고 있다. 행성은 즐겁게 춤춘다.

두근두근 행성…….

토츠코의 마음속에 무언가가 연결되었다.

학교 북쪽 가장 구석진 장소에 회의실이 있다.

교직원의 월례 정기 회의가 열리는 장소다. 회의실 외에는 같은 미션스쿨 계열 학교의 교류회 장소가 되기도 했다.

정원은 55명이었지만, 목제로 된 중후한 의자와 책상을 꺼내면 100명은 거뜬히 수용할 수 있는 공간이었다.

비품에서부터 벽, 기둥, 카펫에 이르기까지 공을 들인 인테리어였다. 역사가 느껴지는 엄숙한 분위기에 사람들은 안에 들어가기만 해도 등을 곧게 세우고 자세를 바로잡았다.

그곳에서 히요코 수녀가 회의 후 혼자 정리를 하고 있었다.

수녀가 된 지 십여 년이 지났지만 여전히 수녀 중에서는 가장 젊었기 때문에 뒷정리는 그의 몫이었다.

오후에는 기온이 올라가 30도에 가까웠다. 창문을 연 채로 정기 회의가 진행되었다. 그런데도 실내는 상당히 후덥지근해서 급히 선풍기를 준비해야만 했다. 그것도 히요코의 역할이었다. 회의실뿐만 아니라 이 학교에는 중앙 에어컨이 없었다. 오래된 건물 구조 문제로 중앙 에어컨을 설치할 수 없어서 에어컨이 설치된 곳은 보건실과 응접실뿐이었다.

회의가 끝난 저녁 무렵에는 바깥 기온이 떨어져 있었다. 아직 여름이라는 느낌은 들지 않았다.

히요코는 활짝 열어뒀던 창문을 하나씩 닫았다. 조각이 새겨진 목제 창틀은 습기가 높으면 닫기 힘들었다.

역사적 건축물로 시에서 유형문화재에 지정할 정도로 아

름다운 학교였지만 개축이 쉽게 허가되지 않아 불편한 점이 많았다.

히요코는 정원 쪽 창을 다 닫은 후 복도 쪽 창을 닫았다. 역시 잘 닫히지 않았다.

힘들게 창을 닫고 있을 때 복도에서 사람 목소리가 들렸다. 무언가 노래를 하고 있는 듯했다. 이미 하교 시간은 한참 지나 있었다. 히요코는 창문으로 복도를 내려다봤다.

회의실 앞 복도는 천장까지 뚫려 있는데 회의실 창문에서 복도를 내려다볼 수 있는 상당히 독특한 구조였다.

히요코는 목소리의 주인이 나타나기를 기다렸다.

잠시 후 토츠코가 모습을 드러냈다.

확실히 노래 같은 것을 흥얼거리고 있었다. 같은 구절을 몇 번이고 반복하는 것처럼 들렸다.

뭔가 알 수 없는 말을 나열하고 있었는데, 그 끝은 "아멘"으로 끝났다. 독특한 억양이었다. 기도하는 중인가? 히요코는 귀를 기울였지만 무슨 말을 하는지 알 수 없었다.

노래뿐만이 아니었다. 토츠코는 춤을 추고 있었다. 넓은 복도를 마음껏 사용하며 빙글빙글 돌기도 하고 팔을 높이 올리기도 하고 파도치듯 움직이기도 하고…… 아무래도 발레를 하고 있는 듯했다.

하지만 결코 잘하지는 못했다. 히요코는 발레를 잘 아는 건 아니지만 영화 같은 데서 본 발레리나는 마치 신체의 중심에 철심이라도 박은 것처럼 흔들림 없이 회전했는데, 토츠코는 좌우로 몸이 흔들렸고 손끝과 발끝도 쭉 뻗지 못했다.

하지만 환하게 웃으며 노래하고 춤추는 토츠코의 모습은 히요코의 기분까지 한껏 들뜨게 했다.

히요코는 말을 걸기가 망설여졌다. 이렇게나 즐거워 보이는 토츠코를 무안하게 하고 싶지 않았다.

계속해서 빙글빙글 춤추는 토츠코를 보는 히요코의 얼굴에도 미소가 떠올랐다. 사람을 행복하게 만드는 춤이었다.

그때 갑자기 토츠코가 위를 바라봤다. 히요코가 몸을 숨길 타이밍을 찾지 못할 정도로 갑작스러운 움직임이었는데, 아마도 발레의 마무리 동작인 듯했다.

히요코는 토츠코와 눈이 마주치고 말았다.

하지만 황홀한 웃음을 머금은 채 마무리 동작을 취하고 있는 토츠코는 움직임이 없었다. 히요코가 보고 있는 것도 눈치채지 못한 모양이었다.

히요코는 창문에서 살짝 떨어졌다.

하지만 다음 순간 토츠코는 정신을 차린 듯 "앗" 하고 소리를 냈다. 그러고는 양손을 허공에서 저으며 허둥거렸다.

"으앗! 히요코 선생님."

토츠코가 놀라서 큰 소리로 외쳤다. 순식간에 얼굴이 빨갛게 달아오르더니 또다시 버둥버둥 손발을 움직였다.

히요코는 안타까우면서도 웃음이 나올 뻔했지만 겨우 참아내며 헛기침을 하고는 토츠코에게 주의를 줬다.

"히구라시 학생, 하교 시간은 지났어요."

그러자 토츠코는 점점 더 얼굴이 빨개져선 또 양손을 공중에 휘저었다.

"아, 아니, 죄송합니다! 바로 돌아가겠습니다! 순식간에!"

당황하여 복도를 달리려던 토츠코에게 히요코가 말을 걸었다.

"소리 높여 기도하는 목소리가 들렸는데요. 아멘, 아멘 하고 말이죠."

급기야 토츠코의 얼굴은 폭발이라도 하지 않을까 싶을 만큼 새빨개졌다. 이마에는 땀이 송골송골 맺혔다.

"아, 아무것도 아니에요……."

토츠코는 점점 더 동요하며 어째서인지 히요코에게 손을 흔들었다.

"실례하겠습니다. 안녕히 계세요!"

도망치듯 복도를 달려 나가는 토츠코를 향해 "복도에서 뛰면 안 됩니다"라는 말이 히요코의 입 밖으로 나올 뻔했지만 허둥지둥 달려가는 뒷모습을 보니 자기도 모르게 웃음이 터졌다.

히요코는 성호를 긋고 작게 "아멘" 하고 외고는 손을 모았다.

성당에서 기도를 드리며 그렇게나 괴로워하던 토츠코가 즐겁게 노래하고 춤추며 기도하고 있었다. 토츠코는 고뇌에서 해방되었을까?

토츠코가 명랑하게 웃는 모습을 떠올리며 히요코는 신에게 감사를 드렸다.

토츠코는 방으로 돌아와 책상 앞에 앉아 노트를 펼쳤다. '키미, 태양계, 행성'이라고 쓴 부분에 새롭게 푸른 천체가 그려져 있었다. 더 아래에는 '수금지화목토천해명'이라고 적혔는데 '명'의 글자에 가위표가 그려졌다. 명왕성은 태양계의 행성이었지만 2006년 왜소행성으로 태양계 행성에서 퇴출당했다.

또 토츠코는 '해'에도 가위표를 그렸다. 가사에 넣으려니 어떻게 해도 잘 어울리지 않는 느낌이었기 때문이다.

가위표가 된 '명'과 '해' 아래에 '코로린'이라고 적었지만 그것도 역시 가위표를 그려뒀다.

'코로린' 아래에는 '아멘'이라고 적혀 있고 글자 주위에 둥글둥글 동그라미를 그려뒀다.

'수금지화목토천 아멘.'

이것이 도서관에서 하교 시간이 될 때까지 고민한 끝에 결정한 가사의 핵심 단어였다. 이것을 후렴구로 몇 번이고 반복하면서 가사를 이을 생각이었다.

다만 아직 곡은 떠오르지 않았다.

토츠코는 책상 위에 루이가 빌려준 전자 키보드를 올려 두고 건반을 누르며 소리를 내보았다.

무엇이 이 가사에 어울릴까. 어떤 음이 키미의 아름다운 '색'에 딱 맞을까…….

"수우그음…….."

목소리를 내면서 한 음씩 건반을 눌렀다.

느낌이 오지 않았다. 멜로디가 되지 않았다.

그러다가 '토천'은 갑자기 음이 정해졌다. 처음부터 머릿속에서 상상하고 있었던 것 같은 기분이 들었다.

'아멘'에 음을 다는 것도 어려웠다.

토츠코는 머리를 감싸고 있다가 마음을 다잡고 키보드 앞에 자세를 잡았다.

"수"라고 말하면서 건반을 두드렸다.

토츠코는 자신도 모르게 눈을 감고 반복해서 같은 건반을 두드렸다. 어쩐지 '색'이 머릿속에 떠올랐다. 그것은 루이의 '색'이었다. 초록이 둥글게 몇 개나 떠 있었다. 기분이 상쾌했다.

지금까지 토츠코는 음에서 '색'을 느껴본 적이 없었다. '공감각'이라고도 할 수 있겠지만 특정 음에만 반응했기 때문에 '선택적 공감각'이라고 해야 할지도 모른다.

또 다른 음을 조금 더 눌러보자 키미의 '색'이 떠올랐다. 아름다운 푸른 동그라미가 건반을 두드릴 때마다 흔들렸다.

느껴본 적 없는 즐거움이었다. 발레에 푹 빠져 있던 무렵의 감각과 비슷했다. 그것은 어두운 기억이기도 했지만 그때 느꼈던 즐거움은 잊기 힘들었다.

토츠코는 문득 자신이 했던 행동이 생각났다. '수금지화목토천 아멘'이라는 후렴을 떠올린 기쁨으로 도서관을 뛰쳐나와 복도를 깡충깡충 뛴 것까진 괜찮았는데, 그 후에 춤을 춘 것은 스스로 생각해도 지각없는 행동이었다. 가사를 떠올려 마음이 아무리 들떴다 해도 춤을 춘 것은 부끄러웠다. 아마도 히요코 수녀님은 그 모든 모습을 봤을 것이다. 마지막에 두 팔을 둥글게 하고 머리 위로 들어 올리는 발레 동작 '앙오'로 마무리했을 때 히요코와 눈이 마주쳤으니까.

토츠코의 얼굴이 다시 붉어졌다. 귀까지 빨갰다.

하지만 즐거웠다. 자기 자신을 잊을 정도로 몰입했다.

"꺄하하하."

폭발하는 듯한 웃음소리가 등 뒤에서 들렸다. 숲속 세 자매가 잔뜩 신이 나 있었다.

스미카가 생각지도 못한 재능을 발견했는데, 바로 선생님과 수녀님들의 성대모사였다. 목소리의 특색을 훌륭하게 잡아냈다.

"한 번 더, 한 번 더 해봐."

사쿠가 스미카에게 보챘다. 손에는 스마트폰을 들고 스미카를 향해 내밀고 있었다. 동영상이라도 찍고 있나 보다고 토츠코는 생각했다.

스미카는 자세를 고쳐 앉더니 등을 곧게 펴고 턱을 당겼다.

"음, 안녕하세요."

사쿠와 시호가 떼굴떼굴 구르며 웃었다. 주리 수녀님과 똑같았다.

토츠코도 자연스럽게 몸을 돌려 세 자매를 보면서 "헤헤" 하고 웃었다.

사쿠가 스마트폰을 조작했다.

"뭐 해?"

토츠코가 물었다.

토츠코는 스마트폰을 잘 다루지 못했다. SNS에서 최소한의 교류는 하지만 그 이외의 앱은 거의 깔지 않았다.

"성대모사 대회, 지금 녹음하고 있어."

사쿠가 스마트폰의 음성녹음을 재생했다.

"음, 안녕하세요"라고 스마트폰에서 주리 수녀님의 목소리가 흘러나왔다. 물론 스미카가 성대모사한 음성이었다.

세 자매가 또 배꼽을 잡고 웃었다.

토츠코는 같이 웃다가 자신의 스마트폰을 꺼내 들었다. 녹음을 할 수 있다는 걸 모르고 있었다.

토츠코의 스마트폰에도 음성녹음 앱이 있었다.

"아, 토츠코도 해봐."

시호가 말했다.

"응, 나중에 할게."

토츠코는 듣는 둥 마는 둥 대답하고는 음성녹음 앱을 열었다.

"그럼 다음은 사쿠가 해봐. 히요코 선생님."

스미카가 사쿠에게 차례를 돌렸다.

사쿠는 잠시 생각하더니 일어서서 헛기침을 하고 자세를 바로잡았다.

"연습 먼저 할게."

사쿠가 작은 목소리로 히요코의 목소리를 흉내 냈다.

토츠코는 음성녹음 앱을 조작해봤다. 전자 키보드의 스피커 옆에 스마트폰을 놓고 녹음 버튼을 눌렀다.

의자에 고쳐 앉아 '수금지화목토천 아멘'을 검지로 하나씩 눌렀다.

키미의 '색'을 바탕으로 했던 가사에 예상외로 템포가 빠르고 경쾌한 곡조가 붙었다.

키미는 방에서 기타를 안고 손끝으로 줄을 튕기며 연주하고 있었다. 오빠 시로는 연습은 그다지 열심히 하지 않았지만 기타 연주의 감이 좋았던 모양인지 친구의 부탁을 받아 축제 라이브에 즉흥 참가할 정도로 실력이 있었다.

그런 오빠와 비교하면 키미는 감이 좋다고는 할 수 없었다. 〈아베마리아〉를 겨우 연주할 수 있게 되었을 뿐 여전히 템포가 느리고 중간중간 더듬거렸다.

하지만 키미는 기타를 그만둘 생각은 없었다. 세계적으로 유명한 록 밴드의 기타리스트가 인터뷰하는 장면을 유튜브 영상으로 본 적이 있었다.

"지름길 같은 건 없어요. 잘하기 위해서는 열심히 연습하는 수밖에."

그는 이렇게 단호하게 말했다.

키미는 매일 꾸준히 쌓아 올리는 기쁨을 느꼈다. 그러다 보면 반드시 잘할 수 있게 될 거라고 생각했기 때문이다. 혼자서 자신만의 속도로 나아갈 수 있다는 것에 키미는 의외라고 느껴질 정도로 자유로운 기분을 느꼈다.

휴대폰 착신음이 들렸다.

확인해보니 토츠코가 메신저로 보낸 메시지가 도착해 있

었다.

'곡, 조금 만들어봤어'라는 글에 음성 파일이 첨부되어 있
었다.

루이는 방에서 대학 입시 공부에 몰두 중이었다. 옛날부
터 공부하는 것이 힘들지 않았다. 싫은 과목도 없고, 비교적
이과 계열에 강한 경향은 있지만 문과 계열 과목도 점수가
나쁘지 않았다.

공부는 힘들지 않았지만 즐겁다고 할 수도 없었다. 아니,
사실 즐거움 같은 말로는 다 표현할 수 없는 격렬한 욕구가
루이에게는 따로 있었다. 바로 음악이었다. 노래를 부르는
것도 좋아했지만 악기를 연주하는 것에 이루 말할 수 없는
매력을 느꼈다.

집에 있는 창고에서 누구 것인지 모를 약간 망가진 우쿨
렐레를 발견하고 그것을 연주하는 데 푹 빠진 적이 있었다.
지금보다 훨씬 어렸을 때였는데도 우쿨렐레를 수리하여 완
벽한 음이 나오게 만들었다. 지금도 그 악기는 루이의 방
벽장 안에 있었다.

음악을 듣는 것도 좋았지만 들은 음악을 연주하고 싶다
는 욕구를 억누르기가 어려웠다.

고등학교 입시를 준비할 때도 문득 정신 차려보면 하루

종일 악기를 연주하고 있어서 몇 번이나 엄마에게 야단맞고 악기를 빼앗겼다. 그러면서도 벽장 안에 숨겨둔 디지털 피아노에 헤드폰을 꽂고 몰래 연주했을 정도다.

루이는 악기 연주를 탐닉하고 있다고 해도 과언이 아니었다. 음악의 장르는 따지지 않았다. 다만 클래식에 끌릴 때가 많았다. 특히 교향악단의 연주에 매료되었다. 몇 종류의 악기가 제각각 파트를 담당하며 모든 음이 하나가 되어 웅장한 음악을 연주하는 오케스트라를 줄곧 동경했다. 공부하는 틈틈이 악기를 연주하는 정도로는 어려웠다. 전문가를 찾아가 배우고 하루 종일 연습하며 그 길만 깊이 파지 않으면 오케스트라 단원이 될 수 없었다. 하지만 루이는 그런 길을 허락받을 수 있는 환경에 있지 않았다. 부지런히 움직여 악기를 좋아하는 동료와 밴드를 결성하는 방법도 있었지만 밴드를 같이할 동료를 찾을 수가 없었다.

그러던 루이가 자신의 껍데기를 깨트리고 키미와 토츠코에게 말을 걸었다.

그렇게 밴드 결성까지 단숨에 이야기가 전개될 줄은 미처 생각지도 못했다. 물론 기분 좋은 오산이었다.

"벌써 만들었어? 대단하다."

루이는 토츠코가 보낸 음성 파일을 컴퓨터에 받으면서 혼잣말을 했다.

그의 컴퓨터에는 상당히 고성능이면서 저렴한 가격에 구입한 중고 스피커가 연결되어 있어 음질이 좋았다.

음성 파일을 열자 토츠코가 낸 듯한 헛기침 소리가 들렸다.

이어서 키보드로 한 음씩 누르면서 토츠코가 노래를 시작했다.

그것은 어설프기는 했지만 아무튼 '음악'이었다. 아직 분명하게 알 수는 없어도 록 음악 같은 분위기도 느껴졌다.

"♪수금지화목토천 아멘! 흥흥흥 흐흐으응♪"

가사가 없는 부분은 허밍으로 불렀다. 그 부분은 키보드 연주도 없었다. 하지만 루이는 그 허밍을 들으면서 공부용 노트의 여백에 오선을 긋고 음표를 그려나갔다. 흔히 말하는 '채보採譜'였다.

루이의 표정은 진지하면서도 눈빛에는 환희가 느껴지는 흥분이 담겨 있었다.

키미는 휴대폰으로 토츠코의 음악을 들었다. 작게 고개를 끄덕이며 리듬을 탔다. 곧 기타를 들고 토츠코의 노래에 맞춰 기타줄을 튕기기 시작했다.

키미의 눈에도 역시나 흥분이 어려 있었다.

음성 파일을 보낸 후 토츠코는 다시 한번 파일에 녹음한 곡을 들어봤다.

쑥스러웠지만 신기하게도 피하지 않고 들을 수 있었다. 키미와 루이의 반응이 신경 쓰였다.

토츠코의 허밍이 끝나자 잠시 침묵 후에 큰 소리가 흘러나왔다.

"복도에서는 뛰면 안 됩니다."

음악 파일 마지막에 사쿠가 히요코 수녀님의 성대모사를 한 소리가 녹음되었다. 게다가 스미카와 시호가 대폭소하는 소리까지 들어갔다.

연주를 끝낸 후 녹음을 정지하는 방법을 몰라 꾸물거리는 사이에 사쿠의 성대모사까지 녹음된 것이었다.

키미와 루이도 당연히 들었을 것이다. 토츠코는 머리를 감싸 쥐었다.

그 음성을 듣고 있던 인물이 한 명 더 있었다. 기숙사 밤 순찰을 돌던 히요코 수녀님이었다. 토츠코의 방 앞을 지나갈 때 안에서 들려오는 소리에 귀를 기울였다.

물론 히요코는 자신의 성대모사라는 걸 눈치챘다.

흠칫 놀라며 어두운 복도에 혼자 우뚝 멈춰 섰다. 하지만 바로 아무 일도 없었다는 듯이 순찰을 이어갔다.

자신의 성대모사를 잘하는 학생이 한 학년에 한 명은 반드시 나왔다. 그중에서도 최고 수준에 들어가는 실력이라고 생각하며 히요코는 웃었다.

키미와 루이의 반응을 기다리려고 했던 토츠코는 사과를
위해 두 사람에게 먼저 메시지를 보냈다.

루이의 제안으로 셋이서 영상통화를 하기로 했다.

키미도, 루이도 곡이 마음에 든 모양이었다. 루이가 영상
통화를 하자는 아이디어를 낸 덕분에 두 사람 모두 '재미
있다'는 표정으로 눈빛이 반짝거리는 것을 볼 수 있어서 토
츠코는 마음이 날아오르는 것 같았다.

바로 다음 일요일에 교회에서 토츠코의 곡을 완성하기
위해 모이기로 결정했다.

6

일요일에 섬의 교회에서 열린 '연주회'는 최고였다.

루이는 토츠코가 보낸 음성파일에서 채보한 악보를 키미와 토츠코에게 나눠줬다. 편곡까지 더해 신시사이저로 베이스, 드럼뿐만 아니라 금관악기까지 구성해 넣었다.

토츠코는 자신이 '작곡'한 것도 잊고 들떠 있었다. 키보드를 연주하면서 자연스럽게 몸이 움직였다. 곁눈질로 키미를 흘끗 보니 악보를 보면서 기타를 연주하고 있었다. 키미의 표정은 지극히 차분했지만 머리를 작게 끄덕이면서 음악을 탔다. 입가에는 웃음기가 어려 있었다.

제일 흥분한 사람은 루이였다.

루이는 토츠코와 키미를 배려해서 처음에는 느린 템포로 연주했다. 그리고 순간순간 떠오른 아이디어를 추가해서 악보에 그려 넣었다.

세 시간 만에 겨우 곡 전체를 연주할 수 있게 되었다.

하지만 아무도 쉬자는 말을 하지 않았다. 즐거웠다. 아이디어가 형태가 되어 곡으로 만들어졌다. 그리고 그 곡이 합주로 탄생한 순간 세 사람은 상쾌한 기분에 취했다.

그 순간에 시선을 교환하며 웃었다. 어쩐지 관능적이기까지 했다.

신시사이저를 연주하면서 루이는 차츰 속도를 높였다. 아마도 무의식적이었을 것이다. 토츠코와 키미는 필사적으로 따라갔다.

조금 지나자 루이는 온몸으로 리듬을 타기 시작했다. 마치 춤을 추는 것 같았다.

곧이어 토츠코는 최고로 기쁜 순간을 목격했다.

루이가 그 자리에서 점프한 것이다. 더 이상 참지 못하고 자연스럽게 몸이 음악에 맞추어 움직인 게 분명했다. 루이는 음악의 세계에 몰입했다. 토츠코와 키미가 눈앞에 있다는 걸 잊은 듯이 눈을 감고 연주하는 모습은 음악에 완전히 도취되어 있는 것처럼 보였다.

그 모습을 보면서 토츠코의 가슴이 벅차올랐다.

교회 청소를 끝내고 토츠코와 키미는 배를 타고 섬에서

나왔다.

루이는 배가 보이지 않을 때까지 배웅한 후 집으로 향했다. 루이의 집은 선착장에서 걸어서 5분 정도 걸리는 섬 안쪽 마을의 끄트머리에 있었다.

새 건물이라고는 할 수 없는 2층짜리 단독 주택이었다.

1층은 진료소였다. 루이는 현관으로 들어가 진료소 앞을 지나 위층으로 올라갔다. 2층이 주거 공간이었다. 진료소를 새로 단장하면서 2층도 인테리어를 새로 했기 때문에 실내는 모던한 분위기였다.

오후 6시 반. 거실에도, 부엌에도 엄마의 모습은 보이지 않았다. 일요일은 기본적으로 휴진이지만 구급 환자는 아니어도 약이 떨어진 환자 등을 보기 때문에 실제로 진찰을 하지 않는 날은 거의 없었다. 계단 아래 진료소에서 "고맙습니다"라는 여성의 가는 목소리가 들렸다. 만성기관지염으로 통원하고 있는 아리타 할머니였다. 종종 발작을 일으킬 때가 있다는 걸 루이도 알고 있었다.

카게히라 의원은 오랜 역사가 있는 진료소였다. 메이지 시대부터 대대로 카게히라 집안의 사람이 의사가 되어 진료를 맡았다. 섬 인구는 400명이 좀 안 되지만, 주민의 대부분이 고령자라 적게는 하루에 서른 명 가까이 진료를 받으러 찾아왔다. 게다가 의사가 없는 근처 작은 섬에서도 통원하는 사람들이 있어서 대기실에는 사람이 끊이지 않았다. 진료 시간을 넘어서까지 진찰하는 일도 많았다.

카게히라 집안의 사람이 모두 의사가 될 수는 없었다. 실제로 루이의 엄마가 의사가 될 때까지 의사가 없는 섬마을이었던 시기가 있었다. 의사를 파견해달라고 행정처에 요청했지만 받아들여지지 않았다. 섬 지역으로 부임을 원하는 의사는 거의 없었다.

의사가 없던 약 2년 동안 섬 주민들은 불안한 마음을 안고 생활할 수밖에 없었다. 루이의 엄마가 연수를 끝내고 진료소에 왔을 때 섬사람들은 선착장까지 모두 나와 환영했다. 눈물을 흘리며 기뻐하는 주민도 적지 않았다.

본토의 병원까지는 배를 타고 30분을 간 다음 다시 익숙하지 않은 노면전차를 타고 20분을 더 가야 했다. 그렇게 가서 진찰을 받기까지 또 몇 시간을 기다리는 본토 병원의 통원은 고령자가 많은 섬 주민에게는 상당히 큰 부담이었다.

루이는 냉장고를 열어 식재료를 확인했다. 얇게 썬 돼지고기를 찾았다. 채소 칸을 열어보니 콩나물과 양배추와 양파가 있었다. 고기채소볶음을 만들 수 있을 듯했다. 밥은 냉동해둔 것이 있었다. 냉장고 안에 있는 된장국까지 데우면 저녁 식사 메뉴로 충분할 것 같았다.

루이는 배가 고팠다.

채소와 고기를 꺼내 도마 위에 올리고 각각 칼로 잘랐다. 익숙한 솜씨였다.

채소를 다 잘랐을 즈음에 엄마가 계단을 올라오는 소리가 들렸다.

루이는 엄마와 많이 닮은 편이었다. 훤칠하게 키가 크고 팔다리가 길었다. 단정한 이목구비도 엄마에게 물려받은 것이었다.

엄마는 곧 쉰 살이 되지만 여전히 젊어 보이고 아름다웠다. 루이와 똑같은 밤색 머리카락에 흰머리도 전혀 없었다.

부엌에서 프라이팬을 준비하는 루이에게 엄마가 말을 걸었다.

"잘 다녀왔어?"

"잘 다녀왔어요."

루이는 가스레인지를 켜 프라이팬을 달구면서 대답했다.

엄마는 백의를 벗고 손 소독도 이미 끝낸 후였다. 수험생인 루이에게 병원균을 옮기고 싶지 않은 마음이었다.

"오늘 학원은?"

"수업은 없었고 자습했어요."

엄마는 부엌을 들여다보고는 조금 놀란 표정을 지었다. 고기채소볶음 재료가 준비되어 있었기 때문이다.

"안 해도 돼. 엄마가 먹을 거 좀 사 올게."

루이는 가끔 요리를 했다. 오후 진찰 시간이 길어졌을 때나 급한 환자가 왔을 때였지만 자주는 아니었다. 엄마가 별로 좋아하지 않았기 때문이다. 엄마는 입시 공부에 모든 시간을 집중하길 바랐다.

그래도 가끔 루이는 식사 준비를 했다. 주로 기분이 좋을 때였다. 특히 오늘은 배가 고프기도 했지만 기분이 최고로 좋았다. 머릿속에서 몇 번이고 토츠코와 키미와 연주한 풍경과 음악 소리가 되살아나서 마음이 들떴다.

"고기채소볶음뿐이에요. 그렇게 시간 많이 걸리는 거 아니니까 괜찮아요."

잘 익은 고기를 덜어놓고 채소를 볶았다. 프라이팬으로 요리하는 것이 루이는 즐거웠다. 마치 악기를 연주하는 것과 비슷했다. 볶을 때의 소리가 리듬을 새기기 시작한다. 가끔은 그 소리를 너무 즐기다가 지나치게 볶을 때도 있었다.

"공부는 괜찮아?"

엄마는 입버릇처럼 물었다. 무엇보다 루이의 입시 공부가 걱정되었다.

"괜찮아요. 모의고사 성적도 나쁘지 않았고."

"그래."

엄마는 거실에 있는 서랍장 앞에 서서 그 위에 올려놓은 액자 속 사진을 바라봤다. 루이의 형이 중학교에 입학했을 때 벚꽃 길에서 찍은 기념사진이었다.

형은 조금 쑥스러운 듯이 웃으며 브이를 하고 있었다. 그 옆에는 정장을 입은 엄마가 기쁘게 웃고 있었다. 그리고 형 옆에 초등학교 5학년인 루이가 활짝 웃으며 형과 똑같이 브이를 그리고 있었다. 아빠의 모습은 없었다.

사진을 찍은 사람은 엄마의 친구였다. 아빠는 루이가 세 살 때 집을 나간 이후 전혀 연락이 없다. 그래서 루이의 기억 속에 아빠는 없었다. 형은 몇 가지 아빠와의 기억이 있는 듯했다. 하지만 형은 중학교 2학년 여름에 바다에 빠져 세상을 떠났다.

엄마는 매일 아침저녁으로 사진 속 형을 바라봤다.

"모의고사 성적이 좋다고 안심해서는 안 돼."

엄마는 그렇게 말하면서 사진 속 형에서 루이에게로 시선을 돌렸다.

"응. 알고 있어요."

"진료소를 이을 사람은 루이밖에 없으니까."

형이 죽은 직후 우울해하던 엄마를 루이는 생생히 기억한다. 지금은 밝아 보여도 결코 형의 죽음을 잊을 수는 없을 것이다. 엄마가 밝게 행동하는 모습을 보면 루이는 때때로 괴로워졌다.

재기발랄하고 스포츠 만능에 학교에서 모두에게 인기가 있었던 형은 집 안에서도 분위기 메이커였다. 동경하던 형의 갑작스러운 죽음에 루이도 큰 슬픔을 느꼈지만 비탄에 빠진 엄마를 보고 슬퍼할 여유도 잃어버렸다. 어떻게든 엄마가 기운을 차릴 수 있도록 노력했다. 하지만 형의 역할을 대신할 수는 없었다. 다만 후계자로 지목받던 형 대신 의사가 되기를 엄마는 물론 섬 주민들까지 기대했다. 무거운 압박이기도 했지만 섬의 진료소를 존속시켜야 한다는 것은 루이도 절실히 느끼고 있었다.

지금까지 모의고사 성적을 보면 의학부 진학은 가능했다. 대학을 고르지 않으면 확실히 의학부에 입학할 수 있을 것이다.

하지만 루이의 마음속에는 날카로운 통증이 있었다. 바로 음악에 대한 동경이었다. 아니 강한 충동으로도 느껴졌다.

연주와 작곡에 집중하고 있을 때 마음의 어딘가에서 브레이크가 걸렸다. 물론 스스로 브레이크를 밟은 것이다. 그래도 괴로웠다. 속이 타는 듯한 초조함 속에서 공부를 해야 할지 선택해야만 했다. 그 괴로움을 견딜 수 없었다. 대체로 초조함은 죄악감으로 변했다. 방에서 악기를 연주하면 소리가 아래층에 있는 진료소까지 아무래도 들릴 수밖에 없었다. 신시사이저라면 이어폰을 꽂고 연주할 수 있지만 그것만으로는 부족했다. 공간에 소리를 울리고 싶었다. 가능하다면 음향 효과를 고려해서 지어진 넓은 공간에서 연주하고 싶었다. 그것은 이어폰으로는 재현할 수 없는 전혀 다른 소리였다.

하지만 아래에서 진료 중인 엄마에게 악기 연주 소리를 들려주고 싶지는 않았다. 엄마는 루이의 성적을 무척 걱정했다. 루이에게는 그것이 야단맞는 것보다도 괴로웠다. 엄마는 아들이 입시에 실패하면 지역 의료를 담당할 사람을 잃는 것이라 생각하고 있을 것이다. 엄마에게 걱정을 끼치고 싶지 않았다.

그런 와중에 루이는 구 교회를 관리하고 있는 교회 지기인 타구치 아저씨를 떠올렸다. 그는 굽은 허리 통증 치료를 위해 진료소를 매월 방문했다.

지금은 관광객이 구 교회를 방문하는 일도 없어서 교회의 출입문 열쇠를 관리하며 정기적으로 환기를 시키고 청소하는 게 교회 지기가 하는 일의 전부였다.

작년 여름방학 때 본토에 있는 학원에서 돌아오는 길에 배에서 내린 루이는 타구치가 교회 바닥을 청소하는 모습을 목격했다. 통증 때문에 몇 번이나 허리에 손을 대고 등을 쭉 뻗으면서 "아이고"라고 신음하는 모습이 안타까웠다.

"도와드릴게요."

루이가 말을 걸었다.

타구치는 입구에 서 있는 루이를 돌아보며 눈을 가늘게 떴다.

"아, 선생님 댁의……."

"루이라고 합니다."

고개 숙여 인사한 루이는 교회 안으로 들어가 한 번 더 말했다.

"도와드리고 싶습니다."

"도울 거고 뭐고 없어. 여기를 쓱쓱 청소만 하면 되니까……."

루이는 묵묵히 타구치에게서 빗자루를 받아 바닥을 청소했다.

"그나저나 자네 의사 선생님이 되려고 공부 중이지 않아?"

타구치는 루이가 고등학생인지 대학생인지도 모르는 것 같았다. 하지만 장래에 의사가 되어 섬의 진료소에서 '선생님'이 되어줄 거라고 여기고 있었다.

루이는 웃으면서 별 대꾸 없이 바닥 청소를 계속했다.

"역시 젊은이는 움직이는 게 달라. 몇 배는 빠르군."

루이는 청소하던 손을 멈췄다. 그러고는 교회의 천장을

올려다봤다. 잠시 천장의 아치를 보다가 손뼉을 울려봤다.

'팡' 하고 커다란 소리가 울렸다. 교회를 감싸듯 소리가 울려 퍼졌다.

교회는 음향 효과를 고려해서 설계되어 있었다.

타구치는 무슨 일인가 싶어 눈을 동그랗게 떴다.

"아저씨, 청소는 며칠에 한 번 하고 계세요?"

"2주에 한 번 하지."

"그거 제가 하면 안 될까요?"

"아니, 자네 공부를 방해하면 섬사람들 모두에게 원망받아."

루이는 고개를 저었다.

"괜찮아요. 저는……."

"아니 아니, 안 돼. 그건 안 될 말이지."

빗자루를 뺏어든 타구치에게 루이는 쫓겨나고 말았다.

그때는 포기했지만, 루이는 그 넓고 최고……까지는 아니더라도 적어도 섬에서는 최고의 음향 효과를 갖춘 장소에서 악기를 연주해보고 싶다는 마음이 점점 강해졌다.

타구치는 수요일마다 교회를 청소했다. 우연을 가장해 루이는 다시 교회를 찾아가 돕겠다는 의사를 밝혔다.

"청소를 하게 해주세요."

잠시 머뭇거리던 타구치는 루이의 눈을 보고 한 차례 끄덕였다. 그러고는 손에 들고 있던 빗자루를 루이에게 건넨 다음 교회 구석에 있는 의자에 앉아 말없이 그가 청소하는 모습을 지켜봤다.

추워질 무렵이 되자 타구치는 허리가 더욱 아팠다. 앉아 있어도 아픈 허리를 때때로 문지르고 쭉 펴보기도 했다.

청소를 끝낸 루이는 타구치 앞으로 다가갔다.

"아저씨, 청소는 이런 식으로 하면 되나요?"

타구치가 루이의 얼굴을 보며 끄덕였다.

"고맙네."

타구치는 고마움을 표하면서도 고개를 갸웃했다.

"자네, 공부는 괜찮아?"

"기분 전환이에요. 계속 책상 앞에 앉아 있으면 공부 효율이 올라가지 않거든요. 앞으로 이곳 청소는 제게 맡겨주시면 안 될까요?"

루이의 요청에 타구치는 다시 고개를 갸웃했다.

"자네 같은 젊은 친구가 이런 낡은 교회 청소를 하면서 즐거울 게 뭐가 있겠어."

루이는 순간 망설였지만 바로 말을 이었다.

"부탁이 하나 있는데요. 청소를 한 후에 악기 연주를 하고 싶습니다."

"여기에서?"

"네. 여기는 음향 효과가 뛰어나거든요. 주변에 사는 사람도 없으니 폐를 끼칠 일도 없고요. 청소를 끝낸 후에 잠깐만 할게요. 부탁드립니다."

타구치는 루이를 정면으로 바라보고는 웃었다.

"그런 이유라도 없었으면 뭔가 나쁜 짓이라도 할까 싶었지."

"허락해주시는 건가요?"

"열심히 공부해서 의사가 되겠다고 약속할 수 있겠어?"

"네, 당연하죠. 연주한 만큼 공부도 힘내서 할 수 있거든요."

타구치는 팔짱을 끼고는 천장을 올려다봤다.

"그렇군. 하지만 이건 비밀이야. 외부에서는 나를 관리자로 알고 있어야 해. 자네는 아직 학생이니까."

"네. 반드시 지킬게요."

"의사 선생님께 이 이야기는 했어?"

루이는 입을 다물고 고개를 저었다.

"그래. 비밀이군. 내가 자네에게 청소시킨 걸 알면 선생님한테 야단맞겠어. 허리를 마구 때리실지도 몰라."

타구치는 웃으면서 대꾸하고는 의자에서 일어나 허리를 쭉 폈다. 허리가 또 아픈지 얼굴을 찌푸리며 신음을 내뱉었다.

"아파서 말이지. 아는 사람 중에 대신할 사람이 있을지 샅샅이 찾아봤지만, 다들 비슷해서 여기저기 아픈 사람들뿐이야. 아무도 받아주지 않더군. 자네처럼 젊고 건강한 사람은 섬을 떠나버리니."

루이는 할 말이 없었다. 어릴 적 친구들 몇몇이 생각났다. 다들 고등학교 진학과 동시에 섬에서 나갔다. 섬에 남은 동급생들도 대부분 고등학교 졸업과 동시에 섬을 떠날 것이다. 루이도 희망하는 대학에 진학하면 배로 통학할 수 없게 되니까 섬을 나가야 했다.

"하지만 자네는 의사 선생님이 되면 섬에 돌아와줄 거지? 그런 자네의 부탁을 들어주고 싶기는 한데."

타구치는 팔짱을 낀 채로 한숨을 쉬었다.

루이는 흔들리는 타구치의 마음을 붙잡았다.

"확실히 의사가 되어서 돌아올게요. 그전까지 교회 청소를 하게 해주세요."

타구치는 잠시 루이의 진지한 얼굴을 바라보고는 작게 소리 내어 웃었다.

"자네는 어렸을 적부터 조용하고 소극적이라 활발한 형과는 정반대더니 이렇게 강한 모습을 보일 때도 있군."

루이는 세상을 떠난 형과 비교당해 놀랐지만 문득 타구치가 형의 장례식에서 울던 모습이 떠올랐다.

"알았다. 열심히 공부해야 해."

그렇게 말하며 타구치는 루이의 어깨를 툭 두드렸다.

"감사합니다."

2주에 한 번 청소할 것, 교회 열쇠는 청소 때마다 타구치 집에 가지러 오고, 청소와 연주가 끝나면 잘 잠근 후에 반납할 것을 약속했다. 거기에 더해 청소에 방해되지 않을 정도라면 악기를 교회에 보관해도 된다는 허락을 받았다. 그리고 이 모든 사항은 섬 주민에게는 비밀이고, 외부에는 여전히 타구치가 관리자라는 것도.

교회에서 연주할 수 있다는 사실에 흥분하며 집으로 돌아가던 루이는 자신이 한 행동에 새삼 놀랐다. 이렇게 대담하고 뻔뻔하게 자신의 욕망에 따라 행동한 적은 없었다.

매사 조심스러워서 말해야 할 것도 말하지 못하고 전부 끌어안고는 참았다. 그래도 그런 성격 때문에 괴로웠던 적은 거의 없었다.

루이에게 그런 것들은 사사로운 것에 지나지 않았는지도 모른다.

하지만 음악만큼은 '특별'했다.

교회에서 하는 연주는 멋있었다. 교회 안에 울리는 음악에 루이는 몸이 떨릴 정도의 환희를 느꼈다.

한 시간으로 정해뒀던 연주는 어느샌가 두 시간을 넘어갔다. 연주에 탐닉하는 것이 걱정된 루이는 2주에 한 번 교회를 청소한 후 한 시간만 연주하겠다는 규칙을 스스로 세워놓고 한동안은 잘 지켰지만 점점 견디지 못했다. 참으면 공부가 되지 않았다.

　루이는 차츰 매주 청소를 하게 되었다. 청소 횟수를 늘리는 걸 타구치는 묵인했다.

　루이는 엄마에게는 학원 자습실에서 공부하고 있다고 둘러댔다.

　교회에서 자신이 연주하는 소리에 감싸 안기는 감각은 '금단의 과실'처럼 달콤했다.

　연주를 즐기는 만큼 공부에 집중하기로 했다. 그 결심은 성공적이었다. 연주를 향한 갈망이 완전히 해소되지는 않았지만 자신을 달랠 정도의 시간을 연주에 쏟아 넣자 스스로 부과한 공부량을 단시간에 달성할 수 있었다.

　하지만 루이의 마음속에는 억누를 수 없는 새로운 욕구가 솟아올랐다.

　'밴드를 결성해서 이 교회에서 연주하고 싶어. 합주의 하모니를 맛보고 싶어.'

　이런 생각이 싹트고 말았다. 그러자 멈출 수가 없었다.

　공부에 집중하고 있다가도 어딘가에서 음악 소리가 살금살금 파고들었다. 교회에서 합주, 그리고 하모니를 이룬 순간 느껴질 도취. 그런 것을 꿈꾸게 되어버렸다. 루이는 절망을 느꼈다.

밴드를 함께할 동료를 구하려 했지만 찾을 수 없었다. 고등학교에도 딱 한 팀 록 밴드를 결성하고 있는 남학생들이 있었지만 말을 나눠본 적도 없고 이름도 제대로 몰랐다. 그런 그들에게 밴드에 넣어달라는 말은 도저히 꺼낼 수 없었다. 거기에서는 뻔뻔해지기가 어려웠다. 루이는 알고 있었다. 그들은 루이를 이질적인 존재로 여겨 결코 받아주지 않을 테다.

SNS에서 검색해보니 밴드 멤버를 모집하는 사람도, 밴드에 가입하려는 희망자도 수없이 많았다. 하지만 루이는 뻔뻔해지지 못했다.

결국 응모를 하지도, 모집하는 글을 쓰지도 못하고 SNS를 들여다보는 것도 서서히 그만뒀다.

음악을 혼자서 즐겨온 루이는 밴드 멤버들과 친해지는 방법을 몰랐다. 아니, 음악에 한정된 이야기가 아니었다. 고등학교에 들어간 후부터 동급생과의 관계가 어렵게 느껴졌다. 어느샌가 루이는 학교 안에서 고립되어 있음을 깨달았다. 짓궂은 일이나 괴롭힘을 당한 것은 아니었다. 등하교 도중에 같은 반 친구를 마주치면 인사했고 대화를 나누기도 했다. 하지만 그뿐이었다.

현 내 최고 진학률을 자랑하는 명문고에서도 루이는 학업 성적이 뛰어났다. 게다가 온건한 성격에 겸손하고 외모도 나쁘지 않았다. 갓 입학했을 때는 루이에게 말을 거는 학생이 남녀를 불문하고 많았다. 하지만 루이는 친구를 깊이 사귀지 못했다. 그 이유가 섬에서 자랐기 때문도 아니었다. 학교에는 섬에서 통학하는 학생도 꽤 있었다.

늘 한 걸음 물러서는 듯한 루이의 겸손함이 가까이 다가가는 것을 꺼리게 했다.

루이도 자신이 먼저 한 걸음 다가가는 일은 없었다. 어느샌가 사람들과 엮이는 일을 어디서든 피하게 되었다.

그래도 밴드를 결성하고 싶다는 생각은 그만두지 않았다.

방과 후에 곧장 집으로 돌아가는 일이 점점 줄었다. 방에서 공부하는 걸 떠올리기만 해도 괴로웠다. 교회에서 연주할 수도 있겠지만 매일 연주하면 분명 타구치에게 "공부를 게을리하면 안 돼"라고 지적을 받을 터였다.

루이는 수업이 끝나 학교에서 나오면 목적도 없이 거리를 돌아다녔다. 번화가 구석에서 중고 악기 등을 판매하는 가게를 발견하고는 시간 가는 줄 모르고 악기를 구경하기도 하고 그중 몇 가지는 구입했다. 악기를 사면 울적한 기분이 조금 가벼워지는 것 같았다.

하루는 좁은 골목을 헤매고 있을 때 눈앞에 하얀 고양이가 천천히 걸어가는 것을 발견했다. 깨끗하고 결이 좋은 털에 눈길을 빼앗겨 바라보니 고양이가 뒤돌아서 흘끗 루이를

192

봤다. 그러고는 곧 앞을 향해 걸었다. 루이는 고양이 뒤를 쫓았다. 고양이는 콘크리트로 된 계단을 폴짝폴짝 올라갔다.

계단 위에는 '시로네코도'라는 간판이 있었다. 일반 주택을 개조한 헌책방이었다.

앞서 걸어가던 하얀 고양이는 몸통을 길게 늘여 기지개를 켜더니 헌책방 앞 시멘트 바닥에 누웠다.

딱히 목적도 없이 루이는 가게로 향했다. 가게의 나무 문에 손을 얹고 하얀 고양이를 흘끗 보자 고양이도 루이를 잠깐 보고는 곧장 눈을 돌렸다.

그 하얀 고양이가 마치 헌책방의 무뚝뚝한 점주인 듯해서 루이는 미소 지으며 가게 문을 열었다.

가게를 한번 둘러본 루이는 눈이 휘둥그레졌다. 고서의 대부분이 음악과 관련된 책이었고, 중고 레코드도 상당히 많았다. 게다가 전부 희소한 것들이었다.

가게 여기저기에 아무렇지 않게 놓여 있는 기타 같은 악기도 고가의 제품이 많았다.

루이는 흥분해서 관심 있는 책을 차례대로 꺼내 열중해서 읽어나갔다.

그러고 있을 때 기타 소리가 들려왔다. 어쿠스틱 기타가 아닌 일렉 기타를 손끝으로 튕겨 연주하는 소리였다. 앰프를 연결하지 않고 연주하고 있었다. 아무래도 배운 지 얼마 안 됐는지 어설픈 연주였다. 그런데도 코드를 확실하게 눌러 '음악'을 만들고 있었다.

루이는 소리를 더듬으며 평소의 버릇대로 머릿속에 악보를 그렸다. 들어본 적이 없는 곡이었다. 팝도, 록도, 클래식도 아니었다. 루이에게는 미지의 곡이었다.

읽던 책을 책장에 돌려놓고 소리가 나는 곳을 찾았다. 기타를 치는 인물의 모습이 보이지 않았다.

겨우 네 단밖에 안 되는 계단을 올라가자 계산대가 보였다. 계산대 너머에서 긴 머리카락의 여성이 의자에 앉아 기타를 치고 있었다. 등을 돌리고 있어서 얼굴은 보이지 않았다.

루이는 말을 걸지 못했다. 기타를 치는 여성의 뒷모습은 어쩐지 쓸쓸해 보였다.

살며시 나가려던 루이는 등 뒤에 있던 책장에 팔을 부딪치고 말았다. 예상 밖의 큰 소리가 나서 계산대 안쪽에 있던 여성이 뒤를 돌아봤다. 루이 또래로 보이는 여성이었다.

놀랐다기보다는 겁먹은 듯한 표정으로 여성이 루이를 빤히 바라봤다.

루이는 어떻게 해야 좋을지 몰라 꾸벅 고개를 숙이고는 계단을 내려가 그대로 가게를 나왔다.

집에 돌아와 루이는 여성이 연주하던 멜로디를 검색했다. 콧노래를 부르면 거기에 맞는 곡을 찾아주는 앱이 있었다.

'아베마리아'라고 검색 결과가 나왔다. 루이가 아는 〈아베마리아〉와는 분명히 다른 곡이었다. 검색해보니 '아베마리아'라는 제목의 곡이 몇 개나 있었다. 여성이 연주하던 곡은 그레고리오 성가로 기도를 위한 종교 음악이고, 루이가 알던 곡은 슈베르트가 작곡한 가곡 〈엘렌의 세 번째 노래〉였다.

왜 헌책방에서 일하는 여성이 종교 음악인 그레고리오 성가를 연주하고 있었을까? 그리고 왜 일렉 기타로 그 곡을 치고 있었을까?

루이는 여러 궁금증에 휩싸이면서도 독특하고 재밌다고 생각했다.

그 후로 일과가 된 중고 악기점 탐방에 '시로네코도'라는 독특한 이름의 헌책방도 추가했다.

계산대에 있던 여성은 계속 기타를 연습하는 건 아닌 모양인지 루이가 가게를 방문했을 때 연주하는 모습을 본 건 네 번뿐이었다. 그래도 그 여성의 연주가 착실히 좋아지는 것을 느꼈다.

그렇게 열심히 기타 연습을 하는 걸 보면 밴드를 결성하려는 건 아닐까 하고 루이는 멋대로 상상했다. 종교도 없는 자신이 교회 음악 전문 밴드에 가입하는 건 획기적이라는 생각도 했다. 만약 그 밴드에 들어갈 수 있다면…….

그날도 루이는 시로네코도를 방문했다. 브리티시 록의 궤적을 담은 꽤 두꺼운 책을 살지 말지 한참 고민했다. 중고였지만 가격이 3,500엔이나 했다. 확실히 그 정도 가격이 어울린다는 건 잠깐 펼쳐보기만 해도 알 수 있었다. 하지만 오늘은 갖고 싶었던 소형 키보드를 덥석 사버렸다. 풀사이즈 신시사이저와 디지털 피아노는 가지고 있지만 휴대용 사이즈의 가벼운 키보드를 원했던 것이다. 2,800엔이었다. 거기에 더해 3,500엔의 책을 사면 이번 달 용돈은 바닥날 것이다.

또 마음에 드는 중고 레코드도 하나 있었다. 최근 인터넷에서 그 존재를 알게 된 후 반복해서 듣고 있는 테크노 뮤지션의 데뷔 앨범이었다. 베이스가 되는 중후한 저음이 거의 변화 없이 반복되는 곡이었다. 그게 꽤 기분 좋게 느껴져서 루이는 어쩐지 그 반복이 자신의 마음에 다가오는 느낌을 받았다. 그 뮤지션의 이름은 'SURGEON', 즉 외과의였다. 실제로 외과의사는 아닌 모양인데 의사를 지망하는 루이에게는 특별하게 느껴졌다.

레코드의 가격은 1,200엔. 시세보다는 저렴하지만…….

고민하고 있을 때 가게에 다른 손님이 들어왔다. 그 손님은 들어오자마자 계산대로 향했다. 루이는 처음에는 별로 신경을 쓰지 않았는데 계산대 쪽에서 대화를 나누는 목소리가 들려왔다.

슬쩍 시선을 돌리자 계산대 안의 여성과 그 밖에 서 있는 교복 차림의 여고생이 이야기를 나누고 있었다. 단순한 손님과 점원 관계로 보이지 않았다.

서로 아는 사이인가? 아니면······.

루이는 궁금해져서 레코드를 손에 들고 계산대로 향했다.

여고생은 피아노 악보집으로 보이는 것을 구입하고 있었다.

"······멋있어요······."

동그란 얼굴의 여고생은 몸짓과 손짓이 많고 움직임이 익살스러웠다. 한편 계산대의 여성은 침착한 분위기로 표정도 그다지 변화가 없었다.

"전에······ 미안······."

계산대 여성이 여고생에게 사과했다.

그러자 여고생은 점점 더 어수선하게 움직였다.

"아녜요. 무슨 그런."

아무래도 두 사람은 아는 사이인 것 같았다. 동급생일까? 하지만 고등학생이 방과 후에 아르바이트를 하는 것치고는 시간이 너무 이르다는 생각이 들었다. 루이가 이런 생각을 하고 있을 때 여고생이 다시 계산대 여성에게 말을 걸었다.

긴장한 듯 빠르게 말하는 바람에 내용을 알아듣지는 못했다.

루이는 조금 더 두 사람 곁으로 다가갔다.

"성가대에서 늘 불렀으니까."

여성이 단말기를 두드리면서 여고생에게 말했다.

성가대? 다시 말해 계산대 여성은 크리스천이고 성가대에 소속해 있단 말인가? 직업은 헌책방 점원인가?

왜 일렉 기타로 성가를 연주하고 있었을까?

"사쿠나가 양…… 이제 학교에는…….."

다시 여고생이 무언가 물어보는 듯했지만 꺼질 듯한 목소리여서 루이는 확실하게 알아들을 수 없었다.

계산대 여성이 갑자기 동작을 멈췄다. 뻣뻣하게 굳어서 움직일 수 없는 것처럼 보였다.

그 모습을 보고 여고생이 손을 다시 크게 상하좌우로 마구 움직였다.

뭔가 여성의 기분을 상하게 할 만한 걸 물어본 걸까?

루이는 말을 걸 기회라고 생각했지만 이 상황에서 말을 거는 것도 어쩐지 마음에 걸렸다.

그래서 그냥 돌아가려 했다. 그런데 그때 무언가를 깨닫고 루이는 한 걸음 앞으로 나아갔다.

여고생의 교복이 고코여고의 것임을 눈치챈 것이다. 고코여고는 가톨릭계 고등학교였다. 두 사람이 어떤 형태로 성가로 이어져 있는 건 아닐까…….

루이는 자신도 모르게 말을 걸었다.

"저기…… 뭐 좀 여쭤봐도 될까요?"

얼굴이 동그란 여고생이 등 뒤에서 난 말소리에 깜짝 놀라 몸을 흠칫 떨며 머뭇머뭇 뒤돌았다.

계산대 여성도 놀란 모습으로 루이를 바라봤다.

"혹시……."

계산대 여성은 기타를 연주하고, 고코여고 학생은 피아노 책을 들고 있다. 그리고 성가……. 그래! 틀림없어. 좀 더 파고들어보자. 루이가 두 사람에게 물었다.

"두 분이서 밴드 하세요?"

순간 여고생은 어리둥절했지만 곧 그 동그란 얼굴을 반짝이며 웃음을 보였다.

"어? 우리가 그렇게 보여요?"

루이는 얼빠진 목소리로 오히려 되묻는 여고생의 웃음을 보고 기뻐하는 모습에 놀라면서도 계산대 여성 쪽으로 시선을 옮겼다.

"항상 여기에서 기타를 연주하고 계셔서 혹시나 싶어서요."

계산대 여성은 눈을 크게 뜬 채 미동도 없었다.

"갑자기 죄송합니다. 언젠가 물어보려고 했거든요."

이어진 말에도 계산대 여성은 움직이지 않았다.

그러자 여고생이 마치 마법이라도 걸린 것처럼 애매한 말투로 입을 열었다.

"사실은 지금 밴드 멤버를 모집 중인데요⋯⋯ 괜찮다면 우리 밴드에 들어오지 않을래요?"

"제가 밴드에 들어가도 될까요?"

루이가 새삼 확인하자 갑자기 계산대 여성이 "하고 싶어"라고 말했다.

그렇게 토츠코와 키미 그리고 루이의 밴드가 시작되었다.

이 기회를 놓쳐서는 안 된다고 생각한 루이는 다음 일요일에 섬에 있는 교회에서 '연주회'를 하자고 제안했고 두 사람은 그 제안을 받아들였다.

루이는 그 후 어떻게 두 사람과 헤어졌는지, 그리고 어떻게 집까지 돌아왔는지 잘 기억나지 않았다. 다만 그날 사려고 했던 중고 레코드를 구입했다는 사실만이 분명하게 기억에 남았다.

루이의 머릿속은 '성공! 밴드를 결성했어!'라는 말로 가득 채워졌다. 침묵한 채로 열광하고 있었다.

섬에 도착한 루이는 곧장 타구치의 집을 방문하여 교회 청소를 일요일로 바꾸겠다고 선언했다. 말 그대로 '선언'이었기에 타구치가 다른 말을 할 틈을 주지 않고 루이는 재빠르게 인사를 하고 집을 나왔다.

7

키미는 토츠코가 작곡한 곡을 흥얼거리며 방에서 혼자 기타를 연주했다. 역시나 아직은 멜로디가 부드럽게 이어지지 않았다. 그래도 허밍에 맞춰 연주할 수 있을 정도는 되었다.

섬에 있는 교회에서 했던 연주는 즐거웠다. 아무도 "좀 쉬었다 하자"라는 말을 하지 않았다. 모두들 연주에 푹 빠졌다. 키미는 배를 타기 직전에 간식을 먹은 게 다였지만 배고픔도 전혀 느끼지 못했다.

오랜만에 만족스러운 기분이었다. 오늘 있었던 연주에서는 키미뿐만 아니라 루이와 토츠코도 분위기를 완전히 탔다. 토츠코의 곡에 붙은 '수금지화목토천 아멘'이라는 기발한 가사가 너무나도 재밌었다. 경쾌한 토츠코의 곡이 그 즐거움을 더욱 끌어올렸다. 루이는 이 후렴을 부르면서 곡에 맞춰 점프하기도 했다. 분위기가 최고조에 달한 순간이었다. 키미도 기분이 무척 좋아졌다. 키미는 루이가 자신의 감정을 노골적으로 드러내는 타입이 아니라고 생각했는데, 그런 그가 자신도 모르게 온몸으로 기쁨을 표현한 것이다. 즐겁지 않을 이유가 없었다.

그러나 한편으로 키미의 마음속에 슬그머니 고개를 들이미는 무언가가 있었다. 바로 부담감이었다.

'나도 곡을 써야 해. 토츠코가 만든 곡만큼 멋진 곡과 가사를!'

이런 생각이 자신을 궁지로 몰아넣는다는 것을 알면서도 키미는 부담감을 떨쳐내지 못했다.

어느샌가 키미는 마음이 무거워졌다. 토츠코에게 지고 싶지 않다는 기분은 아니었다. 모처럼 한껏 달아오른 밴드의 분위기를 유지하고 싶다는 의무감이 컸다.

또다시 똑같은 굴레에 빠졌다. 원하는 대로 자유롭게 날개를 펼치고 싶지만, 그런 마음이 들 때마다 키미는 여러 가지 생각에 사로잡혀 아무것도 할 수 없었다.

"키미야, 밥 먹자."

1층에서 할머니 시노의 목소리가 들렸다.

키미는 침대에서 일어나 기타를 내려두고 방을 나왔다.

계단을 내려가면서 저녁 식사 메뉴가 라자냐인 것을 눈치챘다. 시노가 직접 만든 미트소스 향이 풍겨왔다.

라자냐는 시노가 특별히 잘하는 메뉴였다. 시노가 학창 시절 도쿄에 놀러 가서 처음 먹어보고 세상에 이렇게 맛있는 음식이 있다는 데 충격을 받아 조리법을 연구했다는 얘기를 키미는 몇 번이나 들었다.

키미가 부엌에 들어가자 시노는 오븐에서 라자냐 전용 내열 그릇을 꺼내는 중이었다.

테이블 위에 준비된 코르크 매트에는 산뜻한 노란색의 넓은 볼 접시가 놓여 있었다. 라자냐 위에 올린 치즈가 살짝 타면서 맛있는 냄새를 풍겼다. 배에서 꼬르륵 소리가 났다. 키미는 새삼 아무것도 먹지 않았다는 사실을 떠올렸다.

"시로가 백중 연휴에 집에 안 온다더라."

시노는 옛날부터 오빠 이름을 짧게 끊어서 불렀다. 그러면 키미의 엄마가 "그렇게 부르면 강아지 이름 같으니까 '로'의 장음을 정확히 살려서 제대로 불러줘"라고 투덜대곤 했다. 하지만 시노는 개의치 않았다.

키미는 식탁 위에 샐러드용 접시가 없다는 것을 확인한 뒤 찬장에서 접시를 두 개 더 꺼냈다.

"그래요?"

키미는 딱히 놀라진 않았다. 오빠는 골든 위크에도 집에

오지 않았다.

"응. 연휴에는 여자 친구 본가에 간다더라."

시노의 말투는 오빠를 놀리는 듯했지만 그와 동시에 쓸쓸함이 묻어났다.

시노가 오빠에게 전화를 걸어 "백중 연휴에는 집에 올 거니?"라고 묻는 모습이 키미의 머릿속에 그려졌다.

오빠는 언제 어디서나 다른 사람을 매료시키는 면이 있었다. 분명 새로운 환경인 오사카에서도 주눅 들거나 지치지 않고 그답게 즐겁게 지내고 있을 것이다. 그리고 열렬한 사랑 고백을 받아 여자 친구도 생겼다. 여자 친구는 오빠를 본가에 데리고 가기로 한 모양이다. 그런 정도의 관계라면 결혼도 머지않았을지도 모른다. 오빠는 결단을 내릴 때는 신중하지만 그렇다고 쓸데없이 시간을 끌거나 하지도 않는다.

"키미도 곧 여름방학이지?"

시노가 무심히 물었다.

키미는 동요했지만 "응"이라고 간단한 대답만 했다.

키미가 자리에 앉자 시노는 접시에 라자냐를 듬뿍 담아 주었다. 미트소스와 베샤멜소스가 잘 섞여 촉촉한 단면이 식욕을 돋우었다.

"우리 손녀랑 어디라도 놀러 가고 싶은데 일을 쉬지 못할 것 같아."

오빠가 집에 돌아왔다면 어땠을까? 키미는 살짝 심술궂은 생각이 머릿속을 스쳤지만 그저 웃음을 지었다.

"괜찮아요. 저도 할 일이 많으니까요."

키미는 시노에게 라자냐가 담긴 접시를 받으며 "고맙습니다"라고 말했다.

"아, 참."

시노가 작게 목소리를 높였다. 키미의 심박수가 절로 높아졌다.

"할 일이라면 성가대 일이니?"

키미는 대답하기 곤란했다. 학교를 그만두고 아르바이트를 하고 있는 것도, 밴드를 시작한 것도 시노에게는 아직 말하지 못했다. 키미가 자퇴한 것을 알게 된 시노의 마음이 어떨지 상상하다 보면 점점 말하기 힘들어졌다.

"성가대 일도 힘들겠구나."

키미를 걱정하는 말과 달리 시노는 어쩐지 기뻐 보였다.

"하지만 이전에 교장 선생님이 그러시더라."

교장 선생님과 시노는 개인적으로 아는 사이는 아니고 같은 시기에 같은 고등학교를 다닌 선후배 관계였다. 키미가 고등학교에 입학한 이후 시노가 보호자로 학교를 방문했을 때 두 사람은 그 사실을 알게 되었다.

교장 선생님은 예전에 성가대 부장을 맡았고, 지금도

성가대 고문 중 한 사람이었다.

키미는 교장 선생님이 시노에게 연락을 해서 손녀의 자퇴에 대해 이야기할까 봐 걱정했지만 아직까지 그런 일은 없었다.

"키미라면 성가대를 믿고 맡길 수 있다고 하셨어."

살짝 자랑스러워하는 시노의 얼굴을 보고 키미는 딱딱하게 굳은 채 어색한 미소만 보였다.

"키미는 훌륭해."

시노의 말에 키미의 얼굴에서 웃음기가 사라졌다. 표정을 숨기기 위해 급히 라자냐를 먹었다. 라자냐는 이전과 다름없이 맛있을 게 분명한데도 마치 종이를 씹는 것처럼 아무 맛도 느낄 수 없었다.

시노가 라자냐를 더 먹으라고 권했지만 키미는 속이 좋지 않다고 거절하며 2층에 있는 자신의 방으로 돌아왔다.

꾀병은 아니었다. 정말로 속이 울렁거리면서 구토감이 느껴졌다. 그것은 자기혐오라는 병일 테다. 키미는 책상에 엎드렸다.

책상 위에는 키미가 내팽개친 물건이 그대로 남아 있었다.

성가대의 부부장에게 받은 '어깨 안마 쿠폰', 이미 끝났을 성가대의 야외 콘서트 포스터, 틈만 나면 읽었던 물리 문제집, 성가대 고문인 사사키 선생님이 고문을 그만두면서 주신 손 편지…….

싫었던 것은 아니다. 성가시다고 여긴 적도 없었다. 하지만 이것저것이 키미의 마음을 조금씩 압박했다. 그것이 어떤 '압박'인지는 말로 표현할 수 없었다. 애초에 아무도 키미에게 압박을 줄 생각이 없었을 것이다. 부부장을 맡은 반도는 연습 시간 조정과 부원들 사이의 문제를 해결하기 위해 이리저리 뛰어다니던 키미가 "어깨가 결려"라고 자신도 모르게 중얼거렸던 말을 기억하고는 '어깨 안마 쿠폰'을 선물했다. 사사키 선생님도 학기 중간에 이동하게 되어 키미에게 부담을 준 것 같아 미안하다며 편지를 써주었다.

모두 틀림없이 좋은 마음으로 한 행동이었다. 그런데도 키미는 콘서트가 다가올수록 성가대를 그만두고 싶었다. 그 이유는 스스로도 알지 못했다. 원인을 알았다면 해결할 수 있었을지도 모른다. 하지만 정확한 이유도 모른 채 성가대를 생각만 해도 마음이 우울해지는 지경에 이르렀다.

만약 성가대를 그만두면 어떨까. 키미의 머릿속에 부원들의 얼굴이 하나하나 떠올랐다. 그 얼굴에는 낙담과 분노와 혐오가 드러나 있었다.

학교에서 그런 표정과 시선을 받게 되면 견디기 힘들 것이다.

그러자 전혀 생각도 하지 못한 엉뚱한 말이 머릿속에 떠올랐다.

'학교를 그만두고 싶다.'

그것은 마치 모든 것을 해결할 수 있는 마법 같았다. 학교를 그만두면 앞으로의 인생에서 여러 가지 손해를 보겠지만 냉정하게 득실을 따질 상태가 아니었다.

해방되고 싶다. 키미는 마음 깊이 그것을 바랐다. 그리고 모든 것을 내던졌다.

좋아하는 물리도, 수학도, 노래도, 친구와 선생님들의 신뢰도…….

책상에 엎드린 키미가 혼잣말을 중얼거렸다.

"할머니, 나는 그렇게 훌륭한 인간이 아니에요."

자퇴를 하고 나서야 키미의 마음은 평온해졌다. 그런데도 그 마음이 보잘것없는 것처럼 느껴져 이상했다.

키미는 천천히 고개를 들었다.

눈앞에 있는 '뉴턴의 요람'에 눈길이 갔다.

반질반질한 다섯 개의 금속 구슬이 철사에 매달려 있었다. 그 거울 같은 구슬 표면에 자신의 얼굴이 비쳤다. 분명 슬픈 표정일 텐데 표면이 둥근 탓에 얼굴이 쥐처럼 보여서 우스웠다.

손을 뻗어 가장 오른쪽의 금속 구슬을 들어 올렸다가 놓았다. 구슬이 메트로놈처럼 규칙적으로 박자를 새겼다.

구면 안에 비친 쥐 같은 자신의 얼굴을 보면서 어느샌가 키미는 머릿속으로 '음'을 더듬어 찾았다. 언젠가 어디선가 들었던 음이 아닌 키미의 머릿속에서 솟아오른 '음'이었다.

다음 날 아침, 키미는 하복을 입고 기타를 메고 집을 나섰다.

물론 그가 향한 곳은 아르바이트를 하는 시로네코도 서점이었다.

아침부터 여름 햇살이 내리쬐고 있었지만 시로네코도의 정원은 옆 빌딩이 만든 그늘 덕분에 살짝 선선했다.

키미는 가게 2층에 올라가 교복 대신 티셔츠와 반바지로 갈아입고, 2층 여기저기에 잔뜩 쌓여 있는 장서를 책장에 진열하는 일에 몰두했다.

오후 1시가 지나 시노가 싸준 도시락으로 점심을 해결하고, 그날은 계산대 안쪽 의자에 앉지 않고 책장 앞에 서서 기타를 연주하기 시작했다.

교회에서 루이와 토츠코와 합주할 때는 자리에 서서 연주했다. 지금까지 앉아서만 연습했기 때문에 일렉 기타의 무게를 어깨로 느껴보지 못했다. 거의 하루 종일 서 있는 상태로 연주했더니 어깨가 심하게 결렸다. 성가대 부부장인 반도가 준 어깨 안마 쿠폰을 쓰고 싶다는 생각이 들 정도였다.

검색해보니 키미의 기타는 4킬로그램이나 되는 상당히 무거운 축에 속했다. 그래서 연주 전에 어깨 주위와 등 근육을 풀고, 서서 연주하는 것에 익숙해지기 위해 연습을 할 때도 의자에 앉지 않기로 했다.

입구에서 바로 보이는 책장 앞에서 연습하면 가게에 들어온 손님이 기타를 치고 있는 키미를 느닷없이 목격하게 된다. 그런 모습을 보이면 손님이 깜짝 놀라 나가버릴 것 같았다.

하지만 계산대 안쪽은 앉아서 기타를 세우지 않는 한 공간을 확보할 수 없었다. 그래서 가게 구석의 책장 앞에 서서 입구에서 등을 돌린 채 기타를 연주하기로 했다.

이상한 풍경인 것은 매한가지였지만 문을 여는 소리가 들리면 연주를 멈추고 계산대 안쪽에 기타를 숨길 생각이었다.

키미는 기타를 연주하기 시작했다. 〈아베마리아〉가 아니었다. 아직 제목도 없는 곡으로 지난밤 거의 밤을 새워 직접 작곡한 것이었다.

계산대 위에 펼쳐놓은 노트에는 손으로 그린 오선지에 음표가 몇 개 그려져 있었다. 게다가 그 아래에는 키미가 떠올린 단어가 단정한 글씨로 적혀 있었다. 아마도 가사의 이미지를 메모한 모양이었다.

키미는 노트를 보지 않고 머릿속 이미지에 따라 허밍을 흥얼거렸다. 한 손으로 기타 줄을 누르면서 다른 손끝으로 기타를 쳤다. 코드 진행이 확실하지 않아 아직은 부자연스러워 음악이라고는 할 수 없었지만 차츰 자신의 곡에 마음이 치유되는 듯한 기분이 들었다.

마치 음악이 자신에게 다가와 어깨를 감싸는 듯한 느낌이었다.

연주가 점차 '음악'으로 들리기 시작했을 무렵 가게 문이 열리는 소리에 허밍을 멈추고 기타를 내려놓는데 등 뒤에서 목소리가 들렸다.

"키미."

키미가 깜짝 놀라며 뒤돌아보니 루이가 서 있었다. 활짝 웃으며 손을 작게 흔드는 루이의 모습을 보고 키미는 저도 모르게 귀엽다고 생각했다.

루이는 이제 기말고사가 끝나 오전 수업뿐이라고 했다. 키미의 마음에 어렴풋한 통증이 스쳤다. 기말고사가 끝났을 때의 해방감도, 그 이후에 시작되는 여름방학도 이제 자신과는 상관없는 일이었다.

루이가 다니는 고등학교를 알게 되었을 때 키미는 꽤 놀랐다. 같은 중학교에서 그 고등학교에 진학한 학생은 한 명뿐이었다. 그다지 눈에 띄지 않던 남학생이었는데 대학 진학률이 가장 높은 학교에 합격했다는 소식이 퍼지면서 학생들의 관심을 한 몸에 받기 시작하더니 졸업이 가까울 무렵에는 여자 친구도 생겼다고 들었다.

루이는 그 남학생과는 상당히 다른 인상이었다. 눈에 띄지 않는 건 비슷할지 몰라도 그것은 루이가 조용한 성격이기 때문이다. 키도 크고 이목구비도 단정하지만 그것을 뽐내지 않는다…… 아니, 그보다 어쩌면 그런 면을 스스로 깨닫지 못한 것 같았다.

키미는 기타를 계산대 뒤에 놓고 2층으로 올라가는 계단에 걸터앉았다.

루이는 축음기 앞에 서서 책장으로 손을 뻗으며 물었다.

"좀 전에 연주하던 건 무슨 곡이야?"

키미는 잠시 망설였지만 숨길 이유가 없다는 생각에 고백했다.

"지금, 곡을 만들고 있어."

"진짜?"

루이가 깜짝 놀라며 평소와 다르게 큰 소리를 냈다.

"나는 아직인데. 대단하다."

루이는 기분이 좋아 보였다. 그 기분이 실망으로 바뀌지 않았으면 좋겠는데. 키미는 부정적인 마음이 드는 걸 억누르며 애써 밝은 목소리를 냈다.

"나중에 보내줄게. 토츠코에게도 들려줘야지."

루이는 계산대 위에 올려놓은 키미의 노트를 바라봤다. 하지만 남의 노트를 들여다보는 게 떳떳하지 않다고 느꼈는지 얼굴이 빨개지며 곧바로 시선을 돌렸다.

"하지만 별로 밝은 곡은 아닐 것 같아."

마치 나쁜 짓을 고백하듯 어두워진 목소리를 키미 스스로도 느꼈지만 이번에는 애써 고칠 수가 없었다.

토츠코는 학교 성당 신자석에 앉아 있었다. 저녁 햇살이 서쪽 창으로 들어와 실내 온도가 상당히 높았지만, 덥다는 느낌은 들지 않았다.

토츠코의 무릎 위에는 노트가 있었다. 〈수금지화목토천아멘〉의 가사와 악보를 써넣은 노트였다.

언젠가 어딘가에서 오리지널 곡을 사람들 앞에서 선보이고 싶다고 루이가 말했었다.

그런 말을 한 루이는 공부하느라 바쁜지 좀처럼 곡을 만들지 못하고 있었다. 한편 키미는 곡을 보내왔다. 키미의 허밍에 기타 연주가 함께 녹음되어 있었다. 선율이 무척 아름다웠다. 키미의 '색'을 떠올리게 하는 맑고 깨끗한 멜로디였다. 하지만 어쩐지 쓸쓸한 느낌이 드는 게 토츠코는 신경 쓰였다. 그것도 키미다운 부분이긴 했지만.

토츠코는 키미의 곡을 듣고 성당에 왔다. 이렇게 오리지 널 곡이 완성되고 일주일에 한 번 교회에 모여 연주를 한 다. 토츠코에게 그것은 기적 같은 일이었다. 그 기쁨을 감사 드리기 위해 성당을 찾았다.

"히구라시 학생."

그 목소리의 주인을 보지 않고도 토츠코는 히요코 수녀 님이라는 것을 바로 알았다.

토츠코가 고개를 들자 히요코는 단정한 모습으로 서 있 었다.

"히요코 선생님."

토츠코가 고개 숙여 인사했다.

"옆에 앉아도 될까요?"

히요코는 교실 같은 곳에서는 결코 이런 말을 하지 않았다.

"네, 물론이죠."

토츠코는 긴장했지만 자리를 옆으로 이동해서 히요코가 앉을 공간을 만들었다.

히요코는 살며시 토츠코 옆에 앉았다. 언제나 군더더기 없 는 히요코의 움직임에 토츠코는 감탄했다. 자신은 조금이라 도 당황하면 손발을 쓸데없이 많이 움직여서 늘 꼴사나웠는 데, 아무리 신경 써도 고쳐지지 않았다.

옆에 앉은 히요코가 무슨 말을 할지 몰라 토츠코는 긴장했다. 히요코는 그저 마리아상을 바라볼 뿐 좀처럼 입을 열지 않았다.

토츠코가 안절부절못하며 무슨 말이라도 해야겠다고 생각한 순간, 드디어 히요코가 입을 열었다.

"히구라시 학생은……."

"아, 네."

토츠코는 또다시 마음이 술렁였다.

"여름방학도 계속 기숙사에서 지낼 건가요?"

토츠코는 작년에도 여름방학 동안 한 번도 집에 돌아가지 않았다. 정월에는 다녀왔지만, 겨울방학 내내 집에 있지는 않았다. 봄 방학도, 골든 위크도 기숙사에서 지냈다. 신청서를 제출했으니 결코 교칙 위반은 아니었다.

다만 늘 기숙사에서 지내는 게 이상해 보이는지 선생님이나 수녀님뿐만 아니라 기숙사 학생들까지도 "왜 집에 안가?"라고 많이들 물어봤다.

집에 안 가는 특별한 이유가 있는 것은 아니었다.

"성당이 가까이에 있으니까."

토츠코가 이런 대답을 하면 신기하다는 표정을 짓는 사람이 많았지만, 아무튼 관심을 잃고 그 이상은 물어오지 않았다.

지금까지 히요코가 토츠코에게 집에 가지 않는 이유를

물어본 적은 없었다.

"아, 네. 좀 하고 싶은 일이 있어서요……."

히요코의 표정은 아무런 변화가 없었다.

"그렇군요."

토츠코는 그렇게 대답하는 히요코가 어쩐지 웃고 있는 것처럼 보였다.

"그것도 하나의 선택이죠."

히요코의 말에 토츠코는 하마터면 눈물이 날 뻔했다. 토츠코와 가족 사이에 갈등이 있는 것은 아닌지, 혹은 학대를 받는 것은 아닌지 걱정하는 선생님이 있었다. 그것을 부정하면 이번에는 토츠코의 정신 상태를 우려하는 선생님도 있었다.

억울했다. 괴로웠다. 조금 덤벙거리기는 해도 저는 건강하다고 말하고 싶었다. 하지만 토츠코는 그저 입을 다물 뿐이었다. 그것이 최선의 저항이었다.

히요코가 말한 '하나의 선택'이라는 말이 마음속에 스며들었다.

토츠코는 자신도 모르게 옆자리의 히요코를 빤히 바라봤다.

어떻게 하면 이런 사람이 될 수 있을까. 어떻게 해야 이토록 막힘없이 누구와도 똑바로 마주할 수 있는 사람이 될 수 있는 걸까.

너무 오랫동안 바라봤는지 히요코가 토츠코 쪽으로 고개를 돌렸다.

"하고 싶은 일이라는 건 뭔가요?"

토츠코는 히요코가 물어봐줘서 기뻤다.

무릎 위에 올려놓은 노트를 펼쳐 히요코에게 보여줬다. 지금까지 아무에게도 보여준 적이 없었다. 가사를 쓸 때 떠오른 아이디어 몇 가지가 단편적으로 적혀 있었다. 부끄러운 표현도 있었지만 히요코에게는 보여주고 싶었다.

"그게…… 곡을 만들고 있어요."

히요코는 토츠코의 작사, 작곡 노트를 찬찬히 보고는 눈을 크게 떴다.

"어머나, 새로운 성가군요."

히요코의 얼굴에 살짝 놀라움이 비쳤다.

토츠코가 허둥거리며 정정했다.

"그, 그런 건 아니라……."

조금 목소리가 커진 걸 깨닫고 토츠코는 잠시 입을 닫았다가 히요코처럼 등을 똑바로 세워 자세를 고쳐 앉았다. 그러고는 히요코를 흉내 낸 낮은 목소리로 다시 말했다.

"그렇게 대단한 것이 아니라, 제 기분이라고 해야 할지, 행복을 노래한 곡인데요……."

히요코 흉내는 어려웠다. 늘 그렇듯이 토츠코의 말은 끄트머리에 가서 애매하게 흐지부지해졌다.

토츠코는 전부 설명하고 싶었다. 그러기 위해서는 자신에게 보이는 '색'에 대해 이야기해야만 했다. 하지만 그 이야기를 하면 다른 사람을 화나게 하거나 슬프게 하거나 손가락질받거나 짜증 나게 하거나 어디가 이상하다는 오해를 받거나 미움을 받거나…….

"바람직한 것, 아름다운 것, 진실한 것을 노래하는 음악이라면……."

토츠코는 눈을 크게 뜬 채 히요코의 맑고 깨끗한 옆모습을 보았다.

"……그것은 성가라고 할 수 있어요."

히요코는 미소와 함께 천천히 토츠코 쪽을 바라봤다.

아름다운 것을 음악으로 만들고 싶은 건 분명했다. 키미의 아름다운 '색'을 곡으로 만들고 싶었다.

그 순간에 키미가 보내온 곡이 머릿속에 울려 퍼졌다. 역시나 쓸쓸함과 슬픔이 느껴졌다. 키미는 어떤 기분으로 그 곡을 만들었을까.

토츠코는 히요코에게 물어보지 않을 수 없었다.

"슬프거나 괴로운 곡도 성가인가요?"

깊이 생각하지 않은 다급한 말투가 나왔다.

하지만 히요코는 토츠코를 똑바로 마주 보며 다정하게 이야기했다.

"마음의 괴로움을 노래하는 것도 성가라고 생각해요."

히요코는 토츠코의 눈을 바라보면서 말을 이었다.

"받아들이는 겁니다. 분명 그 노래가 히구라시 학생을 지켜주지 않을까요."

그렇다. 슬픈 기분인데 무리해서 밝고 기운찬 곡을 만드는 것은 부자연스럽다. 하지만……

토츠코는 키미가 괴로워하는 게 마음 아팠다. 그 원인은 무엇일까? 학교를 중간에 그만둔 것일까? 아니면……. 토츠코는 이유를 알 수 없었다. 다만 히요코의 말이 토츠코의 마음을 울렸다.

키미의 곡은 슬펐지만 아름다웠다. 슬픔까지 포함해서 아름다운 것이다.

그 순간에 토츠코는 문득 깨달았다. 자신이 만든 곡의 바탕이 되는 감정은 '기쁨'이었다. 하지만 거기에는 괴로웠던 기분과 슬픔도 어수선하게 섞여 있었다.

토츠코는 몸이 떨릴 정도로 감동했다. 히요코에게 모든 것을 말하고 싶다는 생각이 절실했다. 하지만 그 금기를 깨트리면 분명 히요코를 괜한 일에 끌어들이게 된다…….

토츠코는 양손을 꽉 쥐고는 자신을 격려했다.

"사실은 저⋯⋯."

히요코는 토츠코의 눈을 응시하며 다음 말을 기다렸다. 그 시선에는 어떠한 편견도 없었다. 선입견 없이 순수하게 토츠코를 바라보고 있다는 것이 절실히 느껴졌다.

"밴드를 결성했어요."

토츠코는 '색'에 대해 히요코에게 알릴 생각이 없었다. 다만 밴드 활동을 숨김없이 전하고 싶었다.

토츠코를 바라보는 히요코의 눈이 커졌다. 놀란 모양이었다. 그런 표정의 히요코를 토츠코는 본 적이 없었다. 언제나 침착하고 온화하며 신중한 수녀님이었는데.

토츠코는 불안해졌다. 교칙에는 밴드 활동을 금지한다는 조항이 없었다. 이성과의 교제는 금지 사항이지만, 이성과의 교류는 절도를 지켜 도를 넘지 않도록 한다고 명기되어 있었다. 루이와 밴드를 결성한 것은 '이성과의 교류'에 해당하지 않을까. 절도를 지킨다면 허가받을 수 있으니 그 부분은 기준에 맞으니까 괜찮지 않을까.

커졌던 히요코의 눈이 평소대로 돌아왔다. 입가엔 미소가 떠올랐다. 신중해 보이는 작은 미소였다.

히요코는 토츠코에게 아무 말도 하지 않았다. 히요코가 밴드 활동의 허가 권한을 가지고 있진 않을 것이다.

하지만 히요코의 미소는 토츠코에게 용기를 주었다.

종교 시간에 주리 수녀님이 먼저 성경 구절을 읽으면 학생들이 뒤따라서 그 구절을 외웠다. 마침 이번 시간의 성경 구절은 히요코 수녀님이 했던 말의 의미와 같았다.

"낮의 해가 너를 상하게 하지 아니하며 밤의 달도 너를 해치지 아니하리로다."

주리 수녀님은 따라 읽는 학생들 사이를 걸으면서 성경의 말을 전했다.

토츠코는 따라 읽는 것을 잊을 정도로 그 말에 깊이 감명받았다. 평소에 잘 알고 있던 성경의 말도 어떤 경험을 하느냐에 따라 전혀 다른 인상을 받을 때가 있었다.

"여호와께서 너를 지켜 모든 환난을 면하게 하시며 또 네 영혼을 지키시리로다."

토츠코는 히요코가 살짝 미소 짓는 모습을 떠올렸다. 그 멋진 '색'에 감싸인 히요코의 모습을.

"여호와께서 너의 출입을 지금부터 영원까지 지키시리로다."

수녀를 신격화하는 것은 엄히 삼가야 할 일이었다. 그것은 토츠코도 알고 있었다.

그렇지만 토츠코가 만든 곡이 그 자신을 지켜줄 거라고 말해준 히요코의 미소가 구원이 되었다. 기도하고 싶을 정도로 감사했다.

히요코는 마거리트 생화를 꽂은 꽃병을 들고 복도를 걷고 있었다.

멀리서 성경의 시편 121편을 암송하는 소리가 들려왔다. 토츠코가 있는 3학년 A반에서 종교 수업 중일 것이다.

히요코는 걸음을 멈추고 유리창 너머로 정원을 바라봤다. 나무와 풀이 여름 햇살을 받고 있었다.

히요코는 잠시 나무와 풀의 눈부신 초록을 바라봤다. 아침부터 햇살이 강했지만 풀은 축 처지지도 않고 생생했다.

오늘도 더운 하루가 될 것 같다고 생각하며 히요코는 미소 지었다.

8

──

　장마가 유난히 짧고 강수량이 적었던 탓에 물 부족 우려
가 높아졌다. 7월 여름방학이 시작된 후로는 연일 폭염을 기
록했다. 그 더위를 견디지 못하고 일어나듯 전국에 국지성 호
우가 이어지며 적지 않은 피해가 각지에서 발생했다.

　피해는 컸지만 비가 내린 덕분에 물 부족 사태는 일어나
지 않았다. 연일 폭염이 이어지더니 9월에 새 학기가 시작
된 후에도 맹렬한 더위가 누그러들지 않았다.

　교실에 냉방 장치가 없는 고코여고에서는 긴급 사태로 판
단하여 대형 선풍기를 구입해 각 교실에 설치했다. 그래도
열사병으로 쓰러지는 학생이 나올 정도였다.

　다행히 기숙사에는 에어컨이 설치되어 있었기 때문에 여
름방학을 기숙사에서 지낸 토츠코는 열대야로 괴로울 일은

없었다.

매주 일요일에 연주회가 열리는 섬의 교회에는 에어컨이 없었지만, 섬의 최고기온이 30도를 살짝 넘는 정도였기 때문에 폭염경보가 발효되는 날은 그리 많지 않았다. 무엇보다 교회 내부는 해풍이 잘 통해서 쾌적했다.

여름방학 사이에 토츠코는 새로운 곡을 한 곡 더 작곡했다. 루이도 드디어 곡을 완성했지만 작사는 어려웠는지 가사를 붙이지는 못했다.

아직 밴드명도 정해지지 않았고 연주 수준은 결코 다른 사람 앞에 선보일 만하지 못했다.

하지만 세 사람 모두 충만한 시간을 보냈다. 교회 안에 울려 퍼지는 하모니. 그 순간의 반짝거림이 그들을 매료시켰다.

9월도 중순이 지나 하순이 되었는데도 최고기온이 30도 아래로 떨어지는 날은 거의 없었다. 때때로 폭염경보가 발효되는 날도 있었다.

교실의 선풍기는 끊임없이 돌아갔다.

아무리 그래도 9월 하순쯤 되었으니 밤에는 창문을 열면 에어컨을 켜지 않아도 시원하지 않겠냐고 스미카가 말했다. 하지만 사쿠는 그 말에 강력하게 반대했다.

"이제 더 이상 9월은 가을이 아니야. 기온을 봐."

확실히 밤 9시가 지났는데도 바깥 기온이 24도나 되었다. 열대야 직전이었다. 잠들기 힘든 밤이 될 것이다.

"그러게. 굳이 참을 필요 없겠지."

결국 스미카도 에어컨을 끄지 않는 데 동의했다.

토츠코 방의 네 사람은 창가에 나란히 카페 스타일로 앉아 과자를 먹었다. 여름방학에 각자 집에 다녀오며 사 온 지역 특산 과자가 아직도 남아 있었다.

창문 너머 정원에서 풀벌레 울음소리가 들려왔다. 덥다고는 해도 가을은 가까이 다가와 있었다.

오늘 대화의 중심 화제는 수학여행 안내문이었다. 수학여행은 가을의 가장 큰 이벤트였다. 10월에 들어선 직후에 출발하는 일정이라 기온은 그다지 내려갈 것 같지 않았다. 다만 수학여행지가 닛코(도치기현의 북서쪽에 있는 도시로 고도가 높아 여름에도 비교적 선선하다 — 옮긴이 주)였기 때문에 담임선생님은 어느 정도 서늘하지 않겠냐고 예상했다. 30년 전 같은 시기에 닛코로 수학여행을 갔던 선생님은 옛날에는 추울 정도였다며 유쾌하게 웃었다.

토츠코 방의 네 사람은 아무도 닛코에 가본 적이 없었다.

"앗, 큰일이야……."

수학여행 안내문을 자세히 살펴보던 사쿠가 떨리는 목소리로 말했다.

모두가 사쿠가 들고 있는 안내문을 들여다봤다.

거기에는 관광명소인 이로하자카의 일러스트가 그려져 있었다. 손으로 그린 일러스트에는 명소의 볼거리가 표시되어 있고, 상당히 자세한 설명과 함께 이로하자카의 주의사항도 그려져 있었다.

주젠지 호수와 호숫가 마을을 이어주는 언덕은 오르막과 내리막을 합치면 마흔여덟 번의 급커브 구간이 있는 경사가 가파른 비탈길이었다. '이로하 48음(일본어 가나 48자를 중복 없이 사용하여 배열한 7·5조의 노래 — 옮긴이 주)'에 빗대어 '이로하자카'라고 불린다고 했다.

그 길을 버스를 타고 올라갔다가 내려오는 것이다. 길이 막히지 않는 한 상당한 속도로 달릴 게 분명하니 평소 멀미가 심한 사람은 반드시 멀미약을 지참하라고 안내문에 크게 적혀 있었다.

"이로하자카 장난 아니야."

사쿠가 일러스트에 그려진 언덕길을 손가락으로 훑었다.

그것을 보자 토츠코는 몸이 벌벌 떨렸다.

"구불구불하잖아."

스미카가 한 방 더 날렸다.

"이 길을 쭉 버스로 이동한다고?"

시호도 조금 떨리는 목소리였다.

멀미가 심한 사람에게는 상하좌우로 흔들리는 길이 최악의 패턴이었다. 어느 지점에선가 멀미가 시작되면 그것을 다시 멈출 수는 없었다. 차가 흔들릴 때마다 언덕에서 굴러 떨어지는 느낌을 받으며 악화될 뿐이었다. 게다가 마흔여덟 번이나 급커브를 돌아야 했다. 버스에 타면 도망칠 수도 없었다. 버스 외에 다른 교통수단은 없고, 걸어서 오르내리는 것도 불가능했다.

토츠코는 멀미가 심해서 아래에서 기다리겠다는 말을 꺼낼 만한 위인이 못 되었다. 설령 말할 수 있다고 해도 "멀미약 있으니까 일단 타봐"라는 말이라도 들으면……. 아니, 선생님은 반드시 그렇게 말할 것이다. 그러면 선생님의 말을 거역하지 못하고 토츠코는 그대로 버스에 탈 게 분명했다. 어떤 수를 쓰더라도 멀미는 이미 예정된 일이나 다름없었다.

지옥이다. 토츠코는 벌써 멀미의 괴로움을 느끼며 머릿속이 새하얘졌다.

키미의 할머니인 시노가 파트타임으로 일하는 곳은 집에서 도보 5분 정도 거리에 있는 오랜 전통의 메밀국수 가게였다. 일을 하기 전에도 단골까진 아니어도 한 달에 한 번은 시로와 키미를 데리고 메밀국수를 먹으러 갔었다. 튀김 메밀국수와 영양밥 세트가 맛있어서 자주 먹었다.

시노는 시립 병원에서 의료 사무직으로 오랫동안 일하다가 정년퇴직을 두 달 앞둔 상황에서 메밀국수 가게의 여사장에게 가게를 도와달라는 제안을 받았다.

사장에게 정년퇴직과 관련한 이야기를 꺼낸 적은 없었으나, 어디서든 파트타임으로 일하고 싶었기에 시노는 사장의 제안을 받아들였다. 저축과 연금에만 기대어 노후를 보내는 건 불안했기 때문이다.

서빙과 간단한 음식 준비를 도와주는 일이라 힘들진 않았다. 인기 있는 가게이긴 해도 항상 자리가 다 차는 법도 없었다.

오후 1시가 지나니 가게에 손님은 두 테이블만 남았다. 근처 공장에서 일하는 단골과 여고생 세 명뿐이었다.

"튀김 메밀국수 나왔습니다."

커다란 새우튀김 두 개가 올라간 메밀국수를 단골손님의 테이블 위에 올려놓았을 때 등 뒤에서 여학생들의 이야기 소리가 들렸다.

"수학여행 말이야."

교복이 키미와 같아 고코여고 학생이란 건 알았는데, 학년도 같은 모양이었다. 지금껏 가게에 고코여고 학생이 온 적은 거의 없었다. 학교에서 이곳까지는 노면전차를 타고 와야 할 거리였기 때문이다.

시노는 여고생들의 대화에 귀를 기울였다.

"우리 같은 그룹이지?"

"응. 맞아."

"닛코에 볼 게 뭐가 있지? 원숭이?"

"원숭이, 귀여워."

학생들의 대화는 두서없이 흘러갔다.

시노는 키미가 수학여행 얘기를 한 번도 꺼낸 적이 없다는 사실을 새삼 깨달았다. 학비와 수학여행 경비는 키미의 엄마 아카네가 전부 관리해서 내고 있을 테지만, 여행을 가려면 그 나름대로 준비해야 할 것들이 있을 터였다.

시노는 테이블을 닦으면서 수학여행이 10월이었던 기억을 떠올렸다. 옛날부터 여행지는 닛코였다. 하복을 입고 갔던가? 춘추복이었나?

잡담을 나누고 있는 학생들에게 물어볼까 싶었지만, 금세 스마트폰을 들여다보며 "웃긴다" 하고 떠들썩해진 모습을 보고 시노는 그냥 주방으로 향했다.

키미는 우울한 기분에 휩싸였다. 분노는 아니었다. 슬픔도 아니었다. 그저 계속 우울해서 일이 손에 잡히지 않았다.

아침에는 시노가 싸준 도시락을 들고 교복을 입고 시로네코도 서점으로 향한다. 일요일 이외의 모든 시간을 시로네코도에서 지내고 있었다.

할머니 시노에게는 콩쿠르 준비로 성가대 연습이 매일 있어서 집에 늦게 들어온다고 말해뒀다. 시노는 의심하지 않았다.

그런데 시노가 갑자기 세탁소에서 교복을 찾아왔다. 춘추복이었다. 소매가 긴 원피스에 조끼와 재킷을 걸치면 동복이 된다.

"재킷은 어떻게 할래? 닛코는 추웠던 것 같아. 재킷을 가지고 가는 게 좋지 않을까?"

"아니, 춘추복만으로도 괜찮아요. 예비로 후드점퍼도 들고 갈 거니까요."

시노는 고개를 갸웃했다.

"수학여행은 수업의 일환이니까 사복은 못 입지 않니?"

키미는 마음의 동요를 숨기고 표정에 드러내지 않았다.

"응. 그러면 재킷도 가지고 갈게요."

"그러는 게 좋을 거야. 내일 세탁소에서 찾아올 거니까."

"고마워요. 죄송해요."

"더 필요한 건 없어? 속옷이랑 양말 같은 거…… 잠옷은 새로 사둔 게 있지? 한번 세탁해서 입는 게 좋으니까 빨래 바구니에 넣어두렴."

키미는 죄송한 마음에 시노의 얼굴을 볼 수가 없었다.

그리고 수학여행 기간 동안 어디에서 어떻게 지내야 할지 걱정이 밀려왔다. 지금까지 줄곧 피해왔던 문제였다.

답을 찾지 못한 채 우울한 기분이 키미의 마음을 덮쳤다.

시로네코도에서 책을 진열하는 일도 하지 못했다. 기타 연습도 하지 않았고, 작곡도, 작사도 의욕이 생기지 않았다. 루이와 토츠코에게서 문자가 와도 짧은 답장만 보냈다.

어둑한 시로네코도 안에 있으면 기분이 점점 더 가라앉는 느낌이라 키미는 가게 앞 정원에서 시간을 보냈다. 열매가 익어가기 시작한 올리브나무를 멍하니 보다가 화분에 물을 주기도 하면서.

손님은 한 명도 오지 않았다.

가게 입구 옆에 판매 정보를 적어둔 칠판이 있었는데, 거기에 정보를 쓰는 것도 키미의 몫이었다. 새로 쓰는 게 좋지 않을까? 어떤 문구가 좋을까? 이런 생각을 하며 키미는 칠판 앞에 쪼그리고 앉았다.

그러고는 그저 멍하니 칠판을 바라보기만 했다. 해가 뉘엿뉘엿 지는 것도 모른 채.

일요일에 섬 교회에서 열리는 연주회는 정기적인 행사가 되었다. 토츠코는 아침에 일어나자마자 출발 시간을 확인하기 위해 키미에게 문자를 보냈다. 하지만 답장이 오지 않

았다. 요 며칠 키미의 메신저 반응이 이상했다. 원래 메시지
는 짧아도 표현은 늘 다정했는데, 최근에 온 답장은 쌀쌀했
다. 그리고 오후가 되어서야 '못 갈 것 같아'라는 짧은 답장
이 왔다. 아무런 이유도 적혀 있지 않았다. 토츠코는 '다른
날도 괜찮은데, 언제가 좋아?'라고 물어봤지만 역시 답장은
오지 않았다.

저녁 무렵에야 키미는 '미안'이라고만 메시지를 남겼다.

'읽음 2'라는 표시가 뜬 걸 보면 루이도 토츠코와 키미의
대화를 봤을 텐데, 섬세한 성격인 그는 군이 메시지를 더하
지 않았다.

토츠코도 더 이상 메시지를 보내지 않았다.

학교가 끝난 후 토츠코는 시로네코도 서점으로 향했다.

좁은 골목길로 들어가 가파른 콘크리트 계단을 오르자
시로네코도 정원이 보였다.

정원에 세워둔 칠판 앞에 키미가 쪼그리고 앉아 있었다.
그 뒷모습을 저녁 햇살이 붉게 물들이고 있었다.

잠시 그 쓸쓸한 뒷모습에 빠져 있던 토츠코는 머뭇머뭇
말을 걸었다.

"키미……"

키미는 쪼그리고 앉은 상태에서 무척 느릿한 동작으로
뒤를 돌아봤다.

"토츠코……."

키미의 얼굴은 평소와 다름없이 예뻤고, 그 '색'도 아름다웠다. 하지만 키미의 눈은 전에 없이 생기를 느낄 수 없었다. 마치 감정이 전부 빠져나간 것처럼 보였다.

토츠코는 조심스럽게 키미에게 다가갔다.

"무슨 일 있었어?"

토츠코가 물어보자 키미의 표정이 흔들렸다.

키미는 아무 말도 하지 않았다.

키미는 주위가 어둑해진 것을 깨닫고 가게의 불을 켰다. 그러자 정원에도 불이 켜졌다. 가게 2층에서 전선을 내려 정원에 자리한 커다란 나무에 등을 매달아놓았다. 일정한 간격을 두고 매달린 십여 개의 전등이 옅은 오렌지색 불빛을 내며 정원을 비추었다. 주인이 전문 업자에게 맡겨서 단 것이었다.

늦여름에는 영업시간을 오후 8시까지 연장했다. 어두워지면 조금 선선해져서 산책을 나왔다가 들르는 손님이 많을 거라고 예상한 모양이었다.

정원의 안 쓰는 공간에 낡은 책상을 꺼내두어 할인 판매 중인 레코드나 책을 진열했다.

확실히 밤이 되면 퇴근길에 들른 회사원 같은 손님이 찾아왔지만, 매상이 올라갈 정도는 아니었다.

고객을 위해 정원에 준비해둔 나무 벤치에 키미와 토츠코가 나란히 앉아 아름다운 정원을 바라봤다. 키미는 여전히 아무 말도 하지 않았다. 무릎을 끌어안고 가만히 있는 모습은 대화를 거부하는 것처럼 보이기도 했다.

그렇게 어색한 분위기에서 때마침 구세주가 나타났다.

토츠코를 시로네코도로 인도해준 하얀 고양이였다. 고양이는 두 사람 사이에 폴짝 뛰어올라 토츠코에게 몸을 비볐다.

토츠코는 긴장을 풀고 헤벌쭉 웃으며 하얀 고양이를 쓰다듬었다.

"토츠코를 좋아하나 보다."

키미가 겨우 입을 열었다. 옅은 웃음도 되찾았다.

"그런가?"

토츠코의 말에 마치 대답이라도 하듯 하얀 고양이가 "냐아" 하고 울었다.

"냐아라고요."

토츠코는 하얀 고양이와 대화를 나눴다.

머리부터 등까지 쓰다듬어주자 고양이는 기분 좋은 듯 눈을 가늘게 떴다. 이내 편안한지 눈을 감고 토츠코의 손길에 몸을 맡겼다.

갖가지 벌레 울음소리가 정원을 가득 채웠다. 키미와 토츠코는 아무 말 없이 하얀 고양이만 바라보았다. 그러던 중에 토츠코가 불쑥 고개를 들었다.

"몇 번이나 물어서 미안해. 무슨 일 있었어?"

하얀 고양이를 보면서 미소 짓고 있던 키미의 표정이 굳어졌다. 잠시 토츠코에게 시선을 주었다가, 곧장 눈을 돌렸다.

"아니."

키미는 고개를 떨궜다.

역시 무슨 일 있구나. 말하고 싶지 않다면 더 이상 추궁하지 않는 게 좋았다. 하지만 이대로 있다가는 키미와 영영 멀어질 것만 같아 토츠코는 불안해졌다.

토츠코는 다시 정원 쪽으로 시선을 옮겼다. 화제를 돌려 분위기를 부드럽게 만들고 싶었다.

"아, 참. 나 다음 주에……."

거기까지 말하자 키미가 말을 이었다.

"수학여행, 가지?"

키미의 표정이 한층 더 어두워졌다.

"응."

토츠코는 밝게 대답했다가 뒤늦게 키미의 입장을 떠올리고는 입을 다물었다. 말을 잘못 꺼냈다는 걸 깨달았다. 멀미를 할까 봐 벌써부터 무섭다는 얘기를 하려고 했는데.

그때 마치 격려라도 하듯 하얀 고양이가 토츠코의 무릎

위에 올라왔다. 고양이가 토츠코를 빤히 바라봤다.

"토츠코……"

토츠코는 순간 하얀 고양이가 자신을 부른 줄 알았다.

하지만 목소리의 주인은 옆에 앉은 키미였다. 고개를 돌리
자 키미가 전등이 비치는 정원을 바라보며 말을 이었다.

"놀라지 말고 들어줄래?"

"응."

토츠코는 키미의 옆모습을 바라봤다. 슬퍼 보였다.

"나 아직 할머니께 학교 그만둔 거 말 못 했어."

토츠코는 반응하면 안 된다고 생각하면서도 숨을 살짝
삼키고 말았다.

키미에게서 할머니와 둘이 살고 있고, 아티스트인 엄마와
는 떨어져서 지낸다는 걸 들은 적이 있었다. 키미는 할머니
가 엄마 같은 존재라고 토츠코에게 말했었다.

그런 할머니에게 학교를 그만둔 걸 비밀로 할 수 있을까.
왜 말하지 못했을까. 아니, 말할 수 없겠구나. 토츠코의 머
릿속에서 여러 의문이 휘몰아쳤다.

키미는 밤의 장막이 내려앉기 시작한 하늘을 올려다봤
다. 토츠코도 같은 곳을 바라봤다.

아직 하늘은 완전히 깜깜하지는 않았다. 어렴풋이 푸른
기운이 도는 것처럼 보였다. 키미의 코발트블루 같다고 토

츠코는 생각했다.

"수학여행 기간에 집을 나와서 어디로 가지?"

키미가 하늘을 보며 가벼운 말투로 말했다. 하지만 토츠코는 그 모습이 애처롭게 느껴졌다.

토츠코는 키미에게 해줄 수 있는 말을 찾지 못했다.

"어쩐지 할머니께 사실을 말하기가 무서워."

토츠코는 여전히 입을 떼지 못했다. '어떻게 하지?'라는 물음만 머릿속에서 빙글빙글 돌았다.

"상처를 드릴 거야……."

키미는 끌어안고 있던 무릎을 벤치 아래로 내렸다.

토츠코는 가슴이 철렁했다. 키미에게 학교를 그만둔 이유에 대해 물어본 적이 없었다. 제 나름대로 추측은 해봤지만 정확한 이유는 알지 못했다. 적어도 교내에 떠도는 소문처럼 교칙 위반으로 퇴학당한 건 아니라고, 그것만큼은 확신했다.

하지만 무언가 이유가 있어서 그만뒀을 것이다. 그 이유가 무엇이었든 간에 학교를 그만둘 정도로 고민이 있었던 손녀의 마음을 알아채지 못했다는 사실에 키미의 할머니는 상처를 받을 게 분명했다. 키미는 그 점을 두려워하고 있었다. 이제 와 상황을 되돌릴 수도 없었다.

무언가 해줄 수 있는 게 없을까. 만약 할 수 있는 게 있다면, 수학여행 기간에 안전하게 지낼 방법을…….

토츠코가 하얀 고양이를 쓰다듬으며 고민하고 있을 때 키미가 벤치에서 일어났다.

"아…….”

키미의 목소리에 시선을 따라가니 계단을 올라오는 사람들이 보였다. 중년 부부였다. 손님인 모양인지 부부는 가게 안으로 들어갔다.

키미가 그들을 따라 걸음을 옮겼다.

"가게 좀 보고 올게.”

키미는 그렇게 말하며 토츠코에게 웃음을 보였다.

가게 안에서 "어서 오세요” 하고 손님을 맞는 목소리가 들렸다.

키미의 웃는 모습도, 손님에게 인사를 건네는 목소리도 평온하기만 했다. 좀 전까지 드리워져 있던 그늘은 전혀 느낄 수 없었다. 토츠코는 그래서 더 안타까웠다.

뭔가 할 수 있는 일이 없을까.

학생들이 수학여행을 가면 기숙사 방은 비어 있게 된다. 창문을 잠그지 않고 열어둬서 키미가 창문으로 몰래 들어와 지내면 어떨까? 다행인 점은 고코여고의 수학여행은 현 내에서도 이례적이게 2박 3일이라는 짧은 일정으로 유명하다. 기숙사 방에서 뜨거운 물이나 불은 사용할 수 없지만,

가열이 필요 없는 간단한 먹을거리를 대량 준비해두면 식사는 어떻게든 될 것이다. 화장실은 공용이지만 숙직하는 수녀님에게 들키지 않도록 주의하면 가능할 수도 있다.

아니…… 창문을 잠그는 건 숙직 수녀님이 반드시 확인하니까 키미가 몰래 들어오는 건 어렵다. 그 전에 학교 주위를 둘러싼 높은 벽과 자물쇠가 달린 교문이 가로막고 있다…….

그때 토츠코의 머릿속에 닛코의 구불구불한 이로하자카 이미지가 떠올랐다.

"아!"

토츠코는 자신도 모르게 큰 소리로 외쳤다.

토츠코의 침대에는 과자가 잔뜩 쌓여 있었다. 사쿠와 스미카와 시호가 저마다 숨겨두었던 다양한 과자들이었다.

침대에 누운 토츠코의 이마에는 해열 시트가 붙어 있었다. 해열 시트는 시호에게 받은 것인데, 사실 토츠코는 열이 나지 않았다.

토츠코는 희미한 웃음을 짓고 있었다. 침대 주위에서 숲속 세 자매가 걱정스러운 표정으로 들여다보며 차례차례 말을 걸었다.

"토츠코, 괜찮아?"

시호가 미간을 찌푸렸다.

"선물 사 올게."

사쿠도 걱정스러워 보였다.

"응."

토츠코는 조금 곤란한 듯 어색하게 웃었다.

"그럼 다녀올게."

스미카가 손을 흔들었다.

"책상 서랍 안에 있는 과자도 먹어도 괜찮아."

사쿠가 자신의 책상 서랍을 가리켰다.

세 사람 모두 커다란 가방을 메고 있었다. 오늘은 수학여행 첫날이다. 겨우 2박이라 다들 짐이 많지 않았다.

토츠코는 지난밤부터 "배가 좀 아파"라고 복선을 깔아뒀다. 아침이 되자마자 배가 아파서 아침을 먹을 수 없다고 스미카에게 말하자 그가 대신 숙직 수녀님에게 알렸다. 그렇게 토츠코는 수학여행에서 빠지게 되었다.

"몸조리 잘해."

세 사람은 걱정스럽게 토츠코를 보면서 방을 빠져나갔다.

세 사람의 모습이 보이지 않고 복도에서 발걸음 소리도 들리지 않게 되었을 때 토츠코는 이불 속에 파고들어 성호를 긋고 손을 모았다.

"주님! 용서해주세요!"

토츠코의 멀미와 키미의 가출, 이 두 가지가 합쳐져서 일으킨 복통이었다. 물론 꾀병이었다. 숲속 세 자매의 걱정스러운 표정이 토츠코의 양심을 찔렀다. 신앙심 또한 마음을 뒤흔들었다.

이것밖에는 방법이 없었다고 생각하면서도 마음 한구석에서 잦아들지 않는 두근거림을 느끼며 죄악감은 커졌다.

그날 밤 약속대로 토츠코는 학교 뒷문으로 향했다. 고코 여고로 들어올 수 있는 교문 중에 유일하게 자물쇠가 없는 문이었다. 자물쇠 대신 빗장이 학교 안쪽에 설치되어 있었다. 다만 문 자체는 견고해서 학교 주위를 둘러싼 담장과 비슷하게 높이가 4미터 가까이 되었다. 붙잡을 만한 것도 전혀 없어서 밖에서는 절대 문을 타고 올라올 수 없었다.

하지만 학교 내에 도와줄 사람만 있으면 빗장을 빼고 쉽게 문을 열어 교내로 들어올 수 있었다.

"수금지화목."

잠옷 차림의 토츠코가 문밖을 향해 속삭였다.

"토천 아멘."

문밖에서 키미가 암호를 댔다.

토츠코는 두꺼운 빗장을 빼내고 무거운 문을 안쪽으로 열었다.

키미가 얼굴을 살짝 내밀었다. 평소의 후드티 차림으로 나타난 키미는 약간 긴장한 듯 보였다. 손에는 검은 가방을 들고 있었다.

토츠코는 입술을 올려 악당 같은 미소를 히죽 지었다.

"비밀의 정원에 온 것을 환영해."

토츠코는 키미를 안으로 들이고는 문을 닫고 발소리를 죽이며 기숙사로 향했다.

토츠코와 키미는 닌자처럼 몸을 잔뜩 숙이고 깜깜한 교정을 종종걸음 치며 가로질러 기숙사 앞에 도착했다.

"소리 내지 말고."

기숙사 복도의 창으로 새어 나온 불빛이 앞뜰을 비추고 있었다. 창문 아래에서 토츠코와 키미는 몸을 숙이고 숨소리마저 낮췄다.

복도의 조명은 밤 11시까지 켜져 있었다. 숙직 수녀님이 순찰을 하기 때문이다. 그 이후에는 불을 끄고, 한밤중에는 숙직 수녀님이 오래된 등유 램프를 손에 들고 순찰했다.

기숙사에 갓 들어온 1학년이 새벽녘에 화장실에 가려고 일어났다가 램프를 들고 복도를 걷는 수녀님의 모습을 보고 유령으로 착각해서 비명을 지르는 소동이 일어난 적도 있었다.

오늘 밤은 토츠코를 제외한 3학년 기숙사생 전원이 수학여행에 참가했지만, 1학년과 2학년은 평소대로 방에 있었다. 수녀님도 평소와 다름없이 순찰을 할 게 분명했다.

복도 앞만 무사히 지나면 토츠코의 방 창문에 도달할 수 있었다.

앞서가는 토츠코 뒤를 키미가 따라갔다. 허리를 더 깊게 숙이고 발소리도 죽였다.

문득 토츠코의 등 뒤에서 소리가 났다. 키미가 마른 나뭇가지를 밟은 것이다.

토츠코가 숨까지 참아가며 귀를 쫑긋 세웠다.

"응?"

창문 안쪽에서 목소리가 들렸다. 곧이어 반쯤 열린 창문을 향해 다가오는 손이 보였다. 수녀님이 창을 열어서 소리가 난 정원을 살피려는 모양이었다.

토츠코는 입 모양만으로 키미에게 '고양이'라고 말했다.

"냐아우."

키미의 절묘한 고양이 울음소리가 정원에 희미하게 울렸다. 시로네코도의 점원이 고양이 울음소리 흉내를 잘 낸다는 걸 토츠코가 잽싸게 이용한 것이었다.

토츠코는 창문을 잡은 수녀님의 손을 빤히 바라봤다.

수녀님의 손이 멈칫하며 다시 안쪽으로 들어갔다. 성공

이다. 수녀님이 창문을 열고 밖을 내다봤다면 토츠코의 계획은 맥없이 실패했을 것이다.

더욱 신중하게 걸음을 옮기던 토츠코가 달리기 시작하더니 딱 하나 열려 있는 기숙사 창문을 뛰어넘었다. 힘들게 상반신을 실내로 들여놓는 데 성공했지만 하반신은 좀처럼 안으로 들어가지 못하고 창문에 걸려 버둥거렸다. 그러다 물장구치듯 다리를 움직이자 하반신도 안쪽으로 사라졌다.

토츠코는 바로 창문으로 얼굴을 내밀고 주위를 둘러본 후 키미에게 손짓했다.

키미는 재빨리 움직여 기숙사 창문을 한 번에 뛰어넘어 방으로 들어왔다.

토츠코와 키미가 들어온 창문은 평소 토츠코와 숲속 세 자매가 과자를 먹는 카페 스타일의 긴 테이블이 놓인 곳이었다.

키미는 신발을 벗어 후드점퍼 주머니에 쑤셔 넣고는 테이블에서 바닥으로 내려왔다.

"실례할게."

키미는 방 안을 찬찬히 살펴봤다.

"귀엽게 꾸며놨네."

키미는 기숙사 방을 처음 본 모양이었다.

사실 토츠코는 아침부터 곤란한 상황에 놓여 있었다.

"배는 안 고파?"

토츠코가 묻자 키미는 작게 고개를 저었다.

"아, 응. 괜찮아."

토츠코가 예상한 대답이 아니었다. 키미는 수학여행을 간다며 집에서 나와 아르바이트를 갔다. 즉 오늘은 할머니의 도시락을 먹지 않았을 거라고 생각했다.

"나, 배탈 난 걸로 되어 있어서 메뉴가 오트밀뿐이었어."

토츠코는 저녁 식사로 기숙사 식당에서 보내온 오트밀 그릇을 가리켰다.

깨끗하게 다 먹기는 했지만, 귀리를 우유에 넣고 끓여 죽처럼 만든 오트밀을 토츠코는 좋아하지 않았다. 그런데도 싹싹 다 먹을 만큼 배가 고팠다.

숲속 세 자매가 주고 간 과자에는 손을 대지 않았다. 죄의식이 배고픔을 이긴 것이다.

점심과 저녁에 오트밀을 먹었지만, 건강하기 그지없는 위장은 계속해서 토츠코에게 배고픔을 호소했다.

키미는 점심은 물론이고 저녁도 어딘가에서 먹고 온 모양이었다. 생각해보면 키미는 아르바이트를 하고 있으니 외식 정도야 어렵지 않을 게 당연했다.

키미가 외박용으로 보이는 커다란 검은색 나일론 가방의 지퍼를 열었다.

"오히려 토츠코가 배고픈 거 아냐?"

토츠코는 얼굴이 달아오르는 것을 느꼈다. 정곡을 찔린 탓이다.

키미는 가방 안에서 편의점 봉지를 꺼냈다. 봉지 가득 무언가 들어 있었다.

"내가 이것저것 사 왔지."

비닐봉지 안이 겉으로 훤히 다 보였다. 다양한 종류의 과자였다.

"우와!"

비닐봉지를 본 토츠코가 덩실거렸다.

"신세 지는 것에 대한 답례……."

"아니, 괜찮은데."

토츠코는 서둘러 양손과 함께 고개를 저었다.

그때 갑자기 키미가 시선을 떨궜다. 토츠코는 무슨 일인가 싶어 걱정이 앞섰다.

"토츠코, 미안해."

키미가 작은 목소리로 사과했다.

"아냐, 무슨 그런 말을. 나도 버스를 안 타게 돼서 좋은걸. 수학여행 갔으면 진짜로 몸 상태가 나빠졌을지도 몰라."

키미를 기숙사에 부르기 위해 토츠코는 꾀병을 부려 수학여행에서 빠지기로 했다. 하지만 한편으로는 '지옥의 이로하자카 버스'를 피하기 위한 것이기도 했다. 무엇보다 키미와 단둘이 밤을 보낼 수 있다는 점에서 매력적인 아이디어였다. 토츠코가 이 아이디어를 말하자 키미는 처음에는 망설였지만 점점 설득에 넘어가 표정이 환해졌다. 키미는 토츠코가 멀미가 심하다는 걸 매주 섬으로 가는 배를 같이 타며 누구보다 잘 알고 있었다.

토츠코는 버스에 타는 상상만으로도 속이 울렁거렸다. 역시 안 가길 잘했다는 생각이 들었다.

토츠코는 양심의 가책을 뿌리치고 힘차게 선언했다.

"친구들이 놓고 간 과자도 잔뜩 있으니까 파티하자!"

잠시 키미의 얼굴에 불안감이 스쳤지만, 토츠코의 염려와 달리 키미는 곧 "응" 하고 밝은 모습을 되찾았다.

키미는 역시나 신중한 사람 같았다. 그런 키미가 왜 학교를 그만둔 걸까. 토츠코는 또다시 그런 생각이 밀려와 황급히 떨쳐냈다.

"나쁜 짓을 해볼까."

토츠코가 빙그레 웃었다. 키미의 표정에도 기대가 가득했다.

키미가 사 온 콩소메 맛과 소금김 맛 감자칩 두 봉지를 한꺼번에 뜯었다. 평소라면 절대 하지 않을 '나쁜 짓'이었다. 콩소메 맛과 소금김 맛을 동시에 입안 가득 넣으니 최고로 부도덕한 맛이 느껴졌다. 거기에 더해 콜라를 잔뜩 마셔 감자칩을 위장으로 흘려보내는 '악행'도 기분 좋았다.

토츠코네 방에서 2년 동안 인기 순위 1위를 독점하고 있는 만화《천사도 괜찮을지도》전권을 사쿠의 책상에서 꺼내 테이블 위에 주르륵 늘어놓았다. 정기적으로 누군가 "천사 읽고 싶어"라고 말하면 모두 함께 돌려보기를 최근 2년간 열 번도 넘게 했을 정도로 사랑받은 중독성 있는 만화였다. 키미에게도 그 중독성을 맛보여주고 싶다고 토츠코는 몰래 생각하고 있었다.

사실 BGM이 있었으면 했지만 스피커로 음악을 틀면 수녀님들 방이나 숙직실에 들릴 위험이 있어서 토츠코와 키미는 이어폰을 한쪽씩 나눠 끼고 음악을 크게 틀었다. 아직 미완성인 토츠코의 〈수금지화목토천 아멘〉과 키미의 제목 미정인 곡이었다. 교회에서 연주하며 한껏 끓어올랐던 기분이 되살아나 두 사람의 마음이 들떴다.

토츠코는 어렸을 때 엄마가 준 도형 자를 책상 서랍 구석에서 꺼냈다. 둥근 원형이 뚫린 구멍에 볼펜 끝을 넣고 원을 그리면 아래에 놓인 종이에 복잡한 도형이 그려졌다. 마치 자전하는 행성의 궤적처럼 보였던 게 문득 생각나서 꺼낸 것이었다. 1980년대에 많이 사용했던 추억의 도구라 키미에게는 생소한 모양이었다. 두 사람은 열중해서 동그라미를 그렸다.

다음으로 교칙에 금지되어 있는 매니큐어로 토츠코가 키미의 오른손 손톱을 코발트블루로 예쁘게 칠했다. 그러자 키미가 토츠코의 검지에 에메랄드그린색을 칠하고는 가운데에 하얀색으로 작은 하트를 솜씨 좋게 그려 넣었다.

두 사람은 동그란 과자를 서로에게 던지며 받아먹기도 했다. 원래라면 깔깔 웃으며 떠들썩할 상황이었지만 둘 다 온 힘을 다해 소리를 죽였다. 그래도 가끔 참지 못하고 웃음소리가 튀어나오곤 했다.

토츠코는 키미가 이토록 마음껏 웃는 모습을 처음 봤다. 기뻤다.

한동안 시시덕거린 후에 토츠코와 키미는 카페 스타일 책상에 나란히 앉아 조용히 만화책을 읽었다. 토츠코가 먼저 읽고 옆자리 키미에게 넘겼다. 키미도 상당히 재밌는지 '빨리 다음 권을 달라'며 손으로 토츠코를 재촉했다.

두 사람은 탐욕스럽게 《천사도 괜찮을지도》를 탐독했다.

문득 방문을 두드리는 소리가 들렸다.

토츠코와 키미가 마주 봤다.

아직 소등 시간이 아니었다.

잠시 후 한 번 더 노크 소리가 들렸다.

키미도 토츠코만큼이나 당황한 듯했다.

아무런 대답이 없으면 배탈이 난 걸로 되어 있는 토츠코를 걱정한 수녀님이 방 안으로 들어올지도 몰랐다.

"히구라시 학생?"

문밖에서 수녀님의 목소리가 들렸다. 토츠코는 몸이 뻣뻣하게 굳은 상태에서 목소리를 낮추고 키미에게 귓속말했다.

"히요코 선생님이야."

키미가 깜짝 놀라며 눈을 크게 떴다.

토츠코는 망설이지 않고 책상 위의 먹다 남은 것들을 모조리 비닐봉지에 쓸어 담아 숨겼다.

그러고는 자신의 침대에 몸을 숨기라고 키미에게 몸짓으로 말했다.

키미는 발소리가 나지 않게 이동하여 침대 위에 올라갔다. 토츠코가 이불을 덮어주자 선명하게 사람 형태로 부풀었다. 그래서 커다란 양 인형을 이불 위에 올렸다.

토츠코는 등을 똑바로 펴고 문으로 향했다. 당당하게 행동하면 들킬 일은 없을 것이다. 괜한 말을 하지 않으면 아무런 문제가 없을 거라고 스스로를 격려했다.

토츠코는 테이블 위에 있던 오트밀 그릇이 담긴 쟁반을 손에 들고 문을 열었다.

문 앞에는 히요코 수녀님과 주리 수녀님이 걱정스러운 얼굴로 나란히 서 있었다.

"네."

토츠코는 희미한 웃음을 지어 보였다.

"무슨 소리가 들렸는데……."

주리가 방 안을 흘끗 살폈다.

"그게…… 혼잣말이었어요."

히요코와 주리는 납득이 가지 않는 표정이었다.

"이렇게 늦게까지 안 자도 괜찮나요?"

히요코가 목소리를 낮춰 물었다.

"아, 지금 이걸 내놓으려던 참이라……."

토츠코는 손에 든 오트밀 그릇 쟁반을 높이 들어 보였다.

"그냥 복도에 놓아두면 되는데."

주리는 토츠코의 작전에 보기 좋게 말려들었다.

하지만 히요코는 의심스럽게 토츠코의 침대 쪽을 보고 있었다. 그냥 잠깐이 아니라 너무나 오랫동안 바라봐서 토츠코는 불안해지기 시작했다.

"그건 그렇고 몸은 좀 어때요?"

주리 수녀님의 물음에도 토츠코는 조마조마하게 히요코 쪽만 바라보며 "아직 좀……"이라고 대답했다.

"상당히 좋아졌어요"라고 대답할걸. 토츠코가 곧장 후회했다. 그때 주리가 말했다.

"내일 아침 일찍 병원에 갑시다."

병원에 가면 꾀병을 들킨다. 토츠코는 겁이 났다. 오늘 아침에는 수학여행 출발로 어수선해서 병원에 가지 않고도 지나갔지만, 내일도 상태가 나쁘다고 하면 병원에 가야 할 가능성이 높았다. 그렇게 되면 그사이에 키미는 어떻게 해야 할까. 아니 그보다 의사에게 꾀병인 걸 들킬 텐데……

"아, 하지만 아침보다는 나아졌어요……"

어떤 조치가 필요하다고 느낀 토츠코가 뒤늦게 얼버무렸지만, 주리 수녀님이 한 박자 빨랐다.

"제대로 진찰을 받는 게 좋겠어요."

히요코는 여전히 토츠코의 침대를 주시하고 있었다. 불안해진 토츠코의 시선이 이리저리 흔들렸다. 누가 봐도 수상쩍게 굴고 있었다.

히요코가 '무언가' 의심하고 있다. 하지만 이불이 부푼 부분은 인형으로 제대로 가려놓았다. 토츠코가 자신의 침대쪽을 슬쩍 훔쳐봤다. 역시 인형만 눈에 들어올 뿐, 키미의 모습은 보이지 않고 움직임도 없었다. 그런데도 히요코는 토츠코의 침대를 계속 바라보고 있었다. 마치 거기에서 눈을 뗄 수 없는 마법이라도 걸린 것처럼.

"저…… 무슨 일이……"

토츠코는 자신도 모르게 히요코에게 말을 걸었다.

그러자 히요코는 마법이 풀린 듯 몸을 흠칫 떨었다.

"아니에요."

멍한 목소리로 히요코가 부정했다.

다 눈치챘지만 비밀로 해준다는 걸까, 아니면…….

잘은 모르겠지만 토츠코는 히요코와 주리에게 억지웃음을 지어 보였다.

히요코는 어쩐지 동요하고 있는 듯했다. 늘 냉정하고 침착한 수녀님인데…….

급기야 토츠코는 히요코 수녀님이 걱정되었다.

"그럼 푹 쉬세요."

물론 의도한 것은 아니겠지만 주리가 토츠코를 난처한 상황에서 벗어나게 해주었다.

"네!"

토츠코는 아픈 사람답지 않게 기운 넘치는 목소리로 대답했다.

"잘 자요."

차분한 모습을 되찾은 히요코는 평소와 다름없이 온화한 목소리로 인사하고는 주리와 나란히 복도에서 멀어져갔다.

"안녕히 가세요."

이번에도 토츠코는 지나치게 기운 넘치는 목소리로 두 사람을 배웅했다.

살았다!

토츠코는 조용히 문을 닫았다.

해냈다는 들뜬 기분이 순식간에 죄책감으로 바뀌었다.

"어쩌지? 거짓말을 거짓말로 덮었어."

토츠코가 중얼거리는 말을 들었는지 키미가 이불 속에서 얼굴을 내밀었다.

"토츠코……."

토츠코를 염려하는 표정이었다. 토츠코는 곧바로 웃으며 손가락으로 브이 사인을 그렸다.

"괜찮아. 나중에 고해할 거니까."

그 모습을 보면서도 키미의 표정은 여전히 어두웠다. 몹시 미안해 보였다.

소등 시간이 가까워졌다. 방의 조명을 끄고 토츠코와 키미는 한 침대에 누웠다.

키미를 다른 친구의 침대에 재울 수는 없으니 두 사람은 토츠코의 침대에 나란히 누웠다. 조금 비좁아도 세미더블 정도의 폭이라 자는 데는 문제가 없었다.

"아, 아얏."

이불 밖으로 삐져나온 발을 넣으려다가 침대 모서리에 부딪힌 토츠코가 작게 신음했다.

"미안."

키미가 사과했다.

"아니야. 헤헤. 좀 좁다. 넌 이불 잘 덮었어?"

"응."

키미는 토츠코의 엄마가 예비용으로 보내준 새 이불을 덮었다. 토츠코는 몇 개월 전까지만 해도 말을 거는 것조차 어려웠던 키미와 함께 침대에 누워 있다는 사실이 믿기지 않았다. 게다가 둘은 서로 마주 보고 있었다.

토츠코는 너무 가까워서 당황스러운 한편 너무 기뻐서 어쩔 줄 몰랐다. 키미의 '색'을 가까이에서 보면 몸이 부서지진 않을까 걱정했던 적이 있는데, 막상 아름다운 '색'을 바로 앞에서 보고 있자니 무척 행복했다.

키미가 토츠코의 등 뒤로 시선을 옮겼다.

"뭔가 적혀 있는데."

토츠코도 뒤돌아서 등 뒤를 봤다. 'GOD almighty'라고 침대 난간에 새겨놓은 문자였다. 토츠코는 새겨진 문자와 십자가를 손가락으로 쓰다듬었다.

"이거? 이 침대를 사용했던 누군가가 새긴 것 같아. 매일 감사하게 보고 있어."

토츠코는 그렇게 말하면서 조각된 십자가에 손을 댔다.

"맙소사."

키미가 나직이 중얼거렸다.

'GOD almighty'에는 '전능하신 하느님'이라는 의미 말고도 'Oh my God!'처럼 '맙소사', '아니 무슨' 같은 놀라움을 표현하는 의미로 사용될 때가 있었다.

"응?"

토츠코는 키미의 '맙소사'라는 말이 신경 쓰였지만 자세히 물어보지는 않았다.

키미도 그저 미소 지을 뿐이었다.

그런데 갑자기 키미의 표정이 진지해졌다. 무언가 생각에 잠긴 듯했다.

토츠코는 묵묵히 그의 말을 기다렸다.

키미는 말을 하기까지 상당히 오랜 시간을 들여 생각했다. 토츠코로선 그 침묵을 견디기 힘들었지만 어떻게든 참아냈다.

"있지, 토츠코."

키미가 겨우 입을 열었다.

"응."

"나 때문에 토츠코가 거짓말을 했네."

마치 참회라도 하는 듯한 말투였다. 토츠코에게 키미의 기분이 절실하게 전해졌다. 키미는 할머니 시노에게 한 거짓말 때문에 괴로워하고 있었다. 거짓말의 괴로움을 알면서도 토츠코가 거짓말을 하게 만든 것을 후회하고 있는 게 분명했다. 토츠코는 어떻게 대답해야 좋을지 몰랐다. 그저 이불 속에서 우물쭈물할 수밖에 없었다.

키미도 어색한지 이불 속으로 얼굴을 숨겼다.

"나……."

키미가 여전히 참회하는 듯한 말투로 말을 이으려다가 우물거렸다.

토츠코는 몸을 일으켜 키미의 얼굴을 마주 봤다. 평소와 다른 진지한 얼굴이었다.

"키미, 있잖아. 나 지금 엄청 즐겁고 기뻐."

키미가 눈을 동그랗게 뜨고 일어나 앉았다.

두 사람은 창백한 달빛이 들어오는 방 안에서 마주 보았다.

토츠코는 키미를 격려하고 싶었다. 무언가 말을 해주고 싶어…….

"그리고 키미가 말하고 싶지 않은 건 묻지 않을게."

시로네코도에서 몇 번이고 "무슨 일 있었어?"라고 키미에게 물었던 것을 토츠코는 후회하고 있었다. 어떻게든 그 마음을 전하고 싶었다.

키미는 이불을 걷어내고 자신의 무릎을 끌어안으며 고개를 숙였다. 표정이 딱딱하게 굳어 있었다.

키미는 토츠코에게 마음속 괴로움을 말해줬다. 얘기를 다듣고 난 토츠코가 제 나름대로 생각해서 내린 답은 하나밖에 없었다.

"할머니께 이야기하는 게 좋을 것 같아."

키미는 무릎을 안은 채로 움직이지 않았다. 잠시 후 키미가 토츠코를 흘끗 봤다. 눈에 눈물이 고여 있는 것처럼 보였지만 희미한 달빛 아래인 만큼 확실하지 않았다.

"만약 무서우면 내가 같이 가줄게."

"응."

키미가 작은 목소리로 대답했다.

"집에 돌아가면 할머니께 이야기할게. 토츠코, 고마워."

키미의 목소리가 한결 밝아진 듯했다.

보름달의 부드러운 빛이 방 안을 가득 채웠다. 어느샌가 토츠코와 키미는 잠이 들었다.

한밤중에 키미가 문득 눈을 떴다.

"토츠코……."

키미가 작은 목소리로 말했다.

"으응."

토츠코가 콧소리를 내며 잠에서 깼다.

"왜 그래?"

"미안, 그게 좀……."

키미의 절실한 표정을 보고 토츠코는 바로 알아챘다. 콜라를 너무 많이 마신 것이다.

　토츠코와 키미는 서둘러 화장실에 갔다.

　토츠코의 방에서 화장실까지는 그리 멀지 않았지만 복도를 20미터 정도 걸어가야만 했다.

　복도를 걸어 화장실에 들어가는 두 사람의 모습을 본 사람이 있었다. 숙직으로 한밤중에 마지막 순찰을 돌던 수녀님이었다. 손에는 등유 램프를 들고 있었다. 그 희미한 불빛을 토츠코도, 키미도 눈치채지 못했다.

　두 사람이 볼일을 보고 복도로 나왔을 때 수녀님에게 딱 걸렸다. 수녀님은 키미의 얼굴도 알고 있었다.

　수녀님은 그 자리에서 야단치지 않고 다음 날 아침까지 키미가 방에서 쉴 수 있도록 해주었다. 하지만 키미와 토츠코는 이불 속에서 한숨도 자지 못하고 밤을 새웠다.

　다음 날 아침 일찍 직원회의가 열렸다. 주요 의제는 토츠코가 꾀병으로 수학여행에서 빠진 것과 엄격한 금지 사항인 기숙사생 이외의 외부 사람이 기숙사에서 숙박한 것이었다. 두 가지 사항 모두 교칙에 위반되는 일이므로 토츠코에 대한 처분이 바로 정해졌다. 키미는 이미 퇴학한 상태라 처분 대상에서 제외된다는 것으로 회의는 마무리되었다.

식당에서 아침을 먹고 교장실에 가도록 수녀님의 지시를
받았지만, 토츠코도, 키미도 전혀 식욕이 없어서 몸단장만
한 후 교장실로 향했다.

"미안."

복도를 나란히 걷다가 키미가 토츠코에게 고개를 숙였
다. 기숙사에서 몰래 밤을 지낸 것에 대한 미안함인지, 토츠
코가 꾀병을 부려 수학여행에 빠지게 해서 미안하다는 것
인지, 아니면 한밤중에 화장실에 간 것에 대한 사과인지 알
수 없었다.

아마도 그 모든 것을 사죄하는 말이었을 테다.

키미는 풀이 죽어 초췌해진 모습이었다.

교장실에는 체격이 좋은 교장 선생님과 잘 어울리는 중후
한 분위기의 목제 책상이 놓여 있었다. 창문을 등지고 자리
한 그 책상에 교장 선생님이 앉아 있었다. 교장 선생님은 언
제나 표정을 읽을 수 없었다.

토츠코와 키미는 책상 앞에 자리한 소파에 나란히 앉았다.

토츠코는 교복, 키미는 후드티 차림이었다. 키미는 후드
티 소매 안에 손을 숨겼고, 토츠코는 오른손 검지를 왼손으
로 덮었다. 교칙에서 매니큐어를 금지하고 있었기 때문이다.

교장실에는 기숙사 사감인 히요코도 있었다.

토츠코는 몸을 내밀고 교장 선생님을 바라봤다.

"저……."

교장 선생님이 고개를 끄덕여 토츠코의 발언을 허가했다.

"제가 수학여행 기간에 기숙사에서 지내라고 제안했어요. 그러니까…… 사쿠나가는 잘못이 없어요."

토츠코의 변명을 들은 교장 선생님이 입을 열었다.

"히구라시 학생, 이유가 어떻든 외부인을 기숙사에 묵게 하는 건 금지되어 있습니다."

송구스러운 마음에 토츠코는 자세를 바로잡았다.

"히구라시 학생에게는 한 달 동안 매일 반성문 제출과 봉사활동 처분을 내립니다."

"네."

토츠코는 얌전히 고개를 끄덕였다.

옆자리에서 키미가 괴로운 표정을 지었다.

그런 키미의 모습을 보면서 히요코가 "교장 선생님"이라고 입을 열었다.

"사쿠나가 학생에게도 봉사활동을 내려주십시오."

교장 선생님은 조용히 고개를 저었다.

"사쿠나가 학생은 이미 본교 학생이 아닙니다."

히요코는 끈질기게 물고 늘어졌다.

"그렇다고 해도 사쿠나가에게도 속죄할 자리를 마련해주

십시오."

교장 선생님은 잠시 생각에 잠겼다.

토츠코와 키미는 말하자면 '공범 관계'였다. 키미만 벌을 받지 않는다면 그에게 괴로움만 줄 뿐이었다. 학교 내 규칙만으로 처분되는 것은 키미를 '배제'하는 것과 마찬가지였다.

결국 교장 선생님은 키미에게도 토츠코와 같은 '처분'을 새롭게 내렸다.

키미는 작게 한숨을 내쉬며 안도했다.

교내 어딘가에서 성가대가 노래하는 소리가 어렴풋이 들려왔다. 〈로사리오의 기도〉라는 성가였다. 성모 마리아의 기적을 찬양하는 노래다.

그 곡을 들으면서 키미는 완전히 진이 빠졌는지 소파에 몸을 깊숙이 파묻었다.

루이는 학교에 등교하는 길이었다. 최근 몸을 움직이면서 공부하면 더 효율이 오르는 기분이었다. 다만 방 안에서는 좀처럼 몸을 움직이는 게 쉽지 않아 학교 가는 길에 참고서를 읽으면서 걷기로 했다.

하지만 위험한 방법이기도 해서 자동차가 적은 주택가의 골목길을 골라 등하교하고 있었다.

루이는 오늘도 순조롭게 영어 단어를 머릿속에 집어넣

으며 걷고 있었다.

그러다가 문득 길가에 놓인 물건들에 눈길을 빼앗겨 걸음을 멈추었다.

길 한쪽에 소파가 놓여 있었다. 클래식한 디자인의 목제 팔걸이와 벨벳 소재의 앉는 면으로 이루어진 소파였다. 두 사람이 앉기에는 조금 작을 것 같았다. 그리고 소파 위에는 세계적인 전자 악기 브랜드 롤랜드의 키보드와 마이크와 코드가 놓여 있었다.

거기에 더해 '필요하신 분은 자유롭게 가지고 가세요'라고 적힌 종이가 붙어 있었다.

다시 말해 이 물건들은 단순히 버려진 게 아니라 다시 사용할 수 있는 것들이었다.

"앗싸!"

루이는 자신도 모르게 소리 내어 외쳤다.

지금까지 루이가 입수한 중고 키보드 중에 유명 브랜드 제품은 없었다. 루이는 키보드를 손에 들었다. 꽤 많이 사용한 흔적이 있었지만 고급 제품인 것만은 분명했다. 고장 나지 않았다면 토츠코가 연주할 수 있겠다는 생각에 루이는 활짝 웃었다. 토츠코는 처음 루이에게 빌려 간 작은 키보드로 계속 연주하고 있었다. 작은 키보드는 음량이 커지면 소리가 찢어지곤 했다.

루이는 소파를 살짝 들어봤다. 무게가 20킬로그램은 될 것 같았다. 어쩌면 혼자서 옮길 수 있을지도 몰랐다. 하지만 지금은 학교에 가야 했다.

소파를 포기하고 키보드와 마이크만 챙기면 이대로 학교에 가지고 가도 문제가 되지 않았다. 하지만 교회에서 연주할 때마다 키미와 토츠코가 마룻바닥에 앉아서 쉬는 모습이 루이는 늘 신경 쓰였다. 더구나 앞으로 날씨도 추워질 것이다. 만약 이 소파가 있다면 두 사람이 보다 편히 쉴 수 있을 거라는 생각을 떨칠 수 없었다.

루이는 고민 끝에 소파를 내놓았을 듯한 눈앞의 주택으로 향했다. 방과 후까지 물건을 보관해달라고 부탁하기 위해서였다.

집주인인 60대 남성은 물건을 보관해주었을 뿐만 아니라, 섬까지 옮길 거라는 말에 승합차에 물건들을 싣고 항구까지 태워다 주었다. 게다가 물건을 배에 싣는 것까지 도와주었다.

섬에 도착하자 이번에는 배를 같이 타고 온 이웃 아저씨가 소파를 교회 앞까지 옮겨주었다.

"이런 걸 뭐에 쓰려고?"라는 질문을 받으면 뭐라고 대답해야 할지 걱정했지만 아무도 묻지 않았다.

루이는 사람들의 친절에 감격했지만 그와 동시에 자신의 힘이 얼마나 부족한지 절실히 느꼈다.

이웃 아저씨와 함께 옮긴 소파를 혼자서 교회 안으로 들이려니 온몸이 비명을 내지르는 듯했다. 다리가 휘청이고 팔은 덜덜 떨렸다.

소파를 벽 쪽에 놓자 마치 처음부터 거기에 있었던 것처럼 교회와 조화롭게 어울렸다.

루이는 바로 마이크가 잘 작동하는지 확인했다.

컴퓨터에 연결해서 모니터를 보니 마이크에 음이 잡히는 것이 표시되었다. 고성능 키보드에 마이크. 라이브도 할 수 있을 만한 성능이었다.

루이는 흥분했다. 마치 하늘에서 내려주신 선물 같았다.

키보드를 시험 삼아 쳐보니 문제없이 온전한 음이 나왔다. 키보드 건반 중 하나 정도는 반응하지 않을지도 모른다고 생각했는데, 전혀 문제가 없었다. 토츠코도 기뻐해줄까?

그때 루이의 휴대폰 진동이 울렸다.

루이는 스마트폰을 사용하지 않았다. 엄마와 학교와 학원의 연락은 폴더폰만으로도 충분했기 때문에 스마트폰의 필요성을 느끼지 못했다. 고등학교 친구들과 메신저 앱으로 대화하는 일도 없었다.

하지만 노트북에는 메신저 앱을 깔아놔서 토츠코와 키미

와는 메신저로 연락을 주고받을 수 있었다.

"토츠코."

폴더폰을 확인한 루이가 중얼거렸다.

토츠코가 문자 메시지를 보낸 것이다.

'나랑 키미, 당분간 연습하러 갈 수가 없어. 미안해.'

루이는 머릿속이 물음표로 가득 찼다. 무슨 일이지? 이전에 뭔가 두 사람을 화나게 한 건 아닐까…….

곧장 이유를 물어보려고 했지만 무슨 말을 써야 할지 고민하다가 끝내 문자를 보내지 못했다.

루이는 두려웠다. 만약 이렇게 두 사람과의 관계가 끊겨 버리면……. 루이는 휴대폰을 손에 쥔 채 한동안 꼼짝도 할 수 없었다.

차창 밖으로 펼쳐지는 논밭 풍경이 아름다웠다. 지난한 여름이 지나고 겨우 가을 기운이 돌며 벼 이삭도 노랗게 변해가고 있었다. 얼마 지나지 않아 수확이 시작될 것이다.

토츠코는 본가에 가기 위해 신칸센에 탔다. 일반열차를 갈아타고 가면 저렴했지만 가는 시간이 두 배나 걸렸다.

"신칸센 타고 집에 와."

토츠코는 엄마 말을 듣기로 했다.

오랜만에 집으로 가는 길이었다. 학교에서 집으로 '꾀병으로 수학여행을 빠졌다'는 연락이 간 것이다. 토츠코가 엄마에게 전화를 걸어 죄송하다고 하자 엄마는 의외로 화를 내지 않았다.

"오랜만에 집에 한번 오렴."

그저 그렇게만 말하니 따르지 않을 이유가 없었다.

신칸센을 타면 약 한 시간 30분 정도 만에 집에서 가장 가까운 역에 도착했다. 역에서 도보 10분 정도 거리에 토츠코의 본가가 있었다.

토츠코네 집은 고급 주택가 지역에 있었다.

철근콘크리트로 지어진 지상 2층의 주택 건물은 호화 주택이 많은 동네에서도 큰 편에 속해 더 눈길을 끌었다.

건물 지하에는 발레 스튜디오가 있었다. 훌륭한 시설을 갖추고 있어서 이웃 주민들의 자녀가 여럿 다녔다.

토츠코의 할아버지는 선대께 물려받은 사업을 크게 성장시켜 부를 축적했다. 토츠코의 엄마가 결혼할 때 이곳에 땅을 사서 딸 부부와 함께 살았다. 토츠코의 엄마에게는 여동생이 있었다. 토츠코의 이모는 발레 콩쿠르에서 몇 번이고 입상할 정도로 재능이 있어서 할아버지는 지하에 스튜디오를 지어 이모에게 발레 교실을 맡겼다.

토츠코가 어렸을 때부터 발레에 빠져든 것은 살고 있는 집 지하에 발레 스튜디오가 있는 것도 한몫했다. 발레 교실은 두 살 반부터 다닐 수 있었다. 토츠코는 두 살 때부터 발레를 배우고 싶었지만, 이모는 토츠코가 네 살이 될 때까지 허가해주지 않았다. 우수한 발레리나였던 이모는 엄격한 지도자이기도 했다. 가족인 토츠코를 특별 대우해주는 일은 결코 없었다.

그래도 토츠코는 이모가 엄격하다고 느낀 적은 없었다. 발레는 즐거웠다. 다만 자라면서 자신의 춤이 다른 사람들보다 열등하다고 느끼게 된 후로 괴로워졌다.

토츠코가 초등학교 4학년 때 발레 교실을 그만둔 것은 선생님이었던 이모가 발레를 그만두라고 했기 때문이 아니었다. 자신과 다른 사람의 춤이 다르다는 것을 깨달았기 때문이다. 그걸 깨닫고 나자 춤을 출 수 없었다. 늘 수치심과 괴로움이 토츠코를 따라다니며 방해했다.

오랜만에 귀성한 토츠코는 집 앞 도로에 서 있었다. 거기에서 내려다보면 지하에 있는 발레 스튜디오가 보였다. 계단을 내려가면 작은 마당 같은 공간이 있고 벤치가 자리했다. 스튜디오 앞은 커다란 유리로 덮여 있어서 밖에서 발레 레슨을 견학할 수 있었다.

토츠코는 지하에 내려가지 않고 살짝 몸을 숨겨 교실 안을 들여다봤다. 초등학교 저학년으로 보이는 여자아이들이 발레 바에 손을 올리고 포즈를 취하고 있었다.

이모는 3년 전쯤 프랑스 남자와 결혼해 해외로 이주했다. 현재 교실을 맡고 있는 사람은 이모의 후배였고, 토츠코는 만나본 적이 없었다.

두꺼운 유리로 되어 있어 내부에서 지도하는 선생님의 목소리나 음악 소리는 들리지 않았다. 토츠코는 레슨을 받는 아이들을 보고 있는 사이에 또 한 번 괴로워졌다.

이곳 스튜디오에서의 쓰라렸던 기억이 되살아났다.

토츠코는 자신이 다른 아이들과 다르다는 것을 깨달은 순간이 있었다.

발레 바를 잡고 동작을 잇는 수업에서 있었던 일이었다. 그날 토츠코는 균형을 잃고 넘어질 뻔했다.

스튜디오에는 다음 레슨을 받기 위해 바닥에 앉아 스트레칭을 하는 언니들이 있었다. 언니라고는 해도 초등학교 고학년 정도에 불과한 아이들이었다. 그들은 넘어질 뻔한 토츠코를 보며 웃음을 터뜨렸다. 어린 토츠코는 언니들이 왜 웃는지 알 수 없었다. 그런데도 수업 내내 그 웃음이 신경 쓰여 언니들이 있는 쪽을 몇 번이고 바라봤다. 그럴 때마다 토츠코를 구경하는 언니들과 시선이 마주쳤다.

그들은 모두 똑같은 표정으로 웃고 있었다.

지금은 물론 제대로 춤을 추지 못하는 자신을 향한 비웃음이었다는 걸 알지만, 당시 어렸던 토츠코는 그 웃음의 의미를 알지 못했다.

그런데도 괴로웠다. 남들이 보고 웃는 것이 무서워졌다.

마음이 딱딱하게 굳으면서 오그라드는 느낌이 들었다.

토츠코의 마음속에 드리운 그늘은 차츰 커져만 갔다. 그래도 토츠코는 계속 춤을 췄다.

하지만 이전처럼 자유롭게 추지 못했다. 주의를 의식하기 시작한 것이다. 그 결과 깨달은 사실이 있었다. 자신은 춤을 잘 추지 못한다는 잔혹한 현실이었다.

그 현실을 깨닫게 만든 것이 '웃음'이었다.

사실 토츠코가 집에 돌아가지 않는 이유 중 하나에는 발레 스튜디오의 존재가 있을지도 몰랐다.

토츠코는 춤추는 소녀들을 보고 있는 사이에 문득 무언가를 깨달았다. 재미없다는 얼굴로 춤을 추는데도 잘하는 아이가 있는가 하면 잘 추진 못해도 즐겁게 퐁퐁 뛰면서 발레를 놀이로 여기는 아이도 있었다. 토츠코가 어렸을 때는 후자에 속했다.

몸을 숨기고 있던 토츠코는 계단을 내려가 교실 유리창 앞에 가까이 다가갔다.

"토츠코."

등 뒤에서 토츠코를 부르는 목소리가 들렸다.

뒤돌아보자 엄마가 계단을 내려오고 있었다.

토츠코는 엄마를 닮았다. 동그란 얼굴에 동그란 눈. 엄마는 못 본 사이에 살이 좀 찐 것 같았다.

"어서 와."

토츠코는 엄마를 마주 대하기가 겸연쩍어 잠시 시선을 피하다가 간신히 고개를 들고 기어드는 목소리로 대답했다.

"다녀왔습니다."

키미는 시로네코도에 있었다. 평일 오전 중에는 손님이 오는 일이 거의 없었다. 계산대 위에 기타를 두고 팽팽했던 기타 줄을 푼 후에 니퍼로 줄을 잘랐다.

오빠에게 기타를 받은 이후 키미는 한 번도 줄을 교체한 적이 없었는데 최근 들어 녹슨 부분이 눈에 띄기 시작했다. 어쩐지 소리가 어긋나는 것도 신경 쓰여 인터넷에서 찾아보니 2, 3주 간격으로 줄을 바꿔줘야 한다고 적혀 있었다.

벌써 1년 넘게 줄을 교체하지 않은 것이다.

하지만 줄을 교체한다고 해서 소리가 제대로 나올지 걱정이었다. 새로운 줄을 조율하는 데는 시간이 걸렸다. 그러면 얼마간 연주회에 참여할 수 없었다. 그래서 키미는 '이 시기'에 줄을 교체하기로 마음먹은 것이다.

반성문 제출과 쓰레기 줍기 봉사활동으로 일요일에 섬에 가서 연주를 할 수 없게 되었다. 반성문은 그렇게까지 시간이 걸리지 않겠지만 고코여고 주변 일대를 광범위하게 돌며 쓰레기를 줍는 일은 상당히 시간이 걸렸다. 키미와 토츠코는 평일에는 이른 아침에 고코여고 앞에서 만나 한 시간 정도 쓰레기를 주웠다. 일요일에는 아침부터 두 시간 이상 시간을 들여 넓은 범위를 청소하도록 지시를 받았다.

키미는 같은 학년 친구나 성가대 부원과 마주치는 것이 두려웠지만 워낙 이른 아침이라 얼굴을 아는 사람은 한 번도 만나지 않았다.

봉사활동을 하느라 섬에서 연주할 시간을 빼앗겼다. 그것은 키미 스스로도 의외라고 생각할 만큼 큰 상실감을 주었다. 토츠코와 쓰레기를 주우면서 교회에서의 연주와 루이나 작곡에 대해 얘기하는 일이 많았다. 키미는 아마 토츠코도 똑같은 상실감을 느끼고 있을 거라고 생각했다. 하지만 그런 말을 입 밖으로 내면 토츠코에게 괜한 걱정을 끼칠까 봐 굳이 말하지 않았다.

할머니 시노에게는 고코여고에서 돌아오자마자 모든 것을 털어놓았다. 시노는 조금 놀라기만 할 뿐 키미를 야단치지 않았다.

"그렇구나."

시노는 한숨을 내쉬며 중얼거리고는 작게 웃어 보였다. 다만 그 미소에는 슬픔이 녹아 있었다.

'왜 내게 상담조차 하지 않았을까?' 분명 그런 생각을 하고 있겠지. 시노는 키미의 좌절을 자신의 탓으로 돌리고 있을지도 몰랐다.

키미는 그렇게 생각하면서도 아무 말도 할 수 없었다. 거듭 죄송하다는 말밖에 나오지 않았다. 시노는 고개를 저으며 괜찮다고 미소 지었다. 그 미소가 키미의 마음을 더 아프게 했다.

"안녕하세요."

키미는 기타 줄 교체에 집중하느라 가게에 손님이 들어온 것도 몰랐다. 목소리가 들린 쪽으로 고개를 돌려 "어서 오세요"라고 말을 하려다가 멈칫했다.

책장 앞에 히요코 수녀님이 중고책을 다섯 권 정도 품에 안고 서 있었다. 학교에서와 마찬가지로 베일로 머리를 덮고 수녀복을 입고 있었다.

키미는 어찌할 바를 모른 채 당황했다. 아르바이트 중인 것을 야단맞진 않을까 불안해졌다.

하지만 히요코는 미소 지으며 다정하게 키미를 불렀다.

"사쿠나가 학생."

키미는 히요코의 그런 부드러운 웃음을 처음 보았다.

토츠코와 엄마는 발레 교실 앞 벤치에 나란히 앉았다.

"저기…… 죄송해요."

토츠코가 용서를 빌었다. 평소와는 다르게 기운이 없었다.

방학에 집에 오지 않아도 간섭하지 않고, 엄마나 아빠가 연락하는 일도 거의 없었다. 그것은 토츠코가 바란 일이기도 했다. 수도 생활에 들어가는 것의 일환이라고 부모님에게 부탁한 것이다.

그런 것을 '가족을 버리는 일'로 여기며 상처받는 부모도 있다고 토츠코는 어디선가 들은 적이 있었다. 하지만 토츠코의 부모님은 딸의 선택을 믿으며 그 뜻을 받아들였다. 그런데 그 믿음을 배반한 것이다.

"수학여행 안 간 거?"

"네."

"오랜만에 연락이 왔다 싶었더니."

엄마는 한숨을 내쉬었다.

"죄송해요."

엄마가 고개를 돌려 토츠코를 바라봤다. 토츠코는 이를 알면서도 엄마를 마주 볼 수 없었다. 부끄러웠다.

"토츠코."

엄마의 목소리가 다정했다.

토츠코는 그제야 겨우 엄마의 얼굴을 바라봤다. 엄마는 미소 짓고 있었다.

"멀미 때문에 버스를 잘 못 타니까 괜찮을지 걱정했어."

엄마는 토츠코를 걱정하면서도 굳이 연락을 하진 않았다. 딸과의 약속을 지킨 것이다. 그런 와중에 토츠코가 엄청난 교칙 위반을 저질렀다. 아프다고 거짓말하고 수학여행을 빠졌으니 야단맞는 게 당연했다.

엄마가 다시 한번 한숨을 내쉬었지만 어쩐지 그 한숨에는 웃음이 스며 있었다.

"감싸주고 싶을 만큼 친한 친구가 생겼구나."

토츠코는 아무 말도 할 수 없었다. 가슴이 먹먹했다.

"사실은 단단히 야단쳐야겠다고 생각했는데."

토츠코는 엄마의 다정한 미소를 보면서 눈물이 날 것 같았다. 하지만 울지 않았다. 울음을 터트리면 제 안에서 무언가가 흘러넘칠 것 같은 기분이었다.

엄마는 토츠코의 젖은 눈동자를 보다가 발레 스튜디오로 눈길을 돌리고는 활기찬 목소리로 말했다.

"저기 봐. 너무 귀엽지. 토츠코도 저랬어."

토츠코도 스튜디오로 눈을 돌렸다.

다양한 아이들이 있었다. 이제 갓 들어왔는지 주변 친구

들이 춤추는 것을 바라보기만 할 뿐 전혀 춤을 추지 않는
아이가 있었다. 그 앞에서 같은 학년처럼 보이는 아이가 깔
끔하게 한 바퀴를 돌았다. 살짝 자신만만해 보였다.

"기억나?"

토츠코는 고개를 끄덕였다.

"네."

잊으려고 해도 잊을 수 없는 기억이었다.

의외로 엄마는 무척 기쁜 목소리를 냈다.

"빙글빙글 도는 게 무척 즐거워 보였어."

토츠코가 주위 시선에 아랑곳없이 혼자서 춤을 추던 무
렵일 것이다. 즐거웠다. 춤추는 것이 그저 즐거웠다…….

푸른 '빛'을 두른 언니의 발레를 보았을 때 어린 토츠코
는 매료되었다. 언니처럼 되고 싶다고 생각하며 춤을 췄다.
순수하게 즐거웠다.

시간이 조금 지나서 언니는 발레 교실에 나오지 않았다.
해외의 유명한 발레 학교에 진학했다고 했다. 하지만 그 후
에 학교의 발레단에 들어가 무대에 서지는 못한 것 같았다.

학교를 중간에 그만뒀는지, 다른 발레단에 들어갔는지,
아니면 부상이라도 입었는지…….

토츠코는 언니에게 무슨 일이 있었는지 알지 못했다. 알
길이 없었다. 그토록 다른 사람을 매료시키는 춤을 추는 사

람도 좌절할 수 있다는 것이 슬플 뿐이었다. 어린 토츠코의 눈에도 언니는 춤을 즐기고 있는 것처럼 보였다. 춤추는 얼굴이 반짝반짝 빛났었다. 그런 부분도 토츠코가 매료된 이유 중 하나였다.

그런데 만약 그 언니가 일류 학교 안에서 열등감을 느끼고 발레를 즐길 수 없게 되었다면…….

그렇다면 무척 슬픈 일이겠지만, 그래도 토츠코는 언니가 어딘가에서 발레를 계속하고 있기를 바랐다. 옛날처럼 아름다운 푸른 '빛'을 이끌고 반짝반짝 빛나는 얼굴로 춤추고 있기를…….

시로네코도에는 자리에 앉아 천천히 책을 음미하고 싶은 고객을 위해 작은 테이블과 의자가 계산대 옆에 준비되어 있었다. 키미가 일하기 시작한 후로는 한 사람도 이용하지 않았는데, 히요코 수녀님이 그 첫 번째 손님이 되었다.

히요코가 안아 들고 있던 중고책 다섯 권은 전부 고전 명저의 번역서였다. 그중에서 구매할 책을 고르지 못해 곤란해하는 것 같아 키미가 자리로 안내했다. 히요코는 테이블 앞에 앉아 책을 읽기 시작했다. 책을 소중하게 다룬다는 걸 키미는 바로 알아봤다. 독서를 좋아하시는구나.

2층에는 싱크대가 있었다. 주거용 흔적이 남아 있는 것으로, 한때는 큰 사이즈의 가스레인지가 있었을 공간에 식기 선반이 놓여 있고, 싱크대 옆에는 작은 1구짜리 가스레인지가 있었다. 키미는 작은 주전자로 물을 끓여 머그잔에 뜨거운 물을 부었다. 가게의 식기 선반에는 캔에 든 인스턴트 레몬티가 있었다. 맛있어서 키미도 가끔 마시는 것이었다.

키미는 레몬티를 담은 머그잔을 가지고 1층으로 내려갔다.

히요코는 테이블 앞에 앉아 책에 푹 빠져서 책장을 넘기고 있었다.

테이블 위에 잔을 내려놓자 히요코가 고개를 들었다.

"고마워요."

히요코는 머그잔을 보고는 살짝 고개를 숙였다.

"흥미로운 책이 무척 많아서요."

서 있는 상태로 책을 다섯 권이나 읽으면서 비교하고 고르는 건 상당히 힘들 것이다. 키미가 테이블로 안내하자 히요코는 책을 두 권 더 가지고 왔다.

"아니에요. 많이 읽으셔도 돼요."

히요코는 웃으며 가볍게 인사하고는 다시 책을 읽기 시작했다.

키미는 계산대 안쪽으로 들어갔다. 기타 줄 교체는 이미 끝냈다. 손님이 있을 때 소리를 내며 조율하기는 어렵기 때문에 기타는 벽에 기대어 세워뒀다.

그 대신 계산대 위에 무선 A4 용지를 올렸다.

내일 아침 교장 선생님께 제출할 '오늘의 반성문'을 쓸 종이였다. 반성 내용은 반드시 수학여행에 관련된 것이 아니어도 괜찮았다. 그날그날 일상에서 느낀 반성할 일을 써내면 됐지만, 좀처럼 펜이 움직이지 않았다. 일하는 중간에 기타 줄을 교체한 것은 반성해야 할 일일까? 아무리 찾아봐도 그 외에 다른 일은 없었다. 장서를 책장에 진열하는 작업은 벌써 끝냈고, 가게 앞 청소는 물론이고 가게 안 먼지를 터는 일도 오전 중에 끝냈다. 도시락을 다 먹은 시각이 12시 30분이어서 남은 점심시간 동안 줄을 교환한 거라 '반성'할 일도 아니었다.

그렇게 따지면 매상이 거의 없는 이 가게에서 아르바이트비를 받는 것을 반성해야 할까? 아니…….

결국 키미는 기숙사에 무단으로 들어간 것에 대해 쓰기 시작했다. 그것은 토츠코가 거짓말을 하게 만든 것을 반성하는 일이기도 했다.

반성문은 A4 용지 한 장을 채울 정도의 분량으로 써야 했는데 반 정도 채웠을 때 히요코가 계산대에 책 한 권을 가지고 왔다. 다른 여섯 권은 테이블 위에 놓여 있었다.

"이 책으로 정했어요."

히요코가 한 권을 카운터에 내밀었다. 아동문학으로 분

류되어 있지만 아이들부터 어른들에게까지 사랑받는 고전 명작이었다.

"나머지 책은 카운터에 올려놓으시면 돼요."

테이블 위에 놓인 '선택되지 않은 책'을 키미가 가리켰다.

"그럴 수는 없어요. 제가 되돌려놓을게요."

히요코의 의연한 태도에 키미는 묵묵히 고개를 끄덕일 수밖에 없었다.

"감사합니다. 500엔입니다."

계산을 하고 수녀님이 고른 책 한 권을 종이봉투에 넣어 입구에 테이프를 붙였다.

"반성문인가요?"

히요코가 카운터에 놓인 쓰다 만 반성문을 봤다. 키미는 조금 부끄러웠지만 어차피 학교에 제출할 것이었다.

"네."

히요코는 반성문에서 눈을 돌려 키미를 바라봤다.

"반성문이라는 말은 조금 엄격한 표현이죠."

히요코가 의외의 말을 해서 키미는 말문이 막혔다. 교장 선생님에게 키미에게도 '속죄할 기회를 주십시오'라고 건의 한 사람은 다름 아닌 히요코였다. 그것은 키미에게는 구원 의 말이었다. 만약 토츠코만 '벌'을 받았다면 키미는 마음이 괴로워서 계속 힘들었을 것이다.

반성문에 큰 의미가 없다고 생각하는 걸까? 키미는 이런 생각을 하면서 히요코를 다시 바라봤다.

히요코는 고개를 살짝 기울여 생각에 빠진 표정이었다. 조금 즐거워 보이기도 했다.

"뭔가, 마음이 좀 가벼워질 만한……."

히요코는 고개를 더 갸웃거리며 생각에 잠겼다. 키미는 조용히 기다릴 수밖에 없었다.

히요코의 얼굴이 빛났다. 꽤나 즐거워 보였다. 히요코가 이런 표정을 짓는 것을 키미는 본 적이 없었다.

"마음속에 있는 것을 노래로 만들어보면 어떨까요?"

히요코의 말에 키미는 간이 떨어지는 듯했다. 조신하고 규칙을 철저히 지키면서 초연한 분위기를 풍기는 히요코를 키미는 별로 좋아하지 않았다. 그런데 사실 히요코는 규칙을 철저히 지키는 사람이 아니라 '규칙 같은 건 집어치워!' 같은 생각을 하는 유별난 사람이었던가…… 아니, 설마……. 키미는 시원스러운 태도의 히요코를 바라봤다.

"노래로……."

간신히 한마디만 내뱉고 키미는 멍하니 있었다.

그러자 히요코는 고개를 한 번 끄덕이고는 더욱 놀라운 발언을 이었다.

"히구라시 학생과 밴드를 결성했다고요?"

"아…… 네……."

그러자 히요코가 조금 허둥거리며 어깨에 메고 있던 가방에서 종이 다발을 꺼내 카운터에 놓았다.

"아 참, 잊고 있었네. 이걸 가지고 왔는데."

컬러풀한 전단지였다. 거기에 커다랗게 적힌 글자를 보고 키미는 어깨를 살짝 움츠렸다.

"오늘은 이 전단지를 근처 가게에 놓아두려고 찾아왔어요."

히요코는 뺨을 조금 붉히며 웃었다. 쑥스러워하는 웃음이었다.

"나도 참. 멋진 책에 마음을 빼앗겨선……."

키미는 전단지 한 장을 들고 중얼거렸다.

"성 밸런타인제……."

고코여고의 '성 밸런타인제'는 다른 학교의 축제 같은 가장 큰 이벤트였다. 반별로 다양한 체험 부스를 설치하고, 교정에는 천막이 줄줄이 세워져 추운 계절에 어울리는 따뜻한 식음료를 판매했다. 그리고 각 동아리도 작품을 내놓았다.

성가대는 성당에서 성가를 부른 후 체육관에서도 성가를 선보인다.

키미가 차기 부장으로 지명된 것도 성 밸런타인제 때 체육관 콘서트가 끝난 직후였다. 당시 부장이었던 선배가 '콘서트를 성공으로 이끈 제일의 공로자'라며 칭찬한 후 선언했다.

"다음 부장에 사쿠나가 학생을 강력히 추천합니다."

성가대원들뿐만 아니라 교장 선생님을 비롯한 고문 선생님들도 성대한 박수로 이를 받아들였다.

결코 그 자리에서 사퇴할 수 없는 어떤 압력이 느껴졌다.

그 순간부터 키미는 더 무거운 짐을 져야 했다.

전단지를 보면서 예전 기억을 떠올리고 있을 때 히요코가 이야기를 꺼냈다.

"매년 열리는 축제니까 사쿠나가 학생도……."

"네?"

히요코의 시선이 움직였다. 키미는 그 시선을 따라가지 않았지만 히요코가 무엇을 보고 있는지 알 수 있었다. 키미가 벽에 세워둔 기타를 보고 있는 게 분명했다.

히요코의 시선이 다시 키미에게 닿았다. 만면에 미소를 띤 채였다. 마치 장난을 계획하는 소녀 같은 표정이기도 했다.

"사쿠나가 학생……."

키미는 조금 두려움을 느꼈다. 히요코가 무슨 말을 할지 전혀 예상할 수 없었기 때문이다.

"히구라시 학생과 함께 나오지 않을래요?"

잠시 키미는 히요코가 한 말의 의미를 이해하지 못했다. 나온다? 토츠코와?

키미는 성 밸런타인제에 체육관에서 열리는 콘서트 이야

기라는 걸 겨우 이해했다. 콘서트에는 매년 밴드를 결성한 재학생과 졸업생이 무대 위에 올랐다. 재학생 참가는 해마다 줄었고, 졸업생 가운데 늘 참가하는 밴드가 메인 공연을 맡는 식으로 바뀌고 있었다.

하지만 키미는 재학생과 졸업생 이외의 '외부 밴드'가 참가한 경우를 본 적이 없었다.

"졸업생도 참가할 수 있으니까요."

히요코는 키미의 생각을 읽은 듯이 말했다.

"저는 졸업생은 아니라……."

키미가 중얼거렸다.

히요코는 표정 하나 변하지 않고 작게 고개를 가로저었다.

"사쿠나가 학생은 우리 학교를 졸업한 겁니다."

히요코는 똑바로 키미의 눈을 바라봤다.

"사쿠나가 학생 자신만의 타이밍에 말이죠."

키미는 마음이 혼란스러웠다. 히요코가 이렇게 파격적인 말을 할 줄은 꿈에도 생각하지 못했다. 히요코는 록 음악으로 비유하자면 '펑크'다.

흔들림 없이 곧게 바라보는 히요코의 시선을 견디지 못하고 키미는 고개를 떨궜다.

"사쿠나가 학생을 동경하던 친구들도 사쿠나가 학생이 건강하게 잘 지내고 있는 모습을 보고 싶어 할 거예요."

키미는 고개를 들 수 없었다. 아무에게도 알리지 않고 모든 것을 내던지고 도망쳐 나왔다. 그렇게 간단한 이야기가 아니었다. 아무렇지 않은 얼굴로 모두의 앞에 서는 일은 결코 할 수 없었다. 배신자가 받게 될 대가…… 증오, 혐오, 분노…….

"사쿠나가 학생은 거짓말을 했지요."

히요코의 말에 키미는 흠칫 몸을 떨었다. 거짓말……. 키미의 눈이 커졌다.

"할머니를 속이고 기숙사에 몰래 들어왔어요. 하지만 그 모든 것은 죄이면서 죄가 아니에요. 사쿠나가 학생은 그저 배려한 것일 뿐입니다."

키미는 고개를 들었다. 히요코의 시선은 여전했다. 강하고 다정한 눈빛이 키미를 감싸 안는 듯했다. 하지만 키미는 히요코의 다정한 말을 받아들일 여유가 없었다.

침묵으로 그 다정한 말을 거절하려고 했다.

그러자 히요코는 이해한다는 듯 고개를 작게 한 번 끄덕이고는 말을 이었다.

"사쿠나가 학생, 그 거짓말이 자신을 상처 입혔죠."

토츠코는 숲속 세 자매를 위한 선물을 잔뜩 사서 신칸센을 탔다. 키미와 루이에게 줄 선물도 사려고 했지만 집에

285

갔다 온 것을 키미가 알면 또 부담을 느낄 것 같아서 그만 뒀다. 루이는 봉사활동이 끝나야 만날 수 있었다. 유통기한 이 한 달이 넘는 과자는 별로 맛있어 보이지 않았기 때문에 역시나 사지 않기로 했다.

당일치기로 돌아가겠다고 하자 엄마는 의외로 실망한 표정이었고, 옆에서 듣던 아빠는 슬픈 얼굴로 깊은 한숨을 내쉬었다.

토츠코는 내일부터 수학여행을 꾀병으로 쉰 벌로 봉사활동을 해야 한다고 서둘러 설명했다.

저녁이 되자 운전을 별로 좋아하지 않는 아빠가 토츠코를 역까지 차로 바래다주겠다고 했다. 걸어서 갈 수 있으니 괜찮다고 토츠코가 몇 번이나 말해도 듣지 않았다.

역에서 헤어질 때도 말주변이 없는 아빠는 아무 말도 하지 않았지만 마지막에는 얼굴 가득 환하게 웃으며 팔이 떨어져 나갈 기세로 손을 흔들었다. 그리고 엄마는 "무슨 일이 있으면 바로 연락해"라고 말해주었다.

혼자 남게 된 토츠코는 눈물이 날 것 같았다. 우스꽝스러운 커다란 개가 그려진 티셔츠를 입고 폴짝폴짝 뛰듯이 손을 흔들어준 아빠, 그리고 "연락해"라고 말해주는 엄마. 엄마는 "집에 자주 오렴"이라고 말하고 싶은 걸 참았을 게 분명했다.

조금 전에 헤어졌는데 토츠코는 엄마, 아빠가 보고 싶었다.

"우리는 몇 번이고 다시 걸을 수 있어요."

키미를 똑바로 바라보는 히요코의 말에 단단한 힘이 들어가 있었다.

"이사야 43장 4절에 나오는 말씀입니다. '네가 내 눈에 보배롭고 존귀하며 내가 너를 사랑하니'."

키미는 그 다정한 말에 가슴이 뜨거워지는 것을 느꼈다. 널리 사람을 존중하는 마음. 그것은 분명 다른 사람뿐만 아니라 자신을 존중하는 일이라는 걸 히요코 수녀님이 말씀해주신 것이다. 다시 걷는다. 과연 할 수 있을까…….

9

이른 아침에는 숨이 하얗게 새어 나오는 날이 늘어났다. 짧은 가을을 지나 계절이 순식간에 겨울에 닿아 있었다.

토츠코와 키미의 봉사활동은 끊이지 않고 이어졌다.

길가에 쓰레기가 생각보다 많아 난처해하면서도 쓰레기를 줍는 집게를 사용하는 데 점점 익숙해졌다. 무엇보다 토츠코도, 키미도 수다를 떨면서 산책하는 기분으로 아침 시간을 보낼 수 있어 즐거웠다.

오늘은 토츠코가 집게 담당이고 그 뒤에서 키미가 쓰레기 수거용 비닐봉지를 담당했다. 토츠코가 감자칩 과자 봉지를 집게로 집어 "자" 하고 키미가 양손으로 펼쳐 든 비닐봉지에 넣었다.

처음에는 두 사람 모두 제각각 집게와 비닐봉지를 들고

쓰레기를 주웠지만, 이렇게 분담하는 편이 효율이 좋다는 걸 도중에 깨달았다.

그 정도로 길 위에 버려진 쓰레기가 많았다.

"오늘로 봉사활동도 끝이네."

토츠코는 한숨을 섞어 중얼거렸다. 키미와 매일 함께할 수 있었던 것이 기뻤다. 그리고 매일 아침 상당한 양의 쓰레기가 나오는 것을 실감했기 때문에 봉사활동이 끝나면 대체 이 대량의 쓰레기는 어떻게 될지 걱정도 되었다.

키미도 걱정되는 듯 봉지에 가득 든 쓰레기를 보면서 "응"하고 대답했다.

앞에서 걸어가던 토츠코가 걸음을 멈췄다.

"앗."

주민회관 앞에 있는 게시판을 본 것이다.

거기에는 고코여고의 '성 밸런타인제' 전단지가 붙어 있었다. 시로네코도에서 히요코가 키미에게 보여준 것과 똑같은 전단지였다.

전단지를 보면서 키미가 토츠코에게 나직이 말했다.

"히요코 선생님이 참가하지 않겠냐고 하셨어."

좀처럼 꺼내기 힘들었던 말을 겨우 털어놓는 듯한 말투였다.

"뭐?"

토츠코는 깜짝 놀란 목소리가 튀어나왔다.

히요코가 시로네코도에 와서 책을 샀다는 이야기는 키미에게서 들었다. 하지만 '성 밸런타인제'에 나오지 않겠냐고 제안한 건 처음 듣는 말이었다.

수학여행을 꾀병으로 빠지고 기숙사에 '외부인'을 끌어들인 토츠코와 기숙사에 몰래 들어간 '외부인' 키미의 밴드를 히요코가 교내 이벤트에 참가하라고 제안한 것이었다. 놀랍기만 했다.

키미가 말간 얼굴로 히요코의 말투를 흉내 냈다.

"여러분이 성가를 연주하는 거라면."

별로 비슷하지 않았지만 토츠코는 그 말과 연결되는 일을 떠올렸다. 언젠가 토츠코가 작곡을 하고 있다고 성당에서 밝혔을 때 히요코는 이렇게 말했다.

"바람직한 것, 아름다운 것, 진실한 것을 노래하는 음악이라면, 그것은 성가라고 할 수 있어요."

그 일을 떠올리면서 토츠코는 자신도 모르게 큰 소리를 내질렀다.

"진짜로?"

이건 행운이라고밖에는 설명되지 않았다. 예전에 루이가 "언젠가 어딘가에서 오리지널 곡을 관객 앞에서 선보이고 싶어"라고 말했던 것이 떠올랐다.

더없이 좋은 기회였다.

루이는 일요일 오전 중에 끝내기로 한 과제를 책상 앞에 앉아 풀고 있었다. 루이는 스스로 자제를 잘하는 편이라고 자부했지만, 이날만큼은 도무지 침착하지 못했다. 할당량을 마치고 재빨리 집을 나와 교회로 향했다.

그 길에 교회 열쇠를 받기 위해 타구치 집을 찾았다. 타구치는 굽은 허리를 펴면서 열쇠를 건네주었다.

"오늘은 몇 시쯤 끝날 것 같아? 6시부터 집사람이랑 같이 외출할 거라 아무도 없으니까 열쇠는 편지함에 넣어줘."

"네."

루이는 얼른 대답하고 종종걸음으로 교회로 향했다.

루이는 교회에 들어오자마자 오르간을 연주했다. 키미의 곡을 편곡하고 싶다고 생각하는 사이에 절묘한 아이디어를 얻었다. 곡을 조금 추가해야 하나 전체적인 이미지를 무너뜨리지는 않을 것 같았다. 연주해보니 역시 괜찮았다. 추가한 구절은 키미가 시로네코도에서 몇 번이고 연습했던 〈아베마리아〉의 후렴 부분이었다. 그 부분을 키미의 곡에 살짝 얹었다. 물론 편곡을 더 해야 하지만 키미가 작곡한 곡의 분위기와 어울릴 것 같았다. 오르간으로 코드를 연주한 것을 마이크로 녹음했다. 그것을 스피커로 들으며 테레민을 준비해서 주선율을 연주해보았다.

한 달을 꽉 채워 편곡했기 때문에 전체 흐름도 정돈되었다. 키미의 맑은 노랫소리와의 하모니는 분명 최고일 것이다.

"루이!"

루이는 편곡에 열중하느라 선착장에 마중 나가기로 한 것을 완전히 잊고 있었다.

토츠코와 키미는 루이가 오기를 기다리지 못하고 바로 교회로 올라왔다.

교회 입구에 두 사람의 모습이 보였다. 한 달 만에 보는 키미와 토츠코는 변한 게 없었다. '당분간 연습하러 갈 수 없어'라는 메시지를 토츠코에게서 받고 루이는 이유를 묻기가 두려웠다. 하지만 토츠코가 바로 장문의 이유를 써서 보내줬다. 메시지를 읽으면서 루이는 안심하는 동시에 자신도 모르게 중얼거렸다.

"한 달이라니 너무 길다."

그 후 키미에게서도 연락이 왔다. 키미는 '미안'이라는 한마디뿐이었지만 루이가 '한 달 동안 키미의 곡을 조금 편곡해도 될까?'라고 확인 메시지를 보내자 '잘 부탁해'라는 답장이 왔다.

빨리 편곡한 곡을 키미와 토츠코에게 들려주고 싶었다.

루이의 야심작이었다.

키미와 토츠코의 모습을 보고 루이는 펄쩍 뛰어오르며 기쁨을 폭발시켰다.

더 이상 억누를 수 없는 흥분으로 루이는 두 사람에게 전속력으로 달려갔다.

한번 풀어진 기쁨을 주체하지 못하고 루이는 양팔을 크게 벌려 키미와 토츠코를 끌어안았다.

"오랜만……."

"우와아!"

토츠코의 말이 루이의 환희 섞인 외침에 끊기고 말았다.

키미와 토츠코는 루이가 너무나도 기뻐하는 모습에 당황했다. 두 사람 다 포옹은 익숙하지 않았다. 심지어 남자와 안아본 경험은 전혀 없었다.

곧 루이도 두 사람이 당황하는 것을 깨닫고 안고 있던 팔을 풀었다. 조금 부끄러워진 듯했지만, 루이는 계속해서 기쁨을 억누르지 못했다. 루이는 토츠코와 키미의 손을 잡았다. 그걸로 끝이 아니라 잡은 손을 아래위로 흔들면서 폴짝폴짝 뛰며 뱅글뱅글 돌기 시작했다.

"드디어 만났어! 오랜만이야! 와아아!"

함께 뱅글뱅글 돌면서 토츠코는 "응응" 하며 루이에게 맞장구를 쳐줬지만, 키미는 너무 생소한 상황에 말을 잃었다.

겨우 루이의 흥분이 가라앉아 폴짝거리며 뛰기를 멈췄다.

"잘 지냈어?"

루이의 질문에 토츠코는 고개를 끄덕였지만, 키미는 뻣뻣하게 굳은 채였다. 아무것도 귀에 들어오지 않는 듯했다.

안정을 되찾은 루이가 토츠코에게 비록 주워온 것이지만 새로 생긴 키보드를 선보였다. 루이는 곧장 토츠코를 옆에 앉히고 조작 방법을 가르쳐주었다.

토츠코가 키미를 흘끗 바라봤다. 키미는 새로 갖다 놓은 앤티크처럼 보이는 멋진 소파에 멍하니 앉아 있었다. 시선은 똑바로 정면을 향해 있었지만 그 눈은 아무것도 보고 있는 것 같지 않았다. 무슨 일이지? 토츠코가 키미를 살피고 있을 때 갑자기 루이가 고개를 깊이 숙였다.

"봉사활동 수고 많았어."

아무래도 루이는 아직 조금 흥분 상태인 듯했다. 머리를 지나치게 많이 숙인 데다가 평소보다 목소리도 컸다.

"반성문 엄청 많이 썼어."

토츠코가 대답했다.

"응응, 그랬구나."

루이가 고개를 크게 끄덕였다.

토츠코는 지난 한 달 동안의 일을 이어서 이야기했다.

"그리고 〈수금지화목토천 아멘〉의 두 번째 곡 같은 걸 만들고 싶은데……."

새로운 곡을 쓰고 싶다는 생각만 했지 곡이 떠오른 것은 아니었다. 그다지 별일은 없었다 싶어서 토츠코는 루이에게 물었다.

"루이는 어땠어?"

루이는 천장을 올려다보며 잠시 생각에 잠겼다.

"음, 나는 학원에 다니고, 모의고사도 쳤고……."

지루한 표정으로 이야기하던 루이의 얼굴이 순간 다시 밝아졌다.

"아, 참. 키미가 만든 곡에 살짝 몇 소절 더해봤어."

토츠코가 소파에 앉은 키미에게 시선을 돌렸다. 키미는 자신의 이름이 나오자 깜짝 놀라며 눈을 크게 떴다. 마치 꿈속에라도 들어가 있는 것 같았다.

"듣고 싶어!"

키미의 말에 루이가 노트북을 준비해서 몇 소절 추가한 키미 작곡, 루이 편곡의 작품을 선보였다.

노트북을 앞에 두고 바닥에 세 사람이 나란히 앉았다. 루이가 가운데에서 노트북을 조작하고, 그 오른쪽에 토츠코, 왼쪽에 키미가 앉았다.

루이가 재생 버튼을 누르자 키미의 제목은 미정인 익숙한 멜로디의 곡이 흘러나왔다. 어딘가 쓸쓸하지만, 맑고 깨끗한 아름다움이 느껴지는 선율이었다.

잠시 후 루이가 더해 넣은 소절이 흘러나왔다.

"♪라라 ─ 리라 ─♪"

악기가 아니라 루이가 직접 애드리브로 부른 멜로디였다. 노래하는 목소리가 부드러웠다.

갑자기 토츠코는 어떤 이미지가 떠올랐다. 둥글고 푸른 지구. 〈수금지화목토천 아멘〉을 작곡할 때 모티브가 되었던 키미의 푸른 행성이 머릿속에 그려졌다.

푸른 지구가 음악에 맞춰 조용히 회전한다. 조금 슬프게. 그런데 문득 여리고 투명한 초록 띠가 나타났다. 그러더니 푸른 행성을 휘감았다. 초록 띠가 부풀어 오르며 푸른 행성을 살짝 감쌌다.

키미와 루이의 '색'이었다. 두 사람이 만든 곡이 토츠코에게 그런 이미지를 보여준 것이다.

처음 섬의 교회를 방문한 날, 루이가 테레민으로 〈아베마리아〉를 연주하고 키미가 기타로 합주를 했었다. 그 연주를 다시 떠올리기만 해도 토츠코의 머릿속에 파랑과 초록의 '색'이 나란히 발레리나처럼 회전하는 이미지가 떠올랐다. 그것은 토츠코에게 최고의 기쁨을 가져다주었다. 그런데 지금은 달랐다. 틀림없이 훌륭했지만 무언가가 달랐다. 토츠코는 그것이 무엇인지 알 수 없었다.

"조금 슬픈 느낌이 들어서."

나직이 루이가 중얼거렸다.

슬프게 느껴진 키미의 멜로디를 감싸 안듯이 루이의 애드리브가 섞여간다. 그의 애드리브가 멜로디를 공중으로 날아올렸다. 아름다웠다.

두 사람의 '색'은 서로 조화를 이루며 녹아들어 높이 솟아올랐다.

토츠코는 루이의 옆모습을 바라봤다. 투명감이 느껴지는 아름다운 초록. 곧이어 키미에게로 시선을 돌렸다. 맑은 코발트블루. 두 사람의 '색'이 공명하며 하나의 곡을 만들어냈다.

이런 감각은 자신만 느끼고 있는 걸까? 이 곡의 훌륭한 부분을 누구나 '귀'로 느낄 수 있는 걸까?

토츠코는 두 사람의 얼굴을 몇 번이고 번갈아 봤다.

두 사람은 놀라움과 동시에 곡에 매료된 듯한 표정이었다.

아마 두 사람도 멜로디와 멜로디가 섞이며 탄생한 아름다운 하모니에 감동했을 거라고 토츠코는 생각했다.

섬에서 나오는 마지막 배에 오른 후 토츠코는 키미를 보며 중얼거렸다.

"밤이네."

해가 지는 시간이 최근 한 달 사이에 빨라졌다. 밤의 바다는 유난히 더 검고 거대해 보여서 토츠코는 조금 무서웠다. 하지만 오늘 밤은 달랐다.

그날, 키미와 함께 기숙사 침대에서 본 것과 닮은 창백한 달빛이 바다 위를 부드럽게 비추고 있었기 때문이다. 환상적인 아름다움이었다. 본토가 가까워지자 바다 위에 마을의 불빛이 다양한 색과 형태로 반사되며 흔들렸다.

토츠코도, 키미도 묵묵히 그 아름다움에 빠져들었다. 키미와 루이가 만든 곡이 머릿속에서 재생되면서 무척 기분이 편안하고 좋았다. 이 기분을 무너트리고 싶지 않았다. 분명 키미도 같은 기분일 거라고 확신했다.

토츠코는 그날도 뱃멀미를 하지 않았다.

10

—

　이후로 매주 일요일에 아침 첫 배로 섬의 교회에 갔다가 마지막 배 시간이 아슬아슬할 때까지 연주 연습을 했다. 세 사람은 고코여고 성 밸런타인제 콘서트에서 밴드로 참가하기 위한 연습에 혼신을 기울였다. 다만 토츠코와 키미는 최고의 명문 고등학교 3학년에 재학 중인 루이의 대학 입시가 신경 쓰일 수밖에 없었다. 토츠코가 입시 이야기를 꺼내면 루이는 마치 다른 사람 이야기인 것처럼 "입시 공부 힘들지" 같은 말을 중얼거릴 뿐 진지하게 이야기하지 않았다. 아무래도 지원하는 학교를 별로 말하고 싶지 않은 듯해서 이후 그와 관련된 이야기는 하지 않게 되었다.

　토츠코는 고코여자대학에 진학하기로 했다. 부속 고등학교에서 내부 진학하는 것이라 외부 입시만큼 치열하지는 않아서 내부 시험 점수와 내신 성적으로 이미 합격이 정해져 있었다. 대학에 진학하면서 동시에 수도회에 참가하는 것도 고려 중이었다. 대학에서 교사 자격을 얻는 동시에 신앙의 길을 걷겠다고……. 다시 말해 수녀이면서 국어 선생님이기도 한 히요코 같은 사람이 되고 싶었다.

대학에는 가지 않고 수도회에 들어가 신앙만을 지키며 살아가고 싶은 마음도 없지 않았지만, 집에 돌아갔을 때 엄마에게 상담했더니 이런 조언이 돌아왔다.

"토츠코는 무언가에 열중하면 엄마가 무슨 말을 해도 소용없잖아? 하지만 망설여진다면 한마디만 할게. 스스로 길을 좁히지 않는 편이 좋아. 사람은 변하기 마련이니까."

엄마는 아마도 토츠코가 발레에 열중하다 좌절했던 때를 마음속에 두고 있는 모양이었다. 갑자기 하늘에 퍼지는 먹구름처럼 토츠코의 머릿속에 발레 스튜디오에서 혼자만 춤을 출 수 없게 되었던 일이 떠올랐다. 아직 어렸지만 마음이 작게 오그라들어 아무것도 할 수 없던 괴로움이 여전히 토츠코를 괴롭혔다. 그리고 언니들의 차가운 시선과 비웃음도…….

키미는 시로네코도에서 아르바이트를 계속하겠다고 말했다. 그러고는 문득 중얼거렸다.

"밴드도 계속할 수 있을까?"

"계속할 수 있을 거야, 반드시 그럴 거야."

토츠코는 그렇게 말은 했지만, 대학과 수도회 활동을 동시에 하면서 지금처럼 연습을 오갈 수 있을지 의문이 들었다. 무엇보다 섬에는 대학이 없었다. 루이가 본토에 있는 대학에 진학하면 섬을 떠나 살게 될 것이다. 그런 상황에서도 밴드를 계속할 수 있을까? 섬의 교회를 계속 빌려 사용할 수 있을까?

토츠코는 키미를 불러내 시로네코도가 있는 상점가의 이벤트 공간에서 열린 특설 크리스마스 마켓에 함께 갔다.

다음 일요일이 올해 마지막 연습 날이었다. 연주회 후에 간소하게 크리스마스 파티를 하기로 해서 과자와 선물을 사러 나온 것이었다.

마켓에는 사람이 가득했다. 과자는 크리스마스 분위기에 맞춰 산타 부츠에 이것저것 담긴 세트로 정했다.

하지만 선물 고르기는 어려웠다. 세 사람에게 제각각 하나씩 돌아가도록 작은 선물을 준비하려고 했지만, 자신에게 줄 선물을 고르는 것은 별로 즐겁지 않았다.

키미도 같은 기분인지 가판대에 진열된 다양한 종류의 크리스마스 선물을 눈으로만 구경할 뿐 손을 뻗지 않았다.

그러다 토츠코와 키미가 동시에 걸음을 멈췄다. 테이블

가득 스노볼이 진열된 가게가 있었다. 전부 크리스마스를 모티브로 디자인한 스노볼이었는데, 다양한 취향을 담아 재미있었다. 손에 들고 흔들어보니 잠겨 있던 가루눈과 반짝이가 흩날리는 모습이 아름다웠다. 컬러풀한 반짝이에 두 사람은 마음이 사로잡혔다.

스노볼을 하나씩 들어보며 토츠코가 감탄했다.

"예쁘다."

"응."

키미도 토츠코가 손에 든 스노볼 안을 들여다봤다.

볼 안에는 복슬복슬한 털을 가진 대형견이 산타 모자를 쓰고 눈 내리는 풍경 속에서 혀를 날름 내밀고 있었다. 게다가 산타 모자를 쓴 개는 피아노를 연주하고 있었다.

살갑고 사람을 잘 따를 것처럼 웃는 모습이 누군가를 떠올리게 했다.

"루이랑 닮았어. 귀여워!"

토츠코는 자신도 모르게 큰 소리를 내고 말았다.

분명 닮은 것 같은데 키미는 별다른 반응을 보이지 않았다. 그저 묵묵히 스노볼만 바라보고 있었다.

토츠코는 키미의 모습이 평소와 다르다고 생각했다. 언제나 시원스러운 키미가 어쩐지 이상했다. '색'은 평소와 다름없이 아름다운 코발트블루인데…….

어쩐지 붉은빛 같은 것이…….

키미의 얼굴이 붉게 물들어 있었다.

그리고 왠지 곤란한 듯한 표정이었다.

토츠코가 키미에게 제안했다.

"있잖아, 이거 크리스마스 파티 때 우리 같이 루이에게 선물할까?"

스노볼을 키미 앞으로 내밀자 키미가 자세히 들여다봤다.

역시 얼굴이 붉었다. 키미는 토츠코의 시선에서 도망치듯 고개를 숙이고는 가는 목소리로 대답했다.

"응."

무슨 일이 생긴 것 같긴 한데 키미의 표정이 어쩐지 기쁜 듯하면서도 쑥스러워 보여서 귀여웠다. 대체 키미에게 무슨 일이 일어났는지 토츠코는 알 수 없었다.

"키미?"

토츠코가 부르자 키미는 부끄러운 듯 웃으며 토츠코 쪽을 바라봤다.

키미의 얼굴이 붉었다. 금방이라도 터질 것만 같았다.

그 순간 토츠코의 머릿속에 어떤 이미지가 펼쳐졌다. 그것은 스노볼 안의 반짝이 같았다. 키미의 코발트블루색 반짝이가 흩날리며 춤을 췄다.

아름답고 귀엽고 기뻐서 어찌할 줄 모르면서도 불안해

보이고 가련하고 애처로운…….

그것이 키미의 어떤 감정을 드러내는지 토츠코는 몰랐다. 그런 기분을 경험해본 적이 없었기 때문이다.

토츠코는 평소와 다르게 지난밤에도 제대로 잠들지 못했다. 하지만 기분은 나쁘지 않았다.

밤새도록 지금까지 한 번도 본 적이 없었던 키미의 모습을 생각했다. 집으로 돌아가는 노면전차 안에서는 평소의 키미로 돌아왔지만, 크리스마스 마켓에서 본 모습은 역시 특별한 인상을 남겼다. 그것은 무엇이었을까…….

밤새 생각하는 사이에 몇 가지 신경 쓰이는 일이 떠올랐다. 토츠코와 키미와 루이가 처음으로 시로네코도에서 만났던 그날, 토츠코는 키미와 밴드를 하고 있다는 둥 입에서 나오는 대로 거짓말을 했다. 거기에 더해 루이에게 그 가상의 밴드에 들어오지 않겠냐고 제안했다. 그랬더니 루이는 들어오고 싶다고 말했다. 토츠코가 제일 놀란 것은 키미가 "하고 싶어"라고 단번에 말한 것이었다. 토츠코는 키미에게 웃음을 사고 밴드 이야기는 그걸로 끝날 줄로만 알았다.

루이가 들어오겠다는 말에 키미가 밴드를 하고 싶다고 생각한 건 아닐까.

교회에서 루이가 〈아베마리아〉를 테레민으로 연주했을

때, 키미는 기타를 꺼내 들고 루이와 합주했다. 그 적극성도 의외였다. 두 사람의 연주가 딱 맞아떨어졌을 때 토츠코에게 보였던 두 사람의 '색'의 하모니. 키미가 만든 곡에 루이가 편곡을 더하면서 완성된 초록과 파랑 '색'의 아름다운 어울림……

또 어제 쑥스럽고 난감하고 행복해 보였던 키미의 모습. 토츠코는 키미가 발산하는 독특한 감정을 온몸으로 느꼈다. 그것은 토츠코에게만 보이는 '색'과 닮아 있었다.

토츠코는 아직 경험해본 적이 없었지만 조금은 동경하게 되는……

너무 멋져!

이른 아침 기숙사 식당에서 사쿠가 토츠코의 귀성 선물인 명란젓을 가지고 와서 밥을 한 그릇 더 먹는 바람에 스미카에게 놀림을 받았다. 한편 스미카는 토츠코의 귀성 선물인 톤코츠 컵라면을 소중히 아껴두었다가 '바로 지금이야!' 싶은 순간에 먹을 거라는 계획을 밝혔다.

"그러고 보니 토츠코를 톤코라고 부르게 된 것도 작년 정월 선물로 톤코츠 컵라면을 받아서 아니야?"

시호가 문득 생각났다는 듯이 말을 꺼냈다.

하지만 키미에 대한 생각에 빠진 토츠코의 귀에는 숲속 세 자매의 아침 식사 수다가 전혀 들어오지 않았다.

12월 말이 되자 몹시 추워졌다. 11월 이른 아침과 비교가 안 될 정도로 기온이 내려가 입을 벌릴 때마다 하얀 입김이 나왔다.

루이는 교회에서 크리스마스 파티와 연습 준비를 했다. 종이로 만든 고깔모자를 세 개 준비해서 교회 구석에 숨겨 뒀다. 케이크는 조금 무리해 직접 만들었다. 케이크를 만든 것은 처음이었다. 인터넷에서 '부쉬드노엘' 만드는 법을 검색해서 반나절에 걸려 모양을 흉내 냈다. 하지만 인터넷에 올라와 있는 사진과 비교하면 찌그러진 형태였다. 그래도 그럭저럭 '크리스마스 통나무'처럼 보였다. 거기에 균일가 판매점에서 사 온 장식을 케이크에 올렸다.

장식을 하고 있을 때 켜두고 흘려듣던 라디오에서 일기 예보가 흘러나왔다.

"저녁부터 밤에 걸쳐 눈이 오는 지역이 있겠습니다."

루이는 창가에서 바깥 상황을 살폈다. 하늘에 구름이 가득해서 해가 보이지 않았다. 기온도 상당히 낮아서 눈이 내릴 가능성이 높았다. 하지만 지금까지 섬에 폭설이 온 적은 거의 없었다. 눈이 쌓인 건 루이가 초등학교 무렵에 딱 한

번 있었을 뿐이었다.

그런데도 배 운항이 상당히 늦어졌다.

시계를 보니 낮 12시가 지나 있었다. 키미와 토츠코에게도 알려두려고 전화를 걸었다.

하지만 이미 배를 탔는지 전파가 닿지 않았다.

작은 크리스마스트리와 산타 인형을 창가에 두고 준비해뒀던 전기난로를 제일 강하게 켰다. 아침 일찍부터 난로를 켜둬서 교회 안은 꽤 훈훈했지만 약하게 틀면 금방 냉기가 스며들어왔다. 오늘은 정말 기온이 뚝 떨어져 있었다.

토츠코와 키미는 섬으로 향하는 배 위에 나란히 앉아 있었다. 배를 타는 건 이미 익숙해져서 토츠코는 멀미를 두려워하는 모습도 보이지 않았다.

짙은 구름이 가득해서 당장이라도 무언가 쏟아져 내릴 것 같은 하늘을 보며 토츠코가 휴대폰을 꺼내 들었다. 날씨를 확인하려고 했지만 역시나 전파가 잡히지 않았다.

토츠코는 구름 낀 하늘을 바라보는 키미의 모습을 힐끔 살폈다.

크리스마스 마켓에서 보였던 불안정한 모습은 온데간데없었다. 시원스러운 용모는 평소처럼 아름다운 코발트블루의 '색'이었고 붉은빛으로 뺨을 물들이지도 않았다.

그렇지만 평소와 다르게 그 옆모습에 두근거리는 듯한

기대가 엿보였다.

교회에 도착한 후 크리스마스 분위기에 맞춰 토츠코가
오르간 페달을 밟으며 단골 크리스마스 캐럴인 〈징글벨〉을
연주하고 세 사람이 함께 노래했다.
그러다 토츠코가 갑자기 자세를 바로잡고는 말했다.
"자, 이제 연습할까."
키미와 루이는 바로 악기를 준비하기 시작했다.

고코여고의 성 밸런타인제에 출연하기로 정해진 후 세
사람이 작곡한 곡을 다듬는 작업을 하면서 루이는 고민에
빠졌다.
곡은 거의 완벽하게 다듬었지만 제목과 가사를 전혀 붙
이지 못해 연주에 들어가기 전 키미와 토츠코에게 울며 매
달렸다.
"제목, '반성문'은 어때?"
키미가 갑자기 평소와 다른 태도로 먼저 말을 꺼내 토츠
코는 의외라고 여기면서, 그 말투가 히요코 수녀님과 비슷
하다고 생각했다.
시로네코도를 방문했던 히요코가 키미에게 '반성문'을 노
래로 만들어보면 어떻겠냐고 제안했던 이야기가 생각났다.

"바람직한 것, 아름다운 것, 진실한 것을 노래한 곡은 전부 성가라고 수녀님이 말씀하셨어."

토츠코도 히요코가 했던 말을 전했다.

루이는 잠시 생각하다가 노트에 '반성문 — 바람직한 것, 아름다운 것, 진실한 것'이라고 써넣었다.

"이 제목 왠지 마음에 들어."

루이는 눈을 감고 잠시 고개를 젖혀 얼굴을 천장으로 향했다가 곧 큰 한숨을 내쉬었다.

"하지만 역시 가사는 안 떠올라!"

한탄하는 모습을 본 키미가 의외의 제안을 했다.

"루이의 곡을 들으면서 떠오른 글이 있어. 내가 써볼게."

키미는 다음 날 가사를 써서 메신저로 보내왔다. 무려 가사에 'GOD almighty'가 들어가 있어서 토츠코는 어쩐지 기뻤다.

그리고 가사의 마지막 한 구절. '내가 너를 사랑하니'는 성경의 유명한 구절 이사야 43장 4절에서 인용한 듯했다. 키미도 종교 수업에서 주리 수녀님에게 배웠을 게 분명했다. 자신을 사랑하고 긍정하라는 성경의 가르침이라고 이해하고 토츠코가 종종 떠올리는 구절이었다.

그러다 문득 키미가 볼을 붉히며 머뭇거리던 모습이 생각났다.

'내가 너를 사랑하니'라는 가사 앞에 있는 '외쳐봐 마음의 목소리'라는 가사에 키미의 마음이 담겨 있는 듯해 애틋한 기분이 들었다.

그러다 키미가 보낸 메시지의 마지막 부분을 읽고 토츠코는 그 자리에 얼어붙었다. 거기에 이렇게 적혀 있었다.

'루이랑 토츠코도 각자 이 곡의 2절, 3절을 작사해줘.'

시간이 좀 걸리긴 했으나 루이와 토츠코도 〈반성문 — 바람직한 것, 아름다운 것, 진실한 것〉의 2절과 3절 가사를 드디어 완성했다. 하지만 성 밸런타인제 콘서트에서는 세 사람이 만든 곡을 한 곡씩 연주하기로 했기 때문에 루이는 키미의 가사만 선보이겠다고 미안하다는 듯이 말했다.

곡을 연주하는 순서도 정했다. 첫 곡은 루이의 〈반성문 — 바람직한 것, 아름다운 것, 진실한 것〉. 이어서 키미의 〈걷다〉. 그리고 마지막으로 토츠코의 〈수금지화목토천 아멘〉으로 정했다.

크리스마스의 연습은 무대에 올릴 순서대로 처음으로 연주해보았다. 세 사람 모두 기합이 잔뜩 들어가 있었다. 실제로 지금까지 연습한 날 중에 가장 밀도 높고 열기가 담긴 연주였다.

세 사람 모두 교회의 창밖에서 눈송이가 하나둘 떨어지

기 시작한 것도 눈치채지 못했다.

〈수금지화목토천 아멘〉을 연주할 때 루이가 "토츠코"하고 불러서 잠시 연주를 멈췄다.

루이가 토츠코 옆으로 와서 키보드의 스위치 중 하나를 가리켰다.

"마지막 여덟 소절에서 이 스위치를 조금씩 오른쪽으로 돌려봐."

키보드 상단에는 여러 개의 스위치가 복잡하게 배치되어 있어서 잘못 건드렸다가는 갑자기 피아노에서 색소폰 소리가 나오기도 했다. 괜히 건드렸다가 문제가 생길까 봐 무서워서 토츠코는 절대 만지지 않도록 조심했을 정도였다. 하지만 루이가 지시를 내렸으니 안 할 수 없었다.

"이거?"

토츠코는 손이 닿지 않게 조심조심 가리켰다.

루이가 끄덕였다.

"기억할 수 있을까."

토츠코는 더욱 불안해졌다.

"그럼 스티커를 붙여둘게."

루이는 바로 주머니에서 스티커를 꺼냈다.

키미는 혼자 같은 소절을 반복하는 기타 리프를 연습하면서 작은 목소리로 노래했다.

"♪수금지화목토천 아멘♪"

즐거워 보였다.

예정했던 오후 3시가 지나 연습을 끝냈다. 아무리 연습해도 부족한 것 같았다. 세 사람 모두 같은 기분이었다. 하지만 동시에 어쩔 줄 모를 만큼 너무 즐거웠다. 아무도 "잠시 쉬자"라고 말하지 않을 정도였다.

그래서 시계를 보고 오후 3시 30분이 지난 것을 눈치챈 루이가 "아" 하고 탄식한 순간 토츠코와 키미도 한숨을 내쉬고 말았다. 그래도 역시 크리스마스 파티는 하고 싶었다. 섬에서 나가는 마지막 배가 오후 6시에 출항하니 파티를 할 수 있는 실질적인 시간은 한 시간 반 정도밖에 되지 않았다.

토츠코와 키미는 연주를 멈추고 교회 구석에 루이가 준비해뒀던 접이식 테이블과 의자를 펼쳤다.

루이가 부쉬드노엘을 가지고 오자 키미와 토츠코가 박수로 환영했다. 셋이 함께 테이블을 세팅하고 머리에 고깔모자를 쓰고는 자리에 앉았다.

키미가 토츠코에게 눈짓했다. 토츠코가 가방 안에서 선물을 꺼내 맞은편에 앉은 루이에게 내밀었다.

"메리 크리스마스!"

"엇? 뭐야? 난 아무것도 준비 안 했는데."

토츠코와 키미가 동시에 고개를 가로저었다.

"우리 둘이 이것저것 보다가 발견한 건데 이걸 꼭 루이에게 주고 싶었어."

토츠코가 설명하자 키미도 고개를 크게 끄덕였다.

"그래? 뭐야?"

"열어봐."

루이가 기뻐하며 포장을 열었다.

"우와."

루이가 스노볼을 꺼내 들고 천천히 흔들었다. 볼 안에서 루이를 닮은 개 위로 눈이 내렸다.

"개가 피아노를 치고 있구나!"

루이가 감탄의 목소리를 높였다.

"어쩐지 루이가 생각났어."

키미가 수줍어하며 말했다. 또 볼이 발갛게 물들었다.

"마음에 들어. 고마워."

루이는 조심히 스노볼을 테이블 위에 올려뒀다.

페트병에 든 홍차를 토츠코가 종이컵에 부어 세 사람은 건배했다.

"와, 눈이다. 예뻐."

토츠코가 창밖을 보며 들뜬 목소리로 말했다. 실제로 크리스마스 당일은 아니었지만 처음으로 화이트 크리스마스를 맞이한 기분이었다.

창문으로 눈이 살짝 쌓인 풍경이 보였다. 낮에 본 풍경과
는 달랐다.

눈발이 옆으로 날리는 걸 보니 바람이 강한 모양이었다.

"이러다가 엄청 쌓이는 거 아냐?"

키미가 조금 불안한 듯 중얼거렸다.

그와 동시에 루이의 휴대폰 착신음이 울렸다.

루이의 안색이 변했다. 휴대폰을 확인하고는 떨리는 목
소리로 토츠코와 키미에게 전했다.

"배가 결항이래."

토츠코와 키미는 얼굴을 마주 보며 그만 할 말을 잃었다.

고코여고 식당에서 스미카가 컵라면을 앞에 두고 타이머
를 보면서 젓가락을 손에 쥔 채 대기 중이었다. 기숙사 방에
서 간식을 먹는 것은 금지 사항이 아니었지만 뜨거운 물은
식당에만 있었기 때문이다. 스미카는 토츠코에게서 받은 컵
라면을 드디어 먹으려던 참이었다. 마침 극도로 배가 고픈
상태였다. 늦잠을 자서 아침을 먹지 못한 데 더해 자다가 점
심시간까지 지나버린 것이었다. 사쿠와 시호와 토츠코는 제
각각 이른 아침부터 외출해 아무도 깨워주는 사람이 없었다.

배가 고파서 일어난 것은 오랜만이었다.

314

섬만큼은 아니었지만 창밖으로 보이는 교정에도 눈이 내려 쌓이기 시작했다.

"토츠코, 잘 먹을게."

타이머가 울리자 스미카는 손을 모으고 기세 좋게 면을 후루룩거리며 먹었다.

"맛있네에."

면을 씹으면서 스미카는 자기도 모르게 흥얼거리듯 말했다.

한 입 더. 컵라면 용기에 얼굴을 가까이한 순간 휴대폰 메시지가 왔다. 스미카는 휴대폰 화면만 슬쩍 보고 식사를 이어가려고 했지만 메시지를 읽자마자 얼빠진 소리를 내질렀다. 토츠코가 보낸 메시지였다.

"뭐어엇!"

수학여행을 꾀병으로 빠진 것에 더해 사쿠나가 키미를 몰래 기숙사에서 재운 '죄'로 봉사활동을 막 끝낸 토츠코의 최대 위기였다.

때마침 식당 앞을 지나가던 히요코가 그 목소리를 듣고 안으로 들어왔다.

스미카는 면이 붙거나 말거나 시호와 사쿠가 차례차례 토츠코에게 보내는 메시지에 집중하느라 히요코가 다가오는 것도 눈치채지 못했다.

"무슨 일인가요?"

히요코가 열중해서 스마트폰을 보고 있는 스미카에게 말을 걸었다.

스미카는 '큰일 났다!' 싶었지만 숨길 수 있을 리 없었다.

스미카는 체념하고 사실 그대로 고백했다.

"토츠코……가 눈 때문에 배가 결항돼서 섬에서 돌아오지 못하게 된 모양인데요……."

히요코에게 고백하는 동안에도 시호와 사쿠는 토츠코의 외박을 들키지 않기 위한 아이디어를 메신저로 보내오고 있었다. 화려한 소리로 착신을 알렸기 때문에 히요코도 자연스럽게 메시지가 눈에 들어왔다.

'사쿠나가를 숨겼을 때처럼 토츠코 대신 인형을 침대에 눕혀두는 건 어때?'

시호가 보낸 아이디어를 히요코는 빤히 바라봤다.

"앗……."

스미카가 급히 휴대폰 화면을 손으로 가렸지만 이미 늦었다.

"야츠시카 스미카 학생, 지금 바로 히구라시 학생에게 전화하세요."

히요코는 화가 난 것 같지는 않았지만, 반론의 여지를 주지 않는 단호한 태도였다.

섬의 교회에서는 약간의 혼란이 일어났다.

가장 먼저 행동한 사람은 루이였다. 토츠코와 키미를 집으로 데려가 따뜻한 거실 소파에서 재울까도 싶었지만, 루이는 밴드 활동을 아직 엄마에게 밝히지 않았다. 일요일 연주 시간은 학원 자습실에서 공부를 하는 것으로 되어 있었다. 게다가 그 밴드 멤버가 같은 나이의 여학생 두 명이라니…….

안 돼. 대학 입학 시험을 앞두고 여학생 둘과 밴드를 결성한 것에 더해 구 교회에서 크리스마스 파티를 열었다는 말은 절대 할 수 없었다.

집에서 밤을 보내는 건 불가능했다. 그렇다면 교회에서 묵을 수밖에 없었다.

오늘 외래는 휴진이지만 지난밤 탈수증상으로 실려와 처치실에 입원 중인 노인이 있기 때문에 엄마는 아침부터 환자 곁에 계속 붙어 있었다.

지금이라면 아직 처치실에 있을 것이다. 그 틈에 필요한 물건을 교회로 가져오기 위해 루이는 혼자 집으로 향했다.

담요는 있는 대로 챙기고, 침낭과 물, 음료, 초, 과자…….

생각나는 물건을 손에 잡히는 대로 차례차례 배낭에 집어넣고, 담요는 양손에 안을 수 있을 만큼 잔뜩 든 채 교회로 향했다.

키미는 교회 밖으로 나와 전화를 걸었다. 할머니 시노에게 섬에 와 있다는 것, 배가 결항되어 오늘 밤에는 돌아갈 수 없어서 섬에 있는 친구 집에 묵게 되었다는 것을 보고했다.

"잠깐만."

시노는 휴대폰으로 뭔가를 하는 듯했다. 섬의 이름과 결항된 배편을 알려줬기 때문에 그것을 확인하는 것 같았다.

지금껏 시노는 키미의 말을 의심한 적이 한 번도 없었다. 키미가 학교를 몰래 그만둔 일 때문에 이제 시노는 키미의 말을 믿을 수 없게 된 걸까. 키미는 소중한 것을 잃어버린 듯한 기분에 슬픔을 느꼈다.

"알았어. 추워진다니까 따뜻하게 있어."

시노는 그렇게 말하고는 전화를 끊었다.

키미는 잠시 눈을 맞으며 눈 때문에 흐려진 바다를 바라보다가 깊은 한숨을 내쉬었다.

"아, 여보세요, 스미카?"

"히구라시 학생."

토츠코는 전화를 받자마자 이름이 불려 숨을 삼켰다.

히요코의 목소리였다.

"야츠시카 학생에게서 이야기 들었어요."

토츠코는 "히요코 선생님……"이라고 중얼거리는 것밖에 할 수 없었다.

"섬에서 돌아올 수 없다고요?"

"네."

토츠코는 창문 너머로 쏟아지는 눈을 보고 있었다. 밖에서 눈을 맞고 있는 키미의 모습이 희미하게 보였다.

"혼자 있나요?"

"아니요. 사쿠나가와…… 또 한 사람, 카게히라라는 밴드의……."

"무사한가요?"

히요코의 다정한 목소리에 토츠코는 겨우 긴장을 풀 수 있었다. 딱딱하게 굳었던 표정도 풀렸다.

"네. 아무런 문제는 없는데……."

오늘은 아무튼 기숙사에 돌아가지 못하는 상황이었다.

"무사하기는 한데, 오늘은 돌아갈 수 없어서……."

토츠코는 다음 말을 이을 수 없었다. 무단 외박은 봉사활동 조치를 받을 정도에 해당하는 교칙 위반이었다. 당연히 신청서를 제출하지 않았고, 지금 제출할 수도 없었다. 배 결항이 이유라고 보고하면 그 배로 누구와 어디에 갔는지가 문제가 될 것이다. 또다시 키미의 이름이 나오고, 거기에 더해 남학생도 함께 있다는 것이 발각되면 봉사활동 레벨을 넘어선 '처분'이 나올지도 몰랐다.

전화기 건너편에서 히요코가 침묵했다.

토츠코는 불안에 휩싸였다. 졸업을 얼마 안 남기고 큰 교칙 위반이 이어지면 이런 사실이 대학에 보고될지도 몰랐다. 입학 취소가 내려질지도 모르는 일이었다. 게다가 수도회에서도 받아들여주지 않을 가능성도 있었다.

"⋯⋯합숙⋯⋯."

히요코가 중얼거렸다.

"네?"

"여러분은 오늘 합숙을 하는 겁니다."

전화기 건너편에서 히요코의 들뜬 듯한 목소리가 들렸다.

"합숙⋯⋯."

"지금 여러분이 거기에 있는 것에 의미가 있다고 생각하세요."

'신의 뜻'이라는 말이 토츠코의 머릿속을 스쳐 지나갔다.

"절대 자신을 탓하지 마세요. 사쿠나가 학생에게도, 또 다른 학생에게도 이 말을 전해주세요. 나머지는 제게 맡기세요."

히요코 수녀님이 '합숙'으로 토츠코가 외박하는 것을 인정해주고 기숙사에 신청서를 제출해주겠다는 말이었다.

"히요코 선생님, 감사합니다."

"자신의 안전을 제일 먼저 생각하세요."

토츠코가 다시 한번 감사의 말을 하려고 했지만 그 전에 전화가 끊겼다.

토츠코는 담요를 잔뜩 들고 온 루이와, 할머니와 통화를
끝내고 돌아온 키미에게 히요코에게서 들은 말을 전했다.

"합숙."

루이는 감동한 듯이 중얼거렸다.

하지만 키미는 어쩐지 슬픈 표정이었다. 토츠코는 키미
가 분명 또 거짓말을 하게 했다고 스스로를 탓하고 있을 거
라고 생각했다.

"히요코 선생님이 절대 자신을 탓하지 말라고 두 사람에
게도 전해달라셨어."

키미가 토츠코를 바라봤다.

토츠코가 키미에게 웃어 보였다. 그러자 키미의 얼굴에
도 이내 작은 미소가 떠올랐다.

교회에는 일단 전기가 들어오지만 가장 낮은 전력량으로
계약되어 있다고 루이가 설명했다. 실질적으로는 사용하지
않는 건물이기 때문에 당연하다면 당연한 일이었다. 소형
전구 사용을 상정한 정도일 뿐이라고 했다.

그래서 작은 전기난로 사용만으로도 아슬아슬하게 차단
기가 내려갈 수 있기 때문에 전자 악기를 연주할 때는 난로
전원을 꺼야 했다.

"담요 같은 거 잔뜩 가지고 왔으니까 하룻밤 정도는 괜찮

겠지."

루이가 웃으며 말했다.

두꺼운 담요가 열 장 정도 있었다. 바닥에 담요를 깔고
그 위에 누워봤지만 난로를 켜두어도 틈새로 외풍이 느껴
져 추웠다.

키미와 토츠코는 소파에 나란히 앉아서 담요를 둘둘 말
고 자기로 했다.

"정말 고마워."

키미가 루이에게 감사 인사를 건넸다.

그러자 루이가 이상하다는 듯한 표정을 지었다.

"응? 나도 여기에 있을 거야."

그 말에 키미는 물론 토츠코도 깜짝 놀랐다.

"뭐? 루이는 집에 가야지."

루이는 고개를 저었다.

"안 돼. 여기에 두 사람만 남겨두면 걱정되니까."

확실히 토츠코도 반대의 입장이라면 혼자만 집에서 편하
게 자는 건 마음이 불편할 것 같았다. 그리고 루이가 직접
말해준 건 아니었지만 아무래도 엄마에게 키미와 토츠코에
대한 일을 비밀로 하고 있는 듯했다.

그래도 토츠코는 당황했다. 특히 키미의 행동이 부쩍 수
상해졌는데 당황해서 허둥거리는 것처럼 보였다.

하지만 루이의 한마디에 마음이 평온해졌다.

"그리고 '합숙'이잖아."

싱긋 웃는 루이에게 이끌려 토츠코가 웃음을 터트렸고 키미도 함께 웃었다.

눈은 그칠 기미를 보이지 않았다. 그나마 바람은 잦아들어 눈 내리는 풍경이 평온하게 가라앉았다.

루이의 휴대폰이 울렸다. 토츠코와 키미에게 "잠깐"이라고 말하고는 교회를 나갔다.

루이 엄마의 전화였다.

"응, 응, 응, 괜찮아."

"괜찮다니, 감기 걸려. 우리 집에서 하룻밤 자면 되잖아. 누가 온 거야?"

루이는 교회의 처마 아래에 서 있었지만 그래도 눈발을 피할 수 없었다.

"친구가 생겼어. 그래서 오늘은 합숙할 거야."

활짝 웃는 루이의 목소리에는 기쁨이 넘쳐흘렀다.

"춥지 않아?"

"괜찮아. 집에서 이것저것 가지고 왔어."

"언제?"

엄마가 어이가 없다는 듯 물었다.

장염으로 탈수증상을 일으킨 환자는 어떻게 겨우 회복하여 안정 상태를 유지하고 있었다. 하지만 오늘 밤도 처치실에서 계속 상태를 살피며 간호해야 했다.

월요일에는 정밀 검사를 위해 본토에 있는 병원에 입원할 예정이었다.

"구 교회에 있을 거야."

루이는 굳이 엄마에게 이야기했다. 그러는 편이 엄마가 안심할 거라고 생각했다.

다시 말해 걱정해서 직접 찾아오지 않을 거라고 판단한 것이다.

"꼭 따뜻하게 하고 있어."

"응, 알았어."

루이는 전화를 끊고 처마 아래로 걸어 입구로 향했다. 토츠코와 키미가 창문에 바짝 붙어서 루이를 바라보고 있었다.

눈이 마주치자 두 사람이 걱정스럽게 루이의 모습을 살폈다.

루이가 웃으며 고개를 끄덕이자 토츠코와 키미는 안심한 듯 미소를 보였다.

전기난로를 켜놓지 않으면 추위가 슬금슬금 들어왔다. 그래서 난로 이외의 전기를 사용할 수 없었다. 애초에 교회에는 조명이 없었다. 옛날에는 램프와 촛불을 켜고 미사를 드렸다고 했다. 그 램프도 지금은 없었다. 조명 기구가 없기 때문에 루이는 집에서 책상 위 스탠드와 손전등을 가지고 올까 했다. 하지만 스탠드를 켜면 전력량이 넘어가서 차단기가 내려갈 가능성이 있었고, 손전등은 찾을 수가 없었다. 루이는 초를 있는 대로 끌어모아 가지고 왔다.

넘어져도 바닥에 불이 붙지 않도록 커다란 접시 위에 초를 세워 테이블과 바닥에 스무 개 정도의 촛불을 켰다. 구석이 어두우면 무서울 수 있다며 루이는 교회 안 구석구석까지 촛불을 놓았다.

그러자 실내가 희미하게 밝아졌다. 토츠코와 키미가 교회를 둘러보며 감탄했다. 아름답고 환상적이었다.

시각은 밤 10시를 앞두고 있었다. 하지만 다들 흥분했는지 아무도 잠을 잘 생각을 하지 않았다.

자연스럽게 세 사람은 테이블을 가운데 두고 둘러앉았다. 바람은 완전히 잠잠해지고 조용히 눈이 내려 쌓여가고 있었다. 고요했다.

테이블 위에 둔 촛불이 흔들리며 세 사람의 얼굴을 비췄다. 주위의 빛이 어렴풋해서 이 세상에 세 사람만 존재하는 듯한 착각에 사로잡혔다.

크리스마스를 앞두고 교회에서 지내는 밤이라는 사실도

더해져서 엄숙한 분위기가 되었다.

"너희는 봄부터 어떻게 할 거야?"

루이가 물었다. 가벼운 말투가 아니었다. 촛불에 비친 루이의 얼굴에 우수가 어렸다.

"봄부터……."

토츠코는 그다음 말을 망설였다.

키미에게서는 당분간 시로네코도에서 아르바이트를 계속할 거라는 말을 들었다. 하지만 토츠코는 대학에 진학한다는 말을 아직 하지 않았다. 수도회에 들어갈 생각이라는 것만 전했다. 키미는 고등학교를 중퇴한 상황이었다. 대학에 진학하기 위해서는 고등학교 졸업 검정고시를 봐서 합격해야만 한다. 키미는 우수하니까 분명 그런 것도 생각하고 있을 것이다. 하지만 토츠코는 더 이상 자세히 묻지는 않았다. 여기에서 갑자기 고코여대에 진학한다고 말하는 것도 영 아닌 것 같아 입을 다물었다.

키미도 침묵했다.

"나는 대학에 갈 거야."

마치 고백이라도 하는 말투로 루이가 말했다. 토츠코도, 키미도 명문 고등학교 학생인 루이가 대학에 진학하는 것은 당연한 일이라고 생각했다. 실제로 루이는 학원에 다니고 있었고, 모의고사도 몇 번이나 봤다고 했다. 다만 최근 몇 개월 사이 루이를 보면 아무리 봐도 공부에 몰두하고 있는 것 같지 않았다. 자신의 곡도 작곡했고, 토츠코와 키미의 곡을 편곡하기도 했다. 그 일은 꼼꼼하고 정성을 들여야 하므로 상당한 시간이 필요한 일이었다. 게다가 메시지를 보내면 응답도 빨랐다.

음대에 진학하는 게 아닐까? 토츠코는 키미와 이야기한 적이 있었다. 교회에서 연주한 첫날 루이의 음악적 지식과 센스에 매료되었기 때문이다.

루이는 키미와 토츠코를 보면서 고백을 이었다.

"우리 집, 섬에서 오래전부터 병원을 이어오고 있는 의사 집안이라."

토츠코는 섬에서 목격했던 루이와 머리카락 색이 같았던 여성의 모습을 떠올렸다. 등을 곧게 세운 아름다운 여성. 여의사라고 생각하니 그 모습과 딱 어울렸다.

"병원을 이어야만 해서."

루이의 표정은 밝지 않았다. 토츠코는 문득 친척 오빠에게서 들은 일화가 생각났다. 오빠는 의사가 되기 위해 줄곧 머리를 숙이고 입시 공부를 한 탓에 얼굴이 심하게 부었다고 했다. 그런데도 불합격했지만, 재수를 해서 무사히 의학부에 입학했다. 그 오빠의 아버지도 의사였다.

토츠코는 루이의 얼굴을 바라봤다. 붓거나 잠이 부족해

보이지도 않았다. 엄마에게 물려받은 아름다운 얼굴이었다.

지금까지 밴드 연습을 위해 그의 입시 공부 시간을 너무 많이 빼앗은 것 같았다. 토츠코가 이런 생각을 하고 있을 때 루이가 말을 이었다.

"사실 여기에서 밴드 연습하는 거…… 아니 그보다 음악을 만들고 있는 것도 집에는 비밀로 하고 있어."

루이의 쓸쓸한 눈동자가 한쪽 구석에 세워둔 악기로 향했다.

"병원을 이을 사람이 나밖에 없으니까."

토츠코는 의사의 자녀는 의사가 되는 경우가 많다고 어디선가 본 기억이 있었다. 의사가 되기 위해서는 비싼 학비를 감당해야 하므로 평범한 집 자녀는 웬만해선 힘든 탓이다. 하지만 국립 대학 의학부는 사립 의대에 비하면 무료라고 할 정도의 학비만 있으면 된다고도 들었다.

"엄마한테 걱정 끼치고 싶지 않았어. 학원에 다니기 위해 시내에 나가서 그때마다 리사이클숍에서 기자재를 사 모으고 여기에서 몰래 수리해서 연주했어."

그게 즐거웠던 모양인지 루이의 얼굴에 옅은 웃음이 떠올랐다. 역시 의학부 진학을 포기하고 음악의 길을 걸을 생각인가…….

"시로네코도에서 언제나 키미가 기타 치는 모습을 봤어."

키미의 볼이 또 빨갛게 물들었다. 촛불 때문에 분명 루이는 키미의 그런 모습을 눈치채지 못했을 거라고 토츠코는 생각했다.

"그때 용기를 내서 말을 걸어 정말로 다행이야."

루이의 얼굴에 겨우 즐거워 보이는, 평소의 꾸밈없는 웃음이 되돌아왔다.

"지금 무척 즐거워."

그의 웃는 얼굴에는 먹구름 한 조각도 보이지 않았다. 공부를 방해했다고 생각하던 토츠코는 안심했다. 음악을 즐기면서도 의대를 지망할 수 있는 것이다.

키미도 그렇게 생각했는지 미소 짓고 있었다.

"나……."

키미가 입을 열었다. 그가 먼저 이야기를 꺼내는 일은 드물었다.

토츠코와 루이가 키미에게 귀를 기울였다.

"아직 생각해보지 않았어. 앞으로 뭘 어떻게 할지."

확실히 키미는 "난 아르바이트를 계속하지 않을까?"라며 마치 남 이야기를 하는 듯했었다.

키미는 무릎 위에 올려두었던 손을 모아 깍지를 낀 채 꼼지락거렸다. 마치 거기에서 말을 짜내려는 듯이.

"여러 가지로 순서가 바뀐 것 같아."

키미의 말은 고백하는 듯한 말투로 변했다. 루이도 키미가 고등학교를 도중에 그만둔 사실을 알고 있었기 때문에 중간에 끼어들지 않았다.

키미는 잠시 묵묵히 생각에 잠겼다. 토츠코는 괴로워졌다. 무리해서 말할 필요 없다고 말해주고 싶었다. 하지만 키미는 띄엄띄엄 말을 이었다.

"실은 나, 오빠와 함께 할머니가 키워주셨거든."

이건 루이가 모르는 이야기였다. 좋아하는 음식 이야기를 서로 나눌 때 한 번 "할머니가 해주신 요리가 좋아"라고 말했을 뿐이었다.

키미는 일부러 비밀로 했다기보다는 개인적인 일을 말하는 게 조심스러웠을 것이다. 키미가 자신을 내세우지 않는 사람이라서 그렇다고 토츠코는 이해했다.

"너무나 정성껏 키워주셔서 기대에 보답하고 싶었어. 사실은 전혀 착한 아이가 아닌데⋯⋯."

토츠코는 "키미는 착한 아이야"라고 말해주고 싶었다. 하지만 그 말이 키미에게 격려가 되어주지는 않을 것 같았다. 루이도 아무 말이 없었다.

"어쩐지⋯⋯ 죄송해서⋯⋯ 도망쳤어."

토츠코는 지난 일을 떠올렸다. 고코여고의 상징이라고 불리는 분수 연못 앞에 키미가 가만히 서 있던 모습이었다.

아마도 그가 고코여고를 떠난 날의 일일 것이다.

꼼짝도 하지 않고 연못을 바라보는 키미의 얼굴에는 아무런 표정이 없었다.

그것은 고코여고를 떠나는…… 떠날 수밖에 없는 키미의 마음이 드러난 모습이었다.

더 이상 아무것도 생각하고 싶지 않아…….

키미는 그렇게 아름다운 푸른 '빛'을 두르고 걸어 나갔다. 단 한 번도 뒤돌아보지 않고.

루이가 키미에게 물었다.

"학교 그만둔 거 후회해?"

다정하게 감싸 안는 듯한 목소리였다. 위로하는 것 같은.

키미는 잠시 생각한 후 작게 고개를 저었다.

"모르겠어."

키미는 다시 침묵에 빠지는가 싶더니 이내 자신을 격려하듯 고개를 들고 말을 이었다.

"하지만 스스로 정한 일이니까 이렇게 우물쭈물하고 있는 건 아닌 것 같아."

그런 말 하지 마. 모두가 우물쭈물하며 살아가고 있어. 토츠코는 키미에게 말해주고 싶었다. 하지만 그런 말을 해도 위로는 되지 않을 것이다.

그저 촛불의 불꽃만이 흔들흔들거렸다. 정적이 세 사람

을 지켜주는 것처럼 느껴졌다.

토츠코는 루이와 키미를 번갈아 바라봤다. 촛불의 어렴풋한 빛에도 두 사람의 '색'이 보였다.

"키미와 루이는 무척 아름다워."

갑작스러운 말에 루이도, 키미도 놀라며 토츠코를 바라봤다.

토츠코는 쑥스러워하며 결심했다. 이 두 사람에게는 말할 수 있어.

"온화하다고 할까, 맑다고 할까. 그런 '색'을 갖고 있어."

키미와 루이는 생각에 빠진 듯했다. 무언가 비유라고 여긴 모양이었다.

이 두 사람이라면 괜찮다고 토츠코는 자신을 격려했다.

"나……."

겁이 나서 말문이 막혔다. 초등학교 때 같은 반이었던 낫짱에게 '색'을 이야기한 순간 보였던 복잡한 표정…….

토츠코는 다시 한번 키미와 루이를 봤다. 두 사람 모두 온화한 얼굴로 토츠코를 지켜봐주었다. 이 두 사람만은 알아줬으면 했다.

"나, 사람이 '색'으로 보이는 버릇이 있어서…… 이상한 사람으로 여겨지니까 비밀로 하고 있는데."

거기까지 말하고 토츠코는 키미와 루이의 반응을 살폈

다. 두려웠다.

　게다가 '버릇' 같은 표현으로 애매하게 도망쳤다. 좀 더 확실하게 이야기하고 싶지만, 아무래도 무서웠다.

　"색이 보인다는 건 어떤 거야?"

　토츠코의 이야기를 계속 듣고 싶다는 듯이 루이가 물었다.

　"그게……. 루이는 초록색, 키미는 파란색. 그 사람이 가진 '색'을 느끼는 건데……."

　드디어 말했다. 토츠코는 두 사람의 반응이 신경 쓰였다. 두 사람은 고개를 끄덕였지만, 말뜻을 온전히 이해한 느낌은 아니었다. 하지만 토츠코의 이야기를 듣고 그것을 농담으로 여기거나 화를 내지 않고 받아줬다. 그걸로 충분했다. 토츠코는 쑥스러워하면서 살짝 안도의 한숨을 내쉬었다.

　다시 정적이 세 사람을 감쌌다.

　"어쩐지 멋져."

　루이가 밝은 목소리로 말했다.

　"우리 지금 '좋아하는 것'과 '비밀'을 공유하고 있어."

　토츠코가 키미를 봤다. 곧이어 두 사람이 동시에 루이를 바라봤다. 루이는 조금 멋쩍은 듯 보였는데 그 모습이 왠지 웃겨서 토츠코가 웃음을 터트리자 키미도 웃었다. 결국 루이도 웃음을 터트리며 세 사람은 함께 웃었다.

　어느샌가 세 사람 사이의 긴장이 순식간에 풀렸다.

"루이가 멋진 말을 했어."

토츠코가 살짝 놀렸다.

루이는 부끄러운지 웃음 띤 얼굴을 손으로 가렸다.

그러다 루이가 벌떡 일어났다.

"아, 맞다."

루이는 소파 위에 있는 라디오 카세트를 가지러 갔다. 오래된 그 라디오 카세트는 무려 건전지 여섯 개로 작동했다.

"기상정보를……."

이런 말을 하면서 루이가 전원을 켰는데 라디오 소리는 들리지 않고 잡음만 흘러나왔다.

"전파를 잡기가 어려워."

루이가 안테나를 이리저리 움직였다.

그러자 갑자기 음악이 흘러나왔다.

토츠코가 몸을 흠칫 떨었다. 마치 전류가 몸을 통과한 듯이.

"왜 그래?"

루이가 걱정스럽게 물었다.

"지젤?"

음악을 들으면서 토츠코가 루이에게 말했다.

"좋아하는 곡이야?"

"응. 동경하던 곡."

〈지젤〉은 토츠코의 기억을 불러냈다. 도취와 동경과 좌절이 토츠코의 마음속에 되살아났다.

하지만 촛불의 옅은 빛이 토츠코에게 용기를 주고 있었다. 문득 예전에 본 발레리나의 그림이 촛불 같은 불빛 아래 그려져 있던 것이 떠올랐다. 어린 마음에도 토츠코는 아름답다기보다 매혹적이라고 느꼈다.

〈지젤〉에 맞춰 춤추는 고등학생 언니. 그 언니가 파란 '색'을 이끌고 춤추는 모습은 장렬할 정도로 매력적이어서 어린 토츠코의 마음을 매료시켰다.

"어렸을 때 발레를 배웠어. 우리 집 지하에 발레 교실이 있어서……."

웃고 있던 고학년 언니들의 시선이 토츠코의 마음을 찔렀다. 토츠코는 불안에 휩싸였다. 그런데도 그때 입은 마음의 '상처'를 제대로 마주하지 않았다. 그저 도망쳤다. 하지만 지금 토츠코는 그 아픔을 받아들일 수 있었다. 좌절…….
그렇게 완벽해 보였던 키미도 도망쳤다. 언제나 다정하고 완벽해 보이는 루이도 진로 때문에 고민하고 있다.

"하지만 나, 별로 잘하지 못했어. 그만둬버렸지."

토츠코는 처음으로 다른 사람 앞에서 발레 이야기를 입밖에 냈다. 잘하지 못했다고 소리 내어 말한 것도 처음이었다. 부모님에게도 이야기한 적이 없었다.

루이와 키미는 종종 고개를 끄덕이며 토츠코가 털어놓는

이야기를 진지하게 들어줬다.

토츠코는 해방된 기분이 들었다.

라디오에서 흘러나오는 〈지젤〉이 우아한 엔딩을 맞이하고 있었다.

"이 곡에 맞춰 춤추는 게 꿈이었어."

그러자 루이가 웃으며 토츠코를 향해 돌아섰다.

"토츠코, 나 이 곡 연주할 수 있을지도 몰라."

루이는 구석에 놓아두었던 테레민을 꺼내 난로의 콘센트를 뽑더니 대신 테레민 콘센트를 꽂고 스위치를 켰다.

루이는 테레민 앞에서 오른손과 왼손을 조금씩 움직이며 음을 찾아갔다. 잠시 후 루이는 자유자재로 손을 저으며 〈지젤〉을 연주하기 시작했다.

토츠코는 벌떡 일어났다. 흔들리는 불빛에 비친 교회가 토츠코의 마음을 격려해줬다.

춤을 출 수 있어. 여기에서라면, 두 사람의 앞에서라면 춤출 수 있어.

토츠코는 한 걸음 내디뎠다. 발끝을 쭉 뻗어 조용히 아름답게.

루이가 연주하는 〈지젤〉에 맞춰 회전했다. 쑥스러웠다. 그래도 조금만 더. 오랜만에 춤출 수 있었다. 즐거워…….

토츠코는 끝까지 추지는 못했다. 갑자기 부끄러움이 밀

려와 웃음을 터트리고 말았다.

"뭐랄까 이런 느낌으로……. 어려운 동작은 못 하지만…….
제대로 배운 건 아니라 눈동냥으로 했거든."

루이가 웃었다.

"눈동냥이라니, 귀동냥 같은 거?"

"맞아."

그러자 키미가 키미답게 조심스러운 박수를 보냈다.

그걸로 토츠코는 충분했다. 한순간 자신감 같은 게 생길
리는 없었다. 자신의 춤이 엉망인 것은 '언니들의 짓궂은 웃
음'을 보지 않았어도 언젠가는 알게 될 사실이었다.

그래도 그런 자신을 조금이라도 인정하고 춤을 선보일
수 있었던 것은 키미와 루이 덕분이었다.

연주와 발레로 마음이 들뜨는 바람에 세 사람은 새벽 1시
에야 잠이 들었다. 토츠코와 키미는 소파에 걸터앉아 두꺼
운 담요를 몇 장이나 몸에 두르고 잠들었다. 루이는 조금 떨
어진 곳에 담요를 깔고 그 위에 펼친 침낭 안에 들어갔다.

난로를 계속 켜둬서 실내 온도가 어느 정도 유지되었는
지 추위로 잠들지 못하는 일은 없었다.

토츠코가 제일 먼저 잠들었다. 오랜만에 춘 발레로 지쳤
다…… 아니, 그보다 기분 좋은 해방감에 잠겨 온화한 마음으

로 잠들었다.

다음 날 아침, 제일 먼저 잠에서 깬 사람도 토츠코였다. 키미는 옆에서 새근새근 자고 있었다.

루이는 처음 누웠을 때랑 완전히 똑같은 자세로 잠들어 있었다.

창문으로 들어오는 햇살이 눈부셨다. 눈은 그친 모양이었다.

토츠코는 키미가 깨지 않게 담요에서 조심히 나와 소파에서 일어났다. 몸 여기저기가 아팠지만 그다지 심하지는 않았다. 의외로 상쾌하기까지 했다.

토츠코는 발소리를 죽이며 교회 문을 열고 밖으로 나왔다.

온통 은빛 세계였다. 햇살을 받아 반짝반짝 빛났다. 신발로 눈을 밟아봤다. 뽀도독 소리가 났다. 복사뼈가 묻힐 정도로 눈이 쌓여 있었다.

뽀독뽀독 눈을 밟으며 걸었다. 즐거웠다.

곧 눈앞에 넓은 바다가 펼쳐졌다. 아름다웠다. 이제 갓 떠오른 태양 빛이 바다 위를 비추며 빛났다.

"고마워."

절로 감사하고 싶어지는 풍경이었다.

운항을 재개한 배를 타고 토츠코와 키미는 섬에서 나왔다. 아침 첫 배는 아는 사람이 탈 확률이 높다며 루이와는 교회에서 헤어졌다.

평소에 루이는 "또 보자"라며 양손을 머리 위로 들고 크게 흔들며 배웅해줬었다. 토츠코도 손을 흔들기는 했지만 큰 소리는 내지 못했다. 키미로 말할 것 같으면 살짝 숙인 얼굴 앞에서만 작게 손을 움직이는 정도였다. 루이에게는 보이지 않을 정도로 작은 움직임이었다. 키미가 눈에 띄는 걸 좋아하지 않는다는 사실을 토츠코는 최근 몇 개월 사이에 깨달았다. 그런 키미가 학교 안에서는 '리더'로 여겨졌다. 게다가 흑백의 판단을 위임받고, 때로 반대 의견을 잘라내는 결단도 내려야 했다. 고통스럽고 마음이 불편했을 것이다. 토츠코도 지금은 알 수 있었다. 다만 키미가 '착한 아이가 아니야'라고 말한 것은 전혀 동의할 수 없었다. 키미는 그렇게 겸허하고 깊은 마음까지 포함해서 틀림없이 '착한 아이'였다.

다만 토츠코는 딱 한 가지 신경 쓰이는 것이 있었다. 루이가 의대에 진학한다면 섬을 떠나게 된다. 현 내에도 국립 의대가 있지만, 섬에서 다니는 것은 현실적으로 어려웠다. 그렇다면 밴드를 계속할 수 있을까. 그것이 신경 쓰였다. 하지만 키미의 기분을 생각하면 그런 말을 결코 꺼낼 수 없었다.

토츠코와 키미는 묵묵히 바다를 바라봤다.

토츠코는 기숙사로 돌아오자마자 곧장 교무실을 찾아갔다. 히요코에게 감사 인사를 하고 싶었다. 토츠코의 모습을 본 히요코는 자리에서 일어나 토츠코 앞까지 다가왔다.

"성당으로."

히요코는 이렇게 말하고는 토츠코를 데리고 성당으로 갔다. 분명 다른 선생님과 수녀님들에게는 대화를 들려주고 싶지 않아서일 것이다.

"어제는 감사했습니다."

성당의 신자석에 나란히 앉자마자 토츠코는 바로 고개를 숙여 감사 인사를 드렸다.

"괜찮아요. '합숙'은 어땠어요."

"네."

토츠코는 마리아상을 바라보며 말을 이었다.

"바꿀 수 없는 것을 받아들이고, 바꿀 수 있는 것을 바꾸는 용기가 무엇인지 조금 알 것 같은 기분이 들어요."

과거는 바꿀 수 없다. 그래도 그 과거의 트라우마에서 벗어날 수는 있다는 것을 알게 된 밤이었다. 키미와 루이 앞에서 발레를 춘 것이 마치 꿈처럼 떠올랐다. 그 순간은 토츠코에게 평생 잊을 수 없는 추억이 될 것이다.

옆에서 히요코가 손으로 성호를 그었다.

"아멘."

키미가 집에 돌아왔을 때 할머니 시노는 점심을 준비하고 있었다.

식사 준비가 어느 정도 끝나자 키미는 시노에게 할 말이 있다고 했다.

식탁을 가운데 두고 키미와 시노가 마주 앉았다.

시노의 얼굴에는 웃음기가 털끝만큼도 없었다. 무표정도 아닌, 조금 화가 난 것처럼 보였다.

상담도 하지 않고 학교를 그만둔 것, 그것을 숨기고 있었던 것, 거기에 더해 기숙사에 숨어들었던 것. 그런 것에 대해 사죄한 게 바로 얼마 전인데 어젯밤에는 갑자기 외박을 한 것이다. 지금까지 없었던 일이었다. 그런 이변이 키미에게 계속 일어나고 있었다. 당연히 걱정도 될 테고 화를 낸다고 해도 이상하지 않았다.

키미는 그 모든 것을 각오하고서라도 시노에게 부탁할 것이 있었다.

"그동안 아무 말도 안 해서 죄송해요."

키미가 사죄했지만 시노는 여전히 입을 다물었다.

"걱정 끼쳐서 죄송해요."

한 번 더 용서를 빌었지만 역시 시노는 아무 말이 없었다.

"숨긴 일도 죄송해요."

그 어떤 반성의 말에도 시노는 미동도 없었다.

"사실은 저, 밴드를 결성해서 이번에 연주하게 되었어요."

시노는 표정 하나 바꾸지 않았다.

"굉장히 즐거워요. 보러 와주실래요?"

큰맘 먹고 꺼낸 키미의 말이 허망하게 꺼져갔다. 싱크대에서 물방울이 똑똑 떨어지는 소리가 유난히 크게 들렸다.

침묵 끝에 시노가 움직였다. 자리에서 일어나 요리를 계속하기 시작했다.

키미는 "죄송해요"라고 중얼거렸지만 그 이상 아무 말도 하지 못하고 일어나 방으로 향했다.

우연히도 키미가 할머니에게 사죄하던 같은 시각에 루이도 엄마와 식탁을 가운데 두고 앉아 있었다.

"그동안 말하지 않아서 미안해요. 대학은 확실히 갈 거예요."

매주 일요일 학원에서 자습한다며 외출하던 아들이 구교회에서 '친구'와 모여 연주를 하고 있었다는 사실을 듣고 엄마는 말을 잃었다. 루이가 보기에는 화가 났다기보다 절망한 것처럼 보였다.

게다가 구 교회에 대량의 악기를 사 모아뒀다는 것까지 고백하자 엄마의 입술이 바들바들 떨렸다.

"하지만 나, 옛날부터 음악이 좋아서……."

루이는 엄마의 모습을 살폈다. 루이가 음악을 좋아한다는 걸 엄마도 알고 있었을 것이다. 엄마는 마치 경계하는 것처럼 보였다. 루이는 처음에는 그 이유를 몰랐지만 겨우 깨달았다. 루이가 음악의 길을 걷고 싶다고 말할까 봐 두려워한 것이다. 하지만 밴드를 결성한 후에 봤던 가장 최근의 모의고사 결과, 지망 대학에 합격할 가능성이 높다는 걸 엄마도 모르지 않았다. 말하자면 입시 공부를 소홀히 하지 않은 것이다. 1분 1초를 아껴가며 공부하고 있지만 루이에게 음악은 호흡이나 식사와 마찬가지로 없어서는 안 되는 것이었다.

하지만 엄마는 그런 루이의 태도를 해이하다고 여기는 것 같았다.

"우연히 만난 친구들과 밴드를 결성해서 이번에 관객 앞에서 연주하게 되었어. 엄마도 왔으면 해요."

루이의 절실한 호소에 엄마는 아무런 대답 없이 시계를 보고는 자리에서 일어났다. 진료 시간이 되어서 침묵을 유지한 채 그대로 아래층 진찰실로 가버렸다.

루이는 토츠코에게서 받은 '성 밸런타인제' 전단지에 '오후 3시 고코여고 체육관에서 연주해요'라고 써서 엄마가 언제나 앉는 식탁 위에 놓아뒀다.

저녁을 먹을 때 식탁 위의 전단지는 보이지 않았다.

키미도 시노에게서 확실한 대답을 듣지 못했다. 그리고 마찬가지로 '성 밸런타인제' 전단지에 메시지를 적어 시노가 애용하는 거실 소파에 올려두었다. 다음 날 확인해보니 전단지는 보이지 않았다.

루이가 '연습 시간을 늘리고 싶어'라고 희망했지만 토츠코와 키미는 동의하지 않았다. 루이가 의대를 지망한다는 얘기를 들은 데다 교회를 연습 장소로 빌려 쓰면서 섬의 의료를 짊어질 루이가 입시에 실패하면 은혜를 원수로 갚는 것이란 생각이 들었기 때문이다.

게다가 연주는 상당히 완성도가 올라가 있었기 때문에 지금처럼만 연습하면 2월 중순까지는 만족스러운 공연이 가능할 거라고 토츠코도, 키미도 느끼고 있었다.

그런데 느닷없이 루이가 시로네코도가 문을 닫는 시간에 맞춰 찾아와 토츠코까지 불러내서는 리사이클숍에서 무대 의상을 사자고 제안했다.

토츠코와 키미는 무대 의상의 이미지가 잘 떠오르지 않았다. 가게를 몇 곳이나 돌아봤지만 결국 의상을 산 사람은 루이뿐이었다. 무려 하늘하늘한 옅은 보라색 슈츠에 가슴 부분에 커다란 레이스가 달린 셔츠, 그리고 흰색 에나멜 구두를 전부 리사이클 가게에서 구입했다.

토츠코는 '옛날 마술사'나 '옛날 트로트 가수'를 떠올렸지만 결코 입 밖으로 내지는 않았다. 루이는 그 모든 것을 1,500엔에 구입했다. 루이는 저렴하다고 기뻐했지만 토츠코에게는 과소비로밖에 생각되지 않았다.

변함없이 섬의 교회에서 일주일에 한 번 연습을 했지만 혼자서 하는 연습도 중요했다. 세 사람 모두 시간만 나면 혼자 연습을 했다.

매주 모일 때마다 루이는 토츠코와 키미의 솜씨가 좋아진 것을 바로 알아채서 칭찬해주었다. 사소하지만 그런 것도 서로에게 격려가 되었다.

2월에 들어서자 성 밸런타인제 실행 위원이 유일한 재학생이란 이유로 밴드 대표가 되어버린 토츠코에게 밴드명을 알려달라고 연락을 해왔다. 세 사람은 아직도 밴드명을 정하지 못하고 있었다.

급히 영상회의를 열어 루이가 제안한 밴드명을 토츠코와 키미가 동의해서 바로 정해졌다.

토츠코가 노트에 펜으로 크게 글씨를 썼다.

'밴드명 시로네코도.'

토츠코는 숲속 세 자매와 히요코에게 곡을 미리 컴퓨터로 들려줬다. 숲속 세 자매도, 히요코도 듣고 싶어 했기 때문이다.

미리 곡을 아는 관객이 있는 것은 중요하다고 루이가 말했다. 해외의 유명 밴드가 한 말인데, 콘서트장의 일부만이라도 분위기가 좋으면 결국 전체로 퍼진다는 얘기였다.

"물론 곡이 좋아야 한다는 게 제일 큰 전제지만."

루이는 쑥스러워하며 볼을 붉혔다.

성 밸런타인제 당일은 날씨가 좋고 아침부터 기온이 올라 봄이 오는 느낌이 들었다.

수녀님과 학생들의 보호자가 교정에 잔뜩 세워놓은 천막 아래에서 된장국이나 우동 같은 따뜻한 식사를 제공해서 학생들이 긴 줄을 섰다.

체육관에는 오전 중에 성가대의 성가와 연극 등 '점잖은' 프로그램이 진행되었다. 오후에는 마술쇼부터 시작해서 개그를 선보이는 고코여고 학생도 있었다. 하지만 바깥 날씨가 따뜻하니 난방 시설이 없어 추운 체육관에 모이는 사람 수는 적었다.

토츠코의 밴드는 체육관 무대 뒤에 마련된 대기실에서 순서를 기다렸다.

토츠코는 고민 끝에 몇 안 되는 사복 중에서 화창한 날 외출복으로 생각했던 옷을 골랐다. 회색빛이 도는 흰색 스커트에 같은 색 재킷 차림이었다. 확실히 밴드 멤버 분위기는 아니었다. 그 옷을 입고 숲속 세 자매에게 보여줬더니 세 사람 모두 할 말을 잃은 듯 보였다. "귀엽네"라는 빈말조차 안 나오는 모양이었다.

"피아노 발표회 같아."

토츠코가 불안해하자 사쿠가 절묘한 말로 지적했다.

그 말에 숲속 세 자매뿐만 아니라 토츠코도 배를 잡고 웃었다.

키미는 반소매 티셔츠 위에 소매가 없는 데님 재킷을 걸쳤다. 둘 다 키미의 오빠가 록 밴드에 들어갔을 때 입던 것으로 날씬한 키미에게는 오버사이즈였지만, 오히려 로큰롤 분위기가 나면서 세련되어 보였다. 옷차림은 그랬지만 정작 키미는 의자에 앉은 채 양손으로 얼굴을 가리고 다리를 달달 떨고 있었다.

루이는 옅은 보라색 슈츠에 레이스가 달린 셔츠, 그리고 굽이 높은 흰색 에나멜 구두를 신었다. 토츠코는 옛날 분위기가 나는 의상을 걱정했지만, 온화한 미남인 루이에게 의외로 잘 어울렸다. 스타일이 좋은 덕분에 화려한 패션 브랜드의 복고풍 의상으로도 보였다. 다시 말해 루이는 모델 같왔다.

그런 루이는 줄곧 노트북을 조작하고 있었다.

"있잖아."

루이가 토츠코와 키미 두 사람을 다 불렀지만, 반응한 사람은 키보드를 연습하던 토츠코뿐이었다. 키미는 얼굴을 감싼 자세에서 움직이지 않았다.

"우리 밴드 계정 만들었어."

루이가 노트북 화면을 토츠코에게 보여줬다.

화면에는 밴드명과 프로필 사진에 흰색 고양이 일러스트가 들어간 계정이 떠 있었다.

이제 갓 만든 계정이라 멤버 소개나 글은 하나도 없었다.

"와, 대단하다. 시로네코도!"

"이번에 작곡한 곡 올려도 될까?"

"우와아!"

토츠코는 깜짝 놀라 비명을 질렀다.

"인터넷 세상에 우리가!"

다른 친구들에겐 SNS에 미디어를 올리는 게 평범한 일이었지만 인터넷과 친하지 않은 토츠코에게는 엄청난 일처럼 느껴졌다. 요즘에는 인터넷에 곡을 올려 데뷔까지 하게 되는 밴드도 있다는 게 현실이었다.

"애써 만든 곡이니까. 누군가에게 들려주고 싶어."

"와아! 그거 대단하다. 그치 키미……. 왜 그래?"

키미는 얼굴을 가린 채 무언가를 중얼거리고 있었다.

"괜찮은 걸까."

키미의 말이 불분명하게 들렸다.

"응? 뭐가?"

여전히 얼굴을 감싸고 있었지만, 키미의 목소리로 보아 울음을 터트리기 직전 같았다. 목소리가 작고 말이 상당히 빨랐다.

"나, 다시 생각해봤는데 학교를 그만뒀으면서 라이브 같은 걸 하는 게 괜찮을까 싶어서."

목소리는 작았지만 어떻게 알아들을 수는 있었다. 토츠코는 걱정과 동시에 웃음이 났다.

"무슨 말이야. 그렇게 의욕 만만한 모습을 하고는!"

키미는 얼굴을 덮고 있는 손을 떼고 멍한 표정으로 토츠코를 바라봤다.

키미가 입은 데님 재킷의 등에는 'Rock it!'이라고 거친 글씨체가 커다랗게 박혀 있었다.

그 문구는 '해내보겠어!'나 '저질러버려!' 같은 의미로도 사용되는 속어였다. 무대를 앞두고 겁먹은 키미에게는 어울리지 않는 말을 등에 지고 있었다.

비록 지금 이런 모습을 보이고 있지만 분명 키미의 마음은 '해내보겠어!'일 거라고 토츠코는 생각했다. 키미가 그 뜻을 모를 리 없었다. 키미가 기숙사에서 묵었던 날 토츠코의 침대 난간에 새겨진 'GOD almighty'를 보고 "맙소사"라고 중얼거린 게 신경 쓰여서 토츠코는 사전을 찾아봤다. '전능하신 하느님'이란 의미도 있었지만, 이것도 속어로 '맙소사'로 쓰인다는 것을 알게 되었다. 'GOD almighty'라고 새긴 선배와 마찬가지로 키미도 분명 로큰롤의 혼을 가지고 있는 것이다.

"키미, 나로 말하자면 완전한 외부인이야."

루이가 웃음을 터트렸다.

토츠코도 웃자 키미도 겨우 미소를 되찾았다.

그때 활짝 열린 대기실 입구에서 누군가 부르는 소리가 들렸다.

"토츠코, 키미."

예전에 키미와 같은 반이면서 같은 성가대원이었던 타마가와와 또 다른 3학년 성가대원 두 명이 나란히 서 있었다. 타마가와는 키미의 뒤를 이어 성가대 부장이 되었다.

토츠코는 성가대원인 두 사람이 자신의 이름을 알고 있는 것에 놀랐다. 같은 반이 되어도 토츠코의 이름을 모른 채 1년을 보낸 친구가 수없이 많았다.

"잘 지내?"

타마가와가 키미에게 물었다.

키미는 당황한 것처럼 보였다. 그러다 갑자기 일어나 성가대의 세 사람에게 달려갔다.

"와! 키미 의상 멋있다."

타마가와가 칭찬했지만 키미의 귀에는 들리지 않는 모양이었다.

성가대 세 사람 앞에 서서 키미는 "갑자기⋯⋯"라고 말을 꺼냈지만 뒤집힌 목소리가 나왔다.

키미는 꿀꺽 침을 삼켰다.

"저기⋯⋯ 갑자기 아무 말도 없이 그만둬서 미안해⋯⋯. 그리고 오늘 연주할 수 있게 해준 것도⋯⋯."

키미는 단숨에 거기까지 말하고는 고개를 숙였다.

성가대원 세 사람은 서로를 바라봤다.

"다시 만나서 기뻐."

타마가와가 말하자 다른 두 사람도 고개를 크게 끄덕였다.

토츠코에게 키미의 얼굴은 보이지 않았지만 움츠린 키미의 어깨가 천천히 힘이 풀리며 내려오는 것이 보였다. 내내 마음에 걸렸을 것이다. 사과의 말을 전해서 조금은 편해졌으면 좋을 텐데. 토츠코는 마음속으로 기도했다.

"여러분, 이제 무대로 이동해주세요."

히요코가 대기실 앞에서 세 사람에게 말했다. 히요코 옆에는 무대 진행을 담당하는 학생이 진행표를 손에 들고 대기하고 있었다.

2학년 재학생 밴드가 두 팀이나 갑자기 나오지 않게 되어서 시로네코도의 출연 순서가 30분 빨라졌다.

대기실에서 무대 옆으로 이동한 세 사람은 무대 담당 스태프가 기자재를 설치해주기를 기다렸다.

토츠코는 히요코에게 루이를 소개했다. 이미 '카게히라 루이'가 남학생인 것은 알려둔 상태였다. 그 말을 들었을 때 히요코는 눈썹 하나 움직이지 않고 "그래요"라고 대답했을 뿐이다.

"히요코 선생님. 이쪽이 카게히라 루이예요."

토츠코의 소개에 루이가 살짝 긴장한 모습으로 고개를 숙여 인사했다.

"카게히라입니다! 오늘 무대를 마련해주셔서 감사합니다!"

긴장한 탓인지 염원하던 무대 연주를 앞에 두고 흥분한 탓인지 루이의 목소리가 평소보다 컸다.

"기대하고 있어요."

반면 히요코는 평소와 다름없이 담담했다.

"오늘 연주하는 곡, 히구라시 학생에게 부탁해서 미리 들었어요. 〈반성문 — 바람직한 것, 아름다운 것, 진실한 것〉

의 기타 리프가 멋지더군요."

〈반성문 — 바람직한 것, 아름다운 것, 진실한 것〉은 루이
가 작곡한 곡이다. 히요코의 말에 아이디어를 얻어 그 제목
을 붙였다. 히요코도 분명 눈치챘을 것이다.

갑자기 히요코가 열기를 보였다.

"그 기타 리프에 이은 뮤트한 스트로크 연주, 너무나 가
슴을 울렸어요. 저에게는 특히……."

"선생님, 기타에 대해 무척 잘 아시네요."

토츠코가 열기가 넘치는 히요코의 말을 가로막고 말았다.

히요코는 정신을 차린 듯 볼을 새빨갛게 붉혔다.

"기자재 체크 부탁드립니다."

무대 담당 스태프가 세 사람을 불렀다.

루이가 "네" 하고 대답하면서 무대로 향하자 키미가 그
뒤를 따라갔다.

"사실은……."

토츠코도 무대로 가려고 할 때 히요코가 말을 걸었다.

"저도 여러분 나이 때 살짝 록 밴드를……."

토츠코가 히요코를 보고 깜짝 놀라며 눈을 동그랗게 떴
다. 히요코는 얼굴을 빨갛게 물들이고 상당히 동요한 모습
이었다. 마치 고해라도 하는 듯한 인상이었다.

"송구하게도 'GOD almighty'라는 밴드명으로……."

토츠코의 머릿속에서 지금까지 흩어져 있던 다양한 것들이 하나로 이어졌다. 히요코도 고코여고 졸업생이었다. 기숙사 생활을 했던 모양이었다. 토츠코의 침대 난간에 'GOD almighty'를 새긴 사람은 히요코였다. 키미가 기숙사에 몰래 들어온 그날 밤, 순찰하던 히요코가 집요하게 토츠코의 침대를 본 것은 키미가 있는 걸 눈치챘기 때문이 아니었다. 그 침대를 기억했기 때문일 것이다. 'GOD almighty'라는 문자를 찾고 있었던 게 아닐까?

키미도, 히요코도 로큰롤의 영혼을 품은 시원스러운 '색'을 가지고 있었다.

마지막에 덧붙인 히요코의 목소리가 떨리며 작아졌다.

"가능하면 지우고 싶지만요."

지우고 싶은 것이 침대에 새긴 'GOD almighty'라는 문자인지, 아니면 록 밴드를 결성했던 일인지 토츠코는 알 수 없었다.

"선생님, 바꿀 수 없는 것을 받아들여보는 건 어떨까요?"

히요코는 잠시 당황한 듯했지만 곧 웃어 보였다.

"후후."

히요코가 소리 내어 웃는 것은 좀처럼 볼 수 없는 모습이었다.

무척 기분이 좋아진 토츠코는 키미와 루이가 기다리는

무대로 향했다.

신기하게도 토츠코는 전혀 긴장이 되지 않았다. 머릿속에서 연주의 이미지를 떠올리며 키보드 설정을 확인했다.

"다음은 시로네코도 밴드의 연주입니다. 많은 기대의 박수 부탁드립니다."

사회를 보는 학생 두 명이 시작 전에 밴드를 소개했다. 거기에 맞춰 드문드문 박수 소리가 들렸다. 막이 가려져 있어서 관객 수를 확인할 수는 없지만 분명 몇 명 안 될 것 같았다.

"토츠코."

기타를 조정하던 키미가 뒤돌아서 갑자기 토츠코를 불렀다.

"토츠코는 무슨 색이야?"

갑작스러운 질문에 놀랐지만 기뻤다. 키미는 토츠코의 이야기를 있는 그대로 받아들이고 생각해준 것이다.

"사실은 잘 몰라."

토츠코는 이렇게 고백하고 흘끗 루이의 모습을 살폈다. 루이도 토츠코와 키미의 대화를 진지하게 듣고 있는지 고개를 살짝 끄덕이며 토츠코를 봤다.

"그렇구나."

키미는 평소와 다름없이 시원스러운 태도로 말했다.

그와 동시에 벨이 울리며 막이 올라갔다.

"아, 시작한다."

토츠코가 두 사람에게 작은 소리로 알렸다.

키미도, 루이도 전혀 긴장하지 않은 모습이었다.

토츠코도 관객의 모습을 확인하는 여유가 있었다.

대충 30~40명 정도로 보였다. 대부분이 고코여고 학생
이었다. 게다가 무대엔 전혀 관심도 없고 삼삼오오 모여 앉
아 자기들끼리 잡담을 나누고 있었다.

루이가 신시사이저로 중저음의 드럼 비트를 울렸다.

해내보겠어!

11

처음에는 자신이 작곡한 곡의 보컬을 각자 맡기로 했었는데 키미의 보컬이 너무나도 훌륭해서 루이가 "모든 곡을 키미가 불렀으면 좋겠어"라고 제안했다. 그 말에 토츠코가 대찬성했고, 키미도 조심스럽게 받아들였다. 망설이기는 했지만 키미도 보컬을 맡게 된 것이 기뻤는지 "이 부분은 좀 더 소리를 질러도 괜찮을까?" 하고 가사의 의미와 곡의 해석을 루이와 토츠코에게 열심히 물어왔다. 평소라면 절대 보이지 않는 적극적인 자세였다.

무대의 오프닝은 루이의 곡 〈반성문 — 바람직한 것, 아름다운 것, 진실한 것〉이었다.

촘촘한 드럼 비트를 베이스로 깔고 묵직한 기타와 키미의 맑은 목소리가 절묘하게 어울리는 곡이었다.

베이스를 담당한 토츠코는 아무래도 루이가 키미의 보컬을 염두에 두고 곡을 만든 것 같다고 생각했다. 딱딱하고 비정서적이고 스릴이 있으면서도 무게와 깊이가 느껴지는 곡조는 듣는 사람을 압도하는 박력이 있었다. 그것은 '프로'로 보이는 완성도였다. 히요코가 그 곡에 푹 빠진 것도 이해가 되었다.

♪내일은 또 다른 내일이 오지 태양이 빛나는 길
하늘은 그럼에도 아름답게 반짝여
모두 함께 *GOD almighty*♪

그 부분에서 키미가 무대 뒤로 돌아 뒤쪽에 있는 스피커 앞에서 하울링이 울리지 않을 정도의 '거친 소리'로 귀가 찢어질 만큼 기타를 울렸다. 늘 토츠코가 멋있다고 느끼는 부분이었다.

관객의 분위기가 조금씩 변하는 것 같았다. 등을 돌리고 있던 학생 몇 명이 무대를 향해 돌아앉았다.

키미가 다시 마이크 앞에 섰다.

♪애매한 것도 경계도 없어
외쳐봐 마음의 목소리까지 날려버려 내가 너를 사랑하니♪

마지막에 키미가 테크닉을 마음껏 발휘해 기타를 화려하게 연주했다. 조금 전까지 잔잔한 보컬이 거짓말이었던 것처럼 기타의 하드한 음이 울려 퍼졌다.

그렇게 첫 번째 곡이 끝났다.

체육관에 정적이 내려앉자 관객들의 목소리가 여기저기에서 들려왔다.

"키미?"

"남학생은 누구야?"

"키미 선배님?"

"아, 맞네. 다른 두 사람은 누구지?"

"아, 나 알아. 매일 혼자 성당에 있던 애야."

그렇게 말하는 목소리가 토츠코에게도 들렸다. 말투에 얄보는 느낌이 있었다. 그래도 '이상한 애'라는 말을 듣지 않아 다행이라고 생각했다.

"토츠코오!"

커다란 목소리가 체육관의 잡음을 싹 지웠다.

그 목소리의 주인은 틀림없이 사쿠였다. '이상한 애'가 아니야. 히구라시 토츠코는 우리 친구라고. 이런 사쿠의 마음이 담긴 성원에 토츠코는 가슴이 벅찼다.

그 성원에 보답하듯이 토츠코는 두 번째 곡의 인트로를 피아노로 연주했다.

두 번째 곡은 키미의 〈걷다〉였다.

어두울지도 몰라. 키미가 걱정했던 곡이 조용히 흐르기 시작했다.

♪빛을 밝힌 건 누군가의 꿈

빛보다 사랑을 따라 꽃이 되어 피고 싶어♪

거기에서부터 루이가 테레민 연주를 더했다. 토츠코가 최고로 좋아하는 하모니였다. 두 사람의 초록과 파랑 '색'이 서로 녹아든다.

모든 관객의 얼굴이 무대로 향했다. 음악을 열중해서 듣는 것을 알 수 있었다. 사람이 조금 늘어난 것 같은 기분이었다. 관객 중에서 언젠가 섬에서 봤던 루이의 엄마로 보이는 여성을 발견했다. 루이는 알고 있을까.

♪빛은 부드럽게 흔들리며

솟아오르는 물의 속삭임을 알고 멈춰 선 그대에게 사랑의 노래를 보내네

걸을 수 있겠어? 들릴 것 같아? 소리의 물결과 이 목소리♪

'솟아오르는 물'은 키미가 고코여고를 떠나던 날 봤던 연

못의 분수겠지.

그날부터 키미는 자신의 틀에서 빠져나가려고…… 아니, 자신을 격려하며 용기를 내려 했다. 걸어가자고.

노래가 끝나자 키미는 다시 뒤쪽 스피커 앞으로 기타를 가까이 가져갔다. 이번에는 확실하게 하울링이 일어났다. 하지만 듣기에 시끄럽지 않았다. 느릿한 그 하울링은 마치 고래의 울음소리 같았다. 슬프지만 우렁찬 고래의 포효.

체육관에 박수가 울렸다. 아마도 처음에는 세 명, 그것이 수면에 떨어진 물방울이 만드는 파문처럼 체육관 전체로 퍼져갔다.

그 큰 박수가 마중물처럼 체육관으로 사람들을 불러들였다.

경쾌한 인트로가 흐르기 시작했다.

마지막 곡은 토츠코의 〈수금지화목토천 아멘〉이었다.

갑자기 분위기가 무르익으며 순식간에 관객이 몸을 흔드는 것이 보였다.

♪수금지화목토천 아멘♪

수수께끼 같은 가사에 관객들 사이에서 웃음소리가 터져나왔다. 하지만 분위기를 타고 있었다. 틀림없었다.

♪너의 색이 내 마음을 관통했어요 내 머리에 토 천 아멘 정
　말로 눈물샘이 무지갯빛 커튼에♪

키미의 '색'이 토츠코의 머리에서 마음으로 별안간 관통한
것은 사실이었다.

♪빙글빙글 돌며 반짝반짝 별안간 빙글빙글 돌며 반짝반짝
　별안간 빙글빙글 돌며 반짝반짝 별안간♪

발레리나가 회전하는 이미지였다. 그리고 태양계의 이미
지와 이어졌다.

♪두근두근두근두근♪

키미의 후렴 뒤에서 ♪나는 나는 행성♪이라고 토츠코가
코러스를 넣었다. 이 순간만은 토츠코가 리드했다.

♪수금지화목토천 아멘 어제 저녁은 따뜻한 소멘 수금지화
　목토천 아멘♪

이 부분은 어조가 좋다는 것만으로 고른 단어였는데, 관

객의 반응이 끓어올랐다.

간주에서 관객 쪽을 보니 어느샌가 체육관이 가득 차 있었다. 모두가 몸을 흔들고 있었다. 3학년 C반에서 연 귀신의 집에서 나온 좀비와 간호사들이 한곳에 모여 춤을 췄다. 간식 코너에 있던 프렌치프라이와 햄버거 인형 탈을 쓴 사람들이 폴짝폴짝 뛰었다. 수녀님 두 분이 손을 잡고 빙글빙글 돌면서 춤을 췄다. 숲속 세 자매가 '3-A'라고 적힌 티셔츠를 입고 화려한 춤 솜씨를 선보이고 있었다. 무려 주리 수녀님까지 춤추고 있었다.

히요코는 웃고 있었지만 춤은 추지 않는다 싶더니 갑자기 발걸음을 돌려 체육관에서 나갔다.

하지만 결코 분위기에 이끌리지 않았기 때문은 아니라는 것을 토츠코는 알았다. 멀어져가는 히요코의 발걸음이 리듬을 타고 있었다. 분명 신중한 히요코는 사람이 없는 곳에서 마음 깊이 즐길 작정일 테다.

♪이대로 둘이서 우주의 끝까지♪

연주를 끝내자 박수뿐만 아니라 환성까지 들렸다.
관객이 술렁였다.
그 가운데 토츠코의 부모님이 보였다. 두 사람이 함께 폴짝폴짝 뛰면서 손을 흔들고 있었다.

"사랑해애!"

재킷 가슴 부분에 하트 모양의 밸런타인 사인을 붙인 여성이 큰 목소리로 외치며 한 손을 높이 들어 올렸다.

그 여성을 보고 지금까지 '해내보겠어!'를 최대한 끌어내어 로큰롤 혼을 완전히 펼쳤던 키미가 갑자기 쑥스러운 듯 귀엽게 웃었다.

토츠코는 로큰롤 분위기가 물씬 나는 옷을 입은 여성이 키미의 할머니일 거라고 확신했다.

언제까지고 환성이 끝나지 않았다. 루이와 토츠코와 키미는 시선을 교환하고 끄덕였다.

혹시나 몰라 준비했던 〈수금지화목토천 아멘 2〉를 앙코르로 선보이기로 했다.

해냈어!

12

졸업식이 끝나고 입학식까지 얼마 안 되는 기간, 고코여
고 기숙사는 거의 텅 빈다.

토츠코처럼 귀성하지 않는 학생도 몇몇 있지만 새 학년
을 맞이하기 전에 집에 돌아가 준비하는 학생이 더 많았다.

토츠코는 다음 날부터 옆집이라고 해도 될 정도로 가까
이 있는 고코여대에 진학한다. 대학에 가서도 기숙사에 들
어가게 되었다. 본격적인 수도 생활에 들어가는 건 좀 더
먼 미래의 일이었다.

올해 벚꽃은 일찍 피기 시작해서 졸업식 때 꽃을 볼 수
있었다. 이대로 가면 입학식 때는 꽃잎이 흩날릴 것이다.

구석구석 손질된 고코여고의 정원에는 다양한 꽃이 만발
했다.

봄의 햇살을 받은 꽃이 이번 생을 찬양하는 것 같았다.

기숙사 앞 정원에도 작은 연못이 있고, 한가운데에는 분수가 있었다. 수면이 빛을 받아 반짝였다.

토츠코는 교복 차림으로 그 정원에 한 걸음 내디뎠다.

푸른 하늘을 올려다보며 봄의 기운이 가득한 공기를 깊이 들이쉬었다.

눈을 감으니 무도회장이 되었던 체육관에서의 라이브 무대 광경이 떠올랐다. 루이가 환하게 웃는 모습, 키미가 샤우팅하는 옆모습, 그리고 세 사람이 시선을 교환하던 순간. 녹아내릴 듯한 환희로 가득 찼다.

루이는 도쿄에 있는 대학 의학부에 합격했다. 하지만 정확히 어느 대학인지는 가르쳐주지 않았다. 다만 당분간은 이쪽에 돌아올 수 없다며 울먹였다.

그것은 시로네코도 밴드가 활동을 쉬게 된다는 의미였다. 하지만 '활동 휴식'인지 아니면 '활동 종료'인지는 분명하지 않았다. 그것을 확실하게 말하는 것이 두려웠다. 분명하게 하고 싶지 않았다. 토츠코뿐만 아니라 키미와 루이도 그렇게 생각할 것이다.

키미는 고등학교 졸업 검정고시를 위한 공부를 시작했다. 우수한 학생이었으니 분명 합격할 것이다. 그런데 최근에 키미는 어쩐지 어두워 보였다. 아니, 슬퍼하고 있었다. 루이와 멀어지는 것을.

모두 조금씩 앞으로 걸어 나가기 시작했다. 하지만 분명 어딘가에서 시선을 교환할 순간이 있을 것이다.

토츠코는 키미에게 비밀로 하고 루이에게 메시지를 보냈다.

'도쿄로 이사하는 날은 언제야? 도쿄에는 어떻게 가? 비행기? 배? 아니면 버스? 정해지면 출발 시각 알려줘.'

루이에게서 곧바로 답장이 왔다.

토츠코가 할 수 있는 건 그 정도였다. 너무 깊이 파고들면 지나치게 관여해서 실수를 저지른다.

토츠코가 감고 있던 눈을 떴다. 정원을 비추는 햇살이 눈부셨다.

토츠코는 발끝을 쭉 뻗어 한 걸음 더 내디뎠다.

머릿속에 〈지젤〉이 흘렀다. 물론 루이가 테레민으로 연주했던 〈지젤〉이었다.

마음이 가는 대로…….

토츠코는 동경했던 언니를 떠올리며 따라 춤추기 시작했다.

발로네, 드방…….

흔들려도 상관없어. 높이 점프하지 못해도 괜찮아. 회전이 부족해도 돼. 언니처럼 되지 않아도 좋아.

춤을 추고 있을 때 기숙사 창문에 사람들의 모습이 보였다. 한 명이 아니었다. 세 명, 네 명…….

하지만 조금도 부끄럽지 않았다.

웃음을 살 법한 서툰 춤이라도 상관없었다. 만약 이 모습을 보고 웃음을 터트린 사람이 어딘가에서 무언가 위로를 받는다면 그것은 토츠코의 기쁨이었다.

피루엣.

춤추는 것이 즐거웠다. 더 이상 쑥스럽게 웃어넘기지 않을래. 나는 행복해. 춤추는 기쁨을 스스로 깎아내리는 일은 절대 하지 않을 것이다.

자신의 행복은 스스로 정한다.

어디까지라도 높이 날 수 있어.

토츠코는 푸른 하늘을 향해 뛰어올랐다. 손을 뻗자 그 손끝에 푸른 하늘이 있었다.

"보인다."

토츠코는 중얼거렸다.

하늘로 뻗은 손이 붉게 보였다. 주황색에 가까운 빨강이었다.

아주 잠깐 보였다.

그것이 나의 '색'. 아름다운 빨강. 나는 그 '색'이 좋았다.

토츠코는 마음을 해방시키는 것이 얼마나 멋진 일인지 느끼면서 계속 춤을 췄다. 중간에 멈추지 않고 끝까지.

에필로그

3월 중순 봄 바다는 평온했다.

이 시기에는 사람들의 이동이 많았다. 루이는 도쿄로 직행하는(실제로 도착하는 곳은 도쿄 옆 가나가와현의 항구지만) 대형 페리를 탔다. 긴 이별을 하는 사람이 많은 모양이었다. 배웅하는 사람들도 부두에 북적북적 모여 헤어짐을 아쉬워하고 있었다.

일곱 가지 색깔의 종이테이프가 배 위에 있는 사람들과 부두에서 배웅하는 사람들을 이어주고 있었다. 종이테이프가 펄럭이는 모습이 아름다웠다.

루이는 배웅하는 사람들 사이를 빠져나와 선실로 향했지만 커다란 백팩을 지고 있는 데다 양손에 악기를 잔뜩 들고 있어서 좀처럼 앞으로 나아갈 수 없었다.

조금 지나자 출항을 알리는 방송이 나왔다. 떠나는 사람, 배웅하는 사람들이 조금 더 큰 목소리로 이별 인사를 나눴다. 찢어진 종이테이프가 바람에 날렸다.

루이는 갑판에서 사람들과 조금 떨어진 곳에 악기를 내려놓고 부두에 있는 사람들을 바라봤다.

토츠코의 질문에 루이는 출항 시각과 장소를 알려줬다. 하지만 토츠코도, 키미도 보이지 않았다.

루이는 갑판에 둔 악기를 내려다봤다. 신시사이저와 테레민, 그리고 우쿨렐레. 백팩 안에는 애용하던 라디오 카세트도 쑤셔 넣었다.

교회에 뒀던 악기들은 루이의 방으로 옮겨뒀다. 그리고 중학교 시절 담임선생님이었던 현재의 교장 선생님을 찾아가 전통으로 이어지고 있는 학생들의 교외 청소 활동의 일환으로 구 교회의 청소를 제안해서 허가를 받았다. 그 사실을 교회지기 타구치에게 전하자 눈물을 흘리며 기뻐했다.

오늘도 타구치는 섬의 선착장에서 루이를 배웅해주었다. 이별 선물이라며 섬의 명물인 건면과 해산물 육수를 잔뜩 손에 들려주었다.

루이가 살 곳은 분쿄구라는, 도쿄도 내에서도 노른자위 땅에 있는 학생 기숙사였다. 기숙사비는 광열비를 포함하여 60,000엔으로 파격적인 금액이었다. 캠퍼스까지는 전철로 이동해야 하지만 통학 시간은 30분 정도밖에 안 걸렸다. 게다가 이제 막 지은 깨끗한 건물이었다.

그렇다 보니 기숙사에 들어가길 지원한 사람이 상당히 많았다. 경쟁률이 3 대 1이라고 들었는데, 루이는 기숙사에 들어갈 수 있었다. 지원자 가정의 연 수입이 낮은 쪽부터 우선순위였기 때문이다.

루이가 들어갈 방은 1인실로 3평이 조금 안 되었다. 거기에 침대, 책상, 에어컨, 세면대가 놓여 있었다. 따로 준비할 것은 거의 없었다.

샤워실, 화장실, 부엌, 거실은 공용이었지만 청결했다.

다만 방에서 악기 연주는 허가되지 않았다. 학생들끼리 문제가 생길 수 있기 때문이다.

그래도 루이는 악기를 가지고 가지 않을 수 없었다.

배의 난간에 기대어 루이는 한숨을 쉬었다.

공회전하던 기관음이 높아졌다. 곧 출항하는 모양이었다.

바다 쪽으로 쑥 나온 긴 제방 위에 무릎을 끌어안고 앉아 있는 두 여학생이 있었다.

토츠코와 키미였다.

"직접 안 만난 게 잘한 걸까?"

토츠코가 중얼거렸다.

키미는 입술을 굳게 다물고 끄덕였다.

"곧 다시 만날 수 있을 거야."

키미는 그렇게 말하고 햇빛이 반사되는 바다를 바라봤다.

"그렇겠지."

그렇게 대답하면서도 토츠코는 이해하지 못했다. 그래도 키미가 괴로워할 일은 하고 싶지 않았다.

루이에 대한 마음을 키미에게 물어보진 않았다. 토츠코는 키미가 말하고 싶지 않은 건 묻지 않겠다고 다짐했으니까.

"즐거웠어."

"응."

키미는 고개를 끄덕였지만 표정이 어두웠다.

토츠코는 키미를 대신해서 루이가 도쿄로 가는 날짜와 시간과 배웅할 수 있는 장소까지 알아뒀다. 분명 키미는 직접 묻지 않을 테니까.

루이가 탈 페리는 키미가 사는 곳에서 전철을 갈아타고, 상당히 거리가 있는 큰 항구에서 출항했다.

토츠코가 이 사실을 알려주자 키미는 배웅하러 가고 싶다고 했다.

"토츠코도 같이 갈 거지?"

토츠코는 적당한 핑계를 대고 빠지려고 했지만 키미에게 기선을 뺏겼다. 게다가 키미는 거절할 틈을 주지 않을 만큼 강한 어투로 말했다.

다만 항구로 향하던 전철 안에서 점점 키미의 얼굴이 새파랗게 질려갔다. 멀미라도 하는 건가 걱정했지만 그게 아니었다.

"역시 배웅은 안 할래."

키미는 그렇게 말하고는 고개를 숙였다.

토츠코 나름대로 설득해봤지만 키미는 받아들이지 않았다. 그래도 돌아가자는 말은 하지 않았다. 잠시 후 키미는 휴대폰을 꺼내 항구 지도와 사진을 엄청난 기세로 조사하기 시작했다.

그에 대한 결과로 키미는 항구의 끝에 있는 제방에서 배웅을 하고 싶다고 한 것이다.

분명 거기에서라면 대형 페리의 모습이 보일 것 같았지만, 루이가 선실에 들어가면 작별 인사를 할 수 없었다. 그보다도 부두에서 기다리면 배를 타는 루이를 직접 만나 인사할 수 있는데, 제방에서는 그럴 수도 없었다.

다시 말해 키미가 루이에게 마음을 전하는 것은 불가능했다.

전철에서 내려 셔틀버스로 갈아탔다.

키미가 걱정되어 토츠코는 멀미할 여유도 없었다. 반면 키미는 마치 멀미를 하는 것처럼 점점 더 안색이 나빠졌다.

셔틀버스에서 내려 토츠코는 슬쩍 부두로 향하려고 했다. 하지만 키미가 토츠코의 재킷 자락을 잡았다.

그리고 아무 말 없이 항구 끝에 있는 제방까지 토츠코를 끌고 갔다.

토츠코는 아직 몰랐다. 사랑이라는 건 행복한 일과 즐거운 일만 있지 않다는 것을. 아니, 사랑의 대부분은 고뇌로 이루어져 있었다.

상대의 아주 작은 몸짓이나 아무것도 아닌 말 한마디나 표정으로 천국에 올라간다. 하지만 마찬가지로 아무것도 아닌 한마디로 지옥에 떨어지기도 한다. 우울해서 며칠씩 집에서 나오지 못하기도 한다. 하지만 다시 만나고 싶다고 절실히 원하게 되는 것이다.

롤러코스터 같은 놀이기구라도 탄 것처럼 마음이 급하게 오르내리며 휘둘린다.

키미는 그 감정 앞에서 몸부림치며 괴로워하고 있었다. 루이의 마음을 헤아려보는 공포. 고백하고 싶다는 충동. 하지만 그 결과를 루이 앞에서 알게 되는 것이 무서웠다.

만약 부두에서 루이와 얼굴을 마주한다면 키미는 자신이 무슨 말을 꺼낼지 몰랐다. 분명 이 괴로운 마음을 토해내고 말 것이다. 그 순간 루이가 보일 반응을 마주하는 게 두려웠다.

키미는 갈등했지만, 조금 떨어진 제방에 앉아 있으니 아무렇지 않은 척할 수 있게 되었다.

마음을 꾹 누르고 지내다 보면 언젠가 이 마음도 가라앉겠지.

그렇게 되면 오랜만에 루이가 돌아왔을 때 다시 그 교회에서 연주를 즐길 수 있다. 루이는 여름방학에 돌아올까? 의학부 학생에게 방학이 있을까? 루이도 당분간은 오기 힘들 것 같다며 울먹였다. 그 모습을 보고 키미도 눈물이 날 것 같았지만 울지 않았다. 한번 울기 시작하면 멈출 수 없을 거라는 걸 알고 있었기 때문이다.

'도쿄 생활에 익숙해지면 나는 잊어버리겠지…….'

키미는 살짝 한숨을 내쉬었다.

그때 멀리 보이는 페리가 기적 소리를 울렸다. 몸속을 울리는 듯한 출항 사인.

토츠코는 기적 소리를 듣고 몸을 움직여 일어섰다.

아직 늦지 않았다. 여기에서 달려가면 금방 부두가 나온다. 지금부터 달리면 루이에게 손을 흔들며 이별 인사를 할 수 있다. 키미와 토츠코가 부두에 없는 것을 보고 루이가 낙담해서 선실에 들어가지만 않는다면.

"루이가 탄 배야! 키미, 가자!"

토츠코가 부두를 향해 달려가자고 했지만 키미는 부두가 아닌 제방 끝을 향해 달렸다.

전력 질주였다. 키미는 토츠코가 전혀 따라잡을 수 없을 정도로 힘껏 달렸다. 그래도 토츠코는 키미의 뒤를 쫓았다. 제방 끝에서 바다에 뛰어들어 페리를 뒤쫓아가는 게 아닐까 싶을 만큼 키미가 맹렬한 속도로 달려 나갔다.

키미는 제대로 찾아본 것이다. 루이를 태운 페리가 제방을 향해 항해를 시작했다.

가까이에서 보니 압도될 정도의 크기였다.

설령 루이가 갑판에 나와 있다고 해도, 저 사람이 분명 루이다, 라고 알 만한 거리는 아닐 듯했다. 게다가 갑판에는 상당히 많은 사람이 서 있어서 루이를 알아볼 수 있을 것 같지도 않았다.

키미가 먼저 제방 끝에 도착했다.

어깨를 들썩이며 숨을 내쉬면서 페리를 바라봤다.

"힘내!"

페리를 향해 키미가 절규했다. 울먹이는 목소리로 응원의 말을 외쳤다.

지금까지 토츠코가 들어본 적 없을 정도로 큰 목소리였다.

"힘내애애!"

키미는 더욱 큰 목소리로 외쳤다. 그것은 키미가 할 수 있는 최대한의 '좋아해'라고 토츠코는 생각했다.

겨우 키미를 따라잡은 토츠코가 외쳤다.

"루이!"

어떻게든 눈치채길. 키미가 필사적으로 마음을 전하려 하고 있었다.

제발 알아봐줘!

토츠코는 양손을 흔들면서 그 자리에서 점프했다.

"힘내애애애!"

키미의 목소리 끝이 갈라졌다. 피를 토하지 않을까 싶은 정도의 절규였다.

토츠코는 눈물이 날 것 같았다. 키미가 너무나 애처롭게 보였다.

무심하게도 페리는 서서히 제방에서 멀어져갔다.

토츠코가 휴대폰으로 루이에게 전화하려고 한 순간, 갑판에서 몸을 내밀고 일곱 색깔 종이테이프를 흔드는 남자가 보였다.

루이……. 그렇게밖에 생각되지 않았다. 남자는 있는 힘껏 종이테이프를 흔들고 있었다.

키미도 그를 본 모양이었다.

더 이상 키미는 소리 지르지 않았다. 그저 갑판에서 흔들리는 종이테이프와 난간에서 떨어질 것처럼 몸을 내밀고 있는 사람을 바라봤다.

키미는 그 모습을 눈에 새겨두려는 것처럼 보였다.

그때 손을 흔들던 사람이 손에 쥐고 있던 종이테이프를 바람에 날렸다.

공중으로 일곱 색깔 종이테이프가 날아올랐다. 그것은 마치 푸른 하늘에 그린 메시지 같았다.

안녕.

키미가 외치는 격려의 말을 듣고 갑판에서 몸을 내밀어 손을 흔들던 루이가 정신을 차린 순간은 페리가 먼바다로 나온 후였다.

더 이상 제방은 보이지 않았다.

객실로 향하며 루이는 왜 키미와 토츠코가 부두가 아닌 제방에 있었을지 생각했지만 답을 찾을 수 없었다.

루이의 객실은 페리 내에서도 가장 저렴한 곳으로 말하자면 캡슐호텔 같은 곳이었다. 넓은 실내에 작은 침대 공간이 스무 개 정도 설치되어 있었다. 롤스크린을 내리면 주위의 시선을 가릴 수 있었지만 개인실 느낌은 아니었다.

그래도 침대에 콘센트가 있고, 옆에는 짐을 올리는 선반도 있어서 루이의 커다란 백팩과 악기를 수납할 수 있었다.

루이는 노트북을 꺼내 콘센트에 전원을 꽂아 켰다.

키미와 토츠코에게서 온 연락은 없었다. 노트북의 메신저 앱을 켰지만 시로네코도의 그룹 채팅방에도 메시지는 없었다.

선내에 와이파이가 있었지만 바다 멀리 나가면 연결이 안 된다. 이미 접속이 느려져서 금방 끊길 것 같았다.

'배웅해줘서 고마워. 너무 기뻤어!'

그 말만 입력하고 송신 버튼을 눌렀다.

바로 토츠코에게서 답이 왔다.

'멀리서 배웅하게 되었지만 루이가 알아봐줘서 다행이야. 건강하게 잘 지내.'

하지만 키미에게서는 메시지가 없었다.

키미에게 무슨 일이 있는 걸까. 루이는 서둘러 메시지를 입력했다. 세 개 있던 와이파이 안테나가 한 개만 남았다. 곧 끊길 듯했다.

'또 연주하고 싶어. 정말로 고마워!'

겨우 송신된 듯했지만 곧바로 선내 와이파이가 끊겼다.

그래서 키미와 토츠코의 답장을 확인할 수 없었다.

토츠코와 키미는 제방에 있었다.

제방의 콘크리트 위에 앉은 토츠코의 무릎을 베고 키미
가 몸을 눕혔다.

키미는 제방 끝까지 전력으로 달려 모습이 보이지 않는
배 위의 루이를 향해 외쳤다. 키미가 최대한으로 할 수 있는
사랑을 전하는 방법이었을 거라고 키미의 뒷모습을 보던 토
츠코는 생각했다.

숨이 거칠어진 키미의 양쪽 어깨가 심하게 오르내렸다.
바다 위 페리가 점점 작아져갔다.

그 뒷모습이 애처롭고도 사랑스러워서 토츠코는 가슴이
먹먹했다.

토츠코는 자신도 모르게 키미의 손을 잡고 끌어당겼다.
키미가 바다에 빨려 들어갈 것 같았기 때문이다.

손을 잡고 끌어당기자 키미는 쓰러지듯 토츠코에게 몸을
맡겼다. 바로 키미의 몸에서 힘이 쭉 빠져나갔다. 토츠코가
키미를 부축하려 했지만 제대로 받아주지 못하고 그 자리
에서 두 사람은 몸을 포개고 쓰러졌다.

토츠코는 겨우 상반신을 일으켜 키미를 안아 올리려고 했
지만, 키미는 온몸에 힘이 빠진 듯 축 늘어졌다. 토츠코는 키
미를 그 자리에서 눕혀 자신의 무릎에 머리를 올리게 했다.

키미의 얼굴을 토츠코가 바라봤다. 눈은 뜨고 있었지만 전원이 끊긴 로봇 같았다.

"괜찮아?"

토츠코가 물었다.

키미는 아주 약하게 고개를 가로저었다.

"이대로 좀 있을까?"

토츠코의 무릎을 베고 키미가 살짝 끄덕였다. 키미의 눈에 눈물이 글썽였다.

너무나도 애달픈 키미의 모습에 토츠코는 눈물이 솟아올랐지만 겨우 참으며 진동이 울리는 휴대폰을 봤다. 루이에게서 메시지가 와 있었다.

화면을 키미에게 보여줬다. 키미는 메시지를 읽고 끄덕였다.

답장을 써서 키미에게 보여주자 역시나 아무 말 없이 끄덕였다.

토츠코는 루이에게 메시지를 보냈다.

"키미 휴대폰으로 내가 대신 루이에게 뭔가 메시지를 보낼까?"

키미는 묵묵히 고개를 저었다.

이제는 멀리 바라봐도 페리의 모습은 보이지 않았다. 그저 평온한 봄 바다가 햇살을 받아 반짝거릴 뿐이었다.

루이에게서 답장이 왔다.

'또 연주하고 싶어. 정말로 고마워!'

그 메시지를 키미에게 보여주어야 할지 토츠코는 망설였다. 루이에게서 온 메시지는 이별 느낌이 들었다. 토츠코도 쓸쓸해졌다.

그러자 키미가 토츠코의 휴대폰에 손을 뻗었다. 보고 싶은 모양이었다. 토츠코는 화면을 키미에게 보여줬다.

크게 뜬 키미의 눈에 다시 눈물이 맺히더니 흘러 떨어졌다.

토츠코는 그런 키미를 안아주는 것 말고 할 수 있는 일이 없었다.

의학부는 졸업까지 이수해야 할 학점이 250학점 이상 되어 일반 대학의 두 배에 가까웠다. 게다가 매일 수많은 과제를 하면서 동시에 국가시험을 위한 공부를 시작하는 동급생도 많았다.

루이도 "1학년 때 가능한 한 일반 교양을 이수해둬. 임상 실습이 시작되면 쓰라림을 맛볼 거야"라는 기숙사 의학부 선배의 충고에 따라 최대한으로 수강 신청을 했다.

일요일인 오늘도 아침부터 과제에 몰두하다가 책상에서 고개를 들어 창밖을 바라봤다. 도심의 빌딩 숲이 초여름 햇살을 받고 있었다. 오늘도 더운 하루가 될 것 같았다.

곧 여름방학이지만 엄청난 과제가 쌓였다. 다시 말해 '여름방학 숙제'였다. 섬에는 중학교의 작은 도서관밖에 없었다. 과제를 위한 자료를 찾으려면 본토까지 나와야 한다. 방대한 과제량을 생각하면 이번 여름방학에 귀성하기는 힘들어 보였다.

루이는 노트북을 열어 시로네코도 계정을 확인했다. 최근 3개월 만에 접속자 수가 500명을 넘었고, 올려둔 곡의 재생 횟수도 400회를 넘었다. 제일 인기 있는 곡은 토츠코의 〈수금지화목토천 아멘〉이었다.

재생 횟수가 100회를 넘겼을 때 루이가 말을 꺼내 한 달 만에 토츠코와 키미 셋이서 영상통화로 축하했다. 토츠코도, 키미도 기뻐했지만 분위기가 그렇게까지 좋지는 않아서 금방 통화를 끝냈다. 루이는 영상통화가 익숙하지 않으니까 그럴 거라고 애써 생각했다.

지금까지 일이 있을 때마다 메신저로 근황을 알리기는 했다.

토츠코는 고코여대의 익숙하지 않은 환경에서도 재미있게 생활하고 있었다. 키미는 고등학교 졸업 검정고시에 원서를 냈고, 8월에 있을 시험을 위해 공부하고 있었다. 평소와 다름없이 말이 적고 조심스러움이 느껴지는 메시지였지만 키미의 의욕이 느껴져서 루이는 기뻤다. 시험에 합격하면 내년 봄에는 대학 입시에 도전할 예정인 것 같았다.

루이가 욕조에 몸을 담그지 못하고 샤워만 해야 하는 생활이 생각보다 힘들다는 메시지를 보내자 두 사람이 걱정해주기도 했다.

거리는 떨어져 있지만 이전처럼 '연결되어 있다'고 느꼈다.

하지만 영상통화 마지막에 토츠코가 한 말이 신경 쓰였다.

"루이는 공부하기 많이 힘들지? 무리는 하지 마."

"전혀 무리하고 있지 않아."

루이는 바로 대답했지만, 토츠코와 키미는 뭔가 말하기 곤란한 듯한 표정으로 대답이 없었다. 그렇게 루이가 "그럼 또 봐"라고 인사하고는 통화가 끝나버렸다.

그래서 그로부터 한 달 후 재생 횟수가 200회를 넘었을 때 루이는 영상통화를 하자는 말을 망설였다.

이렇게 조금씩 멀어져가는 걸까. 루이는 이런 생각에 무척 초조해졌다.

학생 기숙사 공유 공간에 음악실이 있었다. 방음이 되기 때문에 악기를 연주하거나 큰 소리로 음악을 듣는 학생들이 이용했다. 루이는 거기에서 신시사이저를 앰프에 연결해 연주했다. 음악실에 기타를 들고 온 선배를 만나 서로 아는 곡을 같이 연주하기도 했다. 선배의 연주는 상당히 수준이 높아서 오랜만에 합주가 즐거웠다.

다만 선배는 금방 연주를 끝내고 음악실에서 나가버렸다. 어쩐지 기분이 별로 안 좋은 것처럼 보였다. 루이가 연주를 즐기지 못하는 것을 눈치챈 모양이었다.

연주를 완전히 즐기지 못했던 이유를 루이는 확실하게 알고 있었다.

루이는 성 밸런타인제에서 느꼈던 흥분을 잊을 수 없었다.

왜 그때 녹음해두지 않았을까 후회했다.

루이는 방에 돌아가 책상 옆에 둔 오래된 라디오 카세트의 재생 버튼을 눌렀다.

성능이 떨어지는 스피커였지만 옆방에 들리지 않을 정도의 작은 소리라면 그다지 신경 쓰이지 않았다.

SNS에 곡을 올리기 위해서 세 사람이 마지막으로 교회에 모여 연주했을 때의 상황을 카세트로 녹음해뒀다.

"버튼 두 개 눌렀어."

토츠코의 목소리가 카세트 스피커에서 흘러나왔다.

그날 SNS에 올릴 녹음을 준비하면서 루이는 문득 라디오 카세트 녹음을 토츠코에게 부탁했다.

"카세트 가운데가 빙글빙글 돌아가?"

루이가 확인하는 목소리가 들렸다.

"음…… 잘되고 있어!"

토츠코의 밝은 목소리가 대답했다.

돌이켜 생각해보면 그때 토츠코가 시로네코도의 계산대 앞에 없었더라면 루이는 키미에게 말을 걸지 못했을 거란 생각이 들었다.

"고마워, 그럼 시작할게."

루이의 〈반성문 — 바람직한 것, 아름다운 것, 진실한 것〉의 인트로가 라디오 카세트에서 흘러나왔다.

곧이어 작사를 한 키미가 노래하는 목소리가 조용히 울려 퍼졌다. 키미의 맑은 목소리가 루이의 초조한 기분을 달래며 메말랐던 마음을 적셨다.

성능이 떨어지는 스피커에서 전해지는 소리는 어떤 고음질의 디지털 음원보다도 그 '공간'을 표현해주었다.

다음으로 루이는 성 밸런타인제 콘서트의 추억에 빠져 머릿속에서 그날을 재현하기 시작했다.

하모니의 순간에 마주쳤던 세 사람의 시선. 그 순간에 느꼈던 들뜸과 도취감.

키미의 고등학교 졸업 검정고시 시험 일정은 8월 1일과 2일, 이틀이었다. 그때까지 어려운 과제는 도쿄에서 끝내고 인터넷으로 자료를 모을 수 있을 만한 과제만 가지고 집에 돌아간다면……

루이는 포기하고 있던 여름방학 귀성을 실현하기 위해 계획을 세우기 시작했다.

너의 색

초판 1쇄 인쇄 2024년 10월 8일
초판 1쇄 발행 2024년 10월 15일

지은이 사노 아키라
원저 〈너의 색〉 제작위원회
옮긴이 부윤아

책임편집 홍은선, 주소림
디자인 studio O-H-!
책임마케팅 김서연, 김예진, 김소희, 김찬빈, 박상은, 이서윤, 최혜연, 노진현,
최지현, 최정연, 조형한, 김가현, 황정아

마케팅 최혜령, 유인철
경영지원 백선희, 권영환, 이기경
제작 제이오

펴낸이 서현동
펴낸곳 ㈜오팬하우스
출판등록 2024년 5월 16일 제2024-000141호
주소 서울시 강남구 테헤란로 419, 11층(삼성동, 강남파이낸스플라자)
이메일 info@ofh.co.kr

ⓒ 사노 아키라 2024
ⓒ 〈너의 색〉 제작위원회 2024
ISBN 979-11-94293-18-7(03830)

모모는 ㈜오팬하우스의 출판브랜드입니다.